W0368127

AU NOM
DE MES FILS

Catherine Martin

AU NOM
DE MES FILS

calmann-lévy

© Calmann-Lévy, 2010

ISBN 978-2-7021-4078-9

« La mère sait aimer : c’est toute sa science. »

Extrait de *L’Amour maternel*,
Charles Hubert de Millevoye.

Prologue

Ramsès le rouquin, notre jeune chat, avait pris l'habitude de se faufiler par la lucarne de la salle de bains pour entrer et sortir librement de l'appartement. Il profitait ainsi des terrasses de verdure sous les figuiers qui surplombaient notre maison.

Le petit chat est mort ce matin de Noël. Je l'ai ramassé sur le bord de la route, écrasé, son corps inerte sous mes doigts.

J'ai prévenu les enfants, le visage pâle. Et j'ai murmuré :

« Nous allons l'enterrer dans le jardin. »

Ce fut une véritable cérémonie improvisée. Graves et silencieux, mes trois fils, Nicolas, Shahi'yena et Okwari, m'ont entourée. Ensemble, en procession, nous avons transporté le corps de Ramsès jusqu'en bas de notre jardin. J'ai creusé une tombe contre le mur, près du lavoir. Le chat aimait bien cet endroit. J'espérais qu'il y dormirait en paix. Avant de le mettre en terre, enveloppé dans un linge, nous lui avons dit au revoir.

« Adieu Ramsès, nous t'aimions beaucoup. »

Je n'ai pu retenir les larmes qui emplissaient mes yeux. Elles se sont mêlées à la terre. Ensemble, nous l'avons recouvert. Ensuite, nous avons tapissé le sol de feuilles de vigne. Ainsi, personne ne pouvait deviner qu'il reposait là. C'était notre secret, à nous quatre, puisque ce 25 décembre 1997, nous étions encore quatre.

Qu'avons-nous enterré ce matin de Noël, sans le savoir ? Notre passé commun ? Le futur que nous ne partagerions pas ? Ou bien la fin d'une époque ?

Il restait trois jours avant leur départ. Trois jours à la maison. Trois jours au chaud pour profiter des nouveaux cadeaux et jouer encore avec Nicolas. Les personnages Playmobil envahissaient le tapis autour du château fort. Des chevaliers courageux et des carrosses emplis d'or se disputaient la place devant le pont-levis. Par moments, en riant, les garçons laissaient les mannequins parachutistes s'envoler par la fenêtre. Je les regardais, heureuse, me demandant où j'allais installer le microscope. J'ignorais encore que celui-ci resterait, à jamais, emballé dans son carton.

29 décembre 1997. Aujourd'hui, c'en est fini des jeux. Nous préparons les bagages. Une semaine d'absence, ce n'est pas très long. Pas la peine de se charger. Je glisse dans la valise quelques vêtements, des jeans, des pulls bien chauds, une paire de chaussures de rechange. J'inscris mon numéro de téléphone sur de petits bouts de papier que je range soigneusement dans la valise.

« Shahi'yena, surtout, appelle-moi s'il y a le moindre problème. Tu vois, je te donne le numéro de téléphone en plusieurs exemplaires. »

Shahi'yena acquiesce. Il tourne vers moi son petit visage fin, parsemé de taches de rousseur, illuminé de grands yeux bleus. À bientôt sept ans et demi, on est presque un grand. Mais, soucieux, il murmure :

« Oui, oui, mais s'il ne nous ramène pas, papa ? »

Il a raison mon fils. Et s'il ne me les ramenait pas, son frère et lui, à la fin de son droit d'hébergement ? Il en est capable, je le sais. Cela s'est déjà produit en février dernier. Je ne vais pas m'affoler maintenant. Je dois rester forte. Je dois rassurer Shahi'yena.

« S'il ne vous ramène pas, eh bien je viendrai vous chercher avec les gendarmes ! Ton père est comme tout le monde. Il doit respecter la loi. »

Tout est prêt pour le départ de mes fils. À moins de cinq minutes, tout est prêt mais je tourne en rond de nervosité. Regardant sans le voir le décor familier qui nous entoure, je guette l'heure. Le sapin, avec ses guirlandes et ses boules multicolores, le château fort, et tous les jouets rangés dans leur chambre, même les peluches soigneusement alignées sur leurs lits, tout semble au garde-à-vous. Une fois encore, je respire très fort. Manu sera bientôt là. Dans cinq minutes ils seront partis, l'appartement sera vide. Le sapin sera toujours là, le château fort aussi, mais je ne les verrai plus avec les mêmes yeux. J'aurai commencé à attendre leur retour.

« Shahi'yena, Okwari, prenez une petite peluche avec vous. Si vous la perdez, ce n'est pas grave. Laquelle voulez-vous emporter ?

– Moi, je veux Bunny le lapin.

– Et moi, l'ours brun.

– D'accord. Mettez-les dans la valise. »

À moins de trois minutes avant leur départ, Okwari va chercher dans sa chambre le poisson en pâte à sel qu'il a fabriqué à l'école. Il le dépose sur le rebord de la cheminée. Puis il m'appelle pour me le montrer :

« Regarde, dit-il, je l'ai mis tout près de ton lit. Comme ça, tu le verras tous les matins quand tu te réveilleras. Il restera tout près de toi. »

Il est mignon, mon Okwari, avec sa petite bouille ronde et ses yeux en amande. Je l'embrasse, très émue de sa délicate attention. Je voudrais bien le garder près de moi. Mais je n'ai pas le choix. Il me faut le donner à Manu. Comme il faut que je lui donne Shahi'yena. Il ne me restera que mon aîné, Nicolas, qui n'est pas de son sang. Il s'est réfugié dans sa chambre. Oui, Manu va bientôt être là. À cet instant, Shahi'yena va chercher l'une de ses jolies rosaces qu'il trace au compas, avant de les colorier en mosaïque de bleu, sa teinte préférée. Puis, il la fixe à l'aide d'un morceau de Scotch sur l'interrupteur, juste au-dessus de mon bureau.

« Voilà. Celle-là est pour toi », sourit-il, tout fier.

Je lui souris, moi aussi. Je le remercie. Chacun de mes fils m'a offert quelque chose de lui, comme un gage d'amour, une promesse de fidélité éternelle.

À moins de deux minutes, Okwari s'arrête là, debout dans le salon. Il regarde autour de lui, puis il déclare, solennel :

« Quand je reviendrai ici, tout aura changé, les meubles ne seront plus les mêmes, les objets ne seront plus à la même place, tout sera différent. »

Sur le moment, je n'ai pas compris le sens de cette phrase, trop angoissée par la séparation toute proche, peut-être aurais-je dû lui prêter plus d'attention. Aujourd'hui, je sais que ces paroles étaient prophétiques. D'ailleurs, le temps qui nous restait est écoulé.

Deux coups secs à la porte. J'ouvre. Le voilà devant moi. Si grand. Si maigre. Le visage déterminé. Contrairement à son habitude, il est propre, bien habillé et bien coiffé. L'air hautain, les yeux fixés sur nos fils, il tonne :

« Vous êtes prêts ? »

Le sang quitte mon visage. J'ai peur de les lui donner. J'ai mal de les voir quitter cette maison où ils sont en sécurité. Pourtant, je vais le faire, puisque c'est la loi. Mes trois fils autour de moi, j'explique que cette fois Nicolas ne souhaite pas partir avec ses frères. Lors des dernières vacances, les choses ont été trop difficiles. Il préfère rester à mes côtés.

Un sourire furtif étire les lèvres de Manu. Mais si quelque chose me semble bizarre, je l'oublie très vite. Je suis contente qu'il ne fasse aucune objection, et que Nicolas soit soulagé.

« Tiens. »

Je lui tends la valise des garçons sans en lâcher la poignée. J'insiste fortement sur le fait qu'il doit en prendre grand soin et me la rapporter. Je finis par la lâcher. J'embrasse mes fils. Je leur dis, au creux de l'oreille : « À bientôt, dans une semaine. » Je voudrais prolonger ce moment, les serrer contre moi. Mais déjà, il les presse. Déjà, il les pousse dehors. Je les suis dans les escaliers.

Une camionnette bleue attend en bas, dans la rue. Un homme aux pieds nus prend place au volant. Vite, comme pris par une urgence, Manu fait monter les petits par l'arrière puis il se précipite à l'avant. Il ordonne d'une voix à la fois dure et pressée :

« Vas-y, démarre, roule ! »

Un ronflement de moteur. L'homme aux pieds nus passe la première. Mes deux fils sont là, à l'arrière, ils me regardent. Je cours, je tape sur la vitre, je crie :

« Au revoir, à bientôt, dans une semaine ! »

La camionnette avance. Mais je m'agrippe au hayon, je tape encore, et je fixe la dernière image de mes petits loups, la bouille renfrognée, assis par terre, l'un contre l'autre sur un vieux matelas au fond du fourgon qui s'éloigne. Cet instant-là restera gravé dans ma mémoire. À jamais figé dans l'espace et dans le temps.

Je suis seule dans la maison vide et mélancolique. Nicolas a rejoint son père à Montpellier. Le petit Ramsès n'est plus là pour me tenir compagnie. J'ai devant moi huit longues, huit interminables journées d'attente.

Huit jours à me demander comment Manu et moi avons pu en arriver là.

PREMIÈRE PARTIE

Chapitre I

Quand je l'ai rencontré, le long périple de neuf mois en Inde et au Népal que je venais de faire en compagnie de Michel, mon premier compagnon, avait profondément bousculé mes racines. Nicolas, mon fils aîné, avait deux ans et demi. Son père et moi avions toute notre vie à réinventer. Nous avons choisi l'Aveyron, ses collines de feuillus et ses rivières qui chantent avec l'accent du Sud. Nos amis Régis et Barbara possédaient une grande maison au fond d'une vallée, près de Saint-Affrique. Ils élevaient quelques chevaux pour le plaisir, quelques chèvres pour le lait, des poules pour les œufs, et cultivaient beaucoup de légumes pour toute l'année. Cette manière de vivre me convenait bien.

Un après-midi, ils nous ont emmenés visiter un village situé dans un autre vallon, à l'abandon depuis longtemps. Ce jour-là, j'ai découvert ce lieu-dit, « Frayssinous », avec ravissement.

Il fallait d'abord gagner son ciel : les voitures ne pouvaient pas monter le chemin. Nous avons grimpé à pied une côte abrupte pendant un kilomètre. Au sommet, un immense corps de ferme, tout en longueur et sur deux étages, avec des granges et des écuries au sous-sol, des chambres et des dépendances en très bon état, dominant des vallées parsemées d'églantiers en fleur. À l'entrée, à droite, une belle maison donnait sur la grande place. Partout des puits regorgeant d'eau nous ramenaient au Moyen Âge avec la force de leurs pierres grises chargées d'histoire. Quelle aubaine de trouver là une demeure habitable tout de suite et de la terre pour jardiner !

Je me suis amourachée de ma future maison à cause des mosaïques décorant les intérieurs. La salle de bains spacieuse brillait de mille éclats bleu et or. Dans la cuisine, l'ouverture du puits et l'évier étaient habillés de vert pastel et de brun, ce qui donnait une belle harmonie avec les plans de travail et les étagères en bois le long des murs. La pièce centrale, pavée de grandes dalles de pierre grise lissées par le temps, disposait d'une large cheminée. Par un escalier de bois, on accédait aux chambres sous le toit.

Il ne restait qu'un habitant âgé d'une cinquantaine d'années dans ce lieu désormais déserté. Il nous raconta l'histoire de Frayssinous depuis les chevaliers cathares et les hérétiques protestants jusqu'à la belle époque des premiers essais de vie en communauté « libérée », après 1968. L'homme était accueillant et ravi de voir la jeunesse s'installer. Cet endroit était fait pour moi.

Je n'ai pas tardé à m'installer, à débroussailler pour commencer un potager et à tout nettoyer depuis l'étable du sous-sol jusqu'au grenier. Nicolas était joyeux mais Michel s'ennuyait ; très vite il passa ses journées en ville, renoua d'anciennes relations et ne rentra plus que par épisodes orageux.

C'est à cette époque que notre couple se brisa.

Au printemps suivant débarquèrent les « Indiens bretons » avec leur village tipi.

Composé de trois familles : Gilles et Mich, Jeff et Viva, Yann et Caro, le clan circulait dans toute la France en roulottes tractées par de magnifiques percherons et de superbes fjords, glanant les châtaignes et les pommes sur leur chemin. Amoureux de la philosophie des Amérindiens, ils avaient choisi une vie au plus près de la nature, dormant sous des tipis qu'ils montaient et démontaient là où ils trouvaient assez d'herbe pour nourrir leurs chevaux. Frayssinous, c'étaient soixante hectares de pâturages. Ils pouvaient poser leurs bagages tranquillement. Je les ai tout de suite adoptés tant leur démarche était saine et courageuse. L'amitié nous a vite réunis. La vie entre nous s'est organisée facilement.

Nous avons installé « Au bonheur des dames », une machine à laver maison, ingénieux système de vases communicants entre les étages, créant suffisamment de pressions d'eau. Bel ouvrage ! Grâce à l'aide de Régis et de son tracteur, nous avons labouré une grande parcelle de terre très généreuse, et à l'automne nous avons ensemencé à la main un champ de blé qui nous donna l'occasion d'une magnifique fête lors de la moisson.

Chaque mois, le soir de la pleine lune, nous allumions un grand feu au milieu de la place et nous partagions les gâteaux et le thé en chantant notre joie de vivre. Les enfants, tous âgés de trois à cinq ans, formaient de jolies farandoles en tournoyant autour de nous.

Lors des solstices, nous fabriquions une hutte à sudation en forme d'igloo, avec des bambous courbés que nous recouvrions de bâches et de couvertures. Dans le respect du traditionnel rite amérindien, de grosses pierres étaient chauffées dans le feu, puis introduites au centre du sauna. Quand les participants étaient installés à l'intérieur, on versait de l'eau sur les pierres brûlantes. Elles crépitaient alors de mille étincelles et la vapeur parfumée de sauge emplissait l'espace noir. Quand nos corps avaient suffisamment transpiré, nous allions nous jeter dans la rivière froide. Nous en ressortions régénérés, l'esprit purifié.

Attiré par le village tipi, Xavier Fortin débarqua un jour à Frayssinous avec ses chevaux. Dès notre première rencontre, je ressentis une étrange sensation, un mélange d'attirance et de méfiance. Il se dégageait de cet homme un charme et un magnétisme rares dont il avait parfaitement conscience. De sept ans mon aîné, il était doux et parlait très posément de sujets difficiles et profonds. Son visage pâle, entouré d'une longue chevelure d'un noir brillant, contrastait avec le ciel bleu de ses yeux.

Nous avons vite compris que nous avions des points communs. Et tout naturellement, nous nous sommes rapprochés l'un de l'autre. Son assurance et son éloquence me fascinaient. De plus, il possédait de solides connaissances en élevage et en agriculture, domaines qui étaient tout nouveaux pour moi et dans lesquels j'avais soif d'apprendre.

C'est ainsi que nous avons commencé à vivre et à faire des projets ensemble, à Frayssinous. L'année suivante les « Indiens bretons » ont repris la route, avec les nouvelles roulottes qu'ils avaient construites. De jeunes citadins aux idées néofascisantes sont venus s'installer à leur place. Ils n'ont eu de cesse de vouloir nous évincer, pour monopoliser la place et en faire la plaque tournante d'un trafic d'armes. Un jour, ils sont même allés jusqu'à brûler tous les livres et à nous attaquer à la fronde. J'ai décidé de quitter les lieux pour tenter ma chance dans le Gers.

Une grande ferme, dans la région d'Auch, cherchait des collaborateurs pour reprendre un élevage laitier en communauté agricole. Je m'y suis rendue seule avec Nicolas. J'avais rompu les liens tissés avec Xavier Fortin. J'avais découvert en lui des profondeurs ténébreuses – une face cachée qui m'était intolérable. Très épris de moi, il a mal vécu ma décision et a cherché, par tous les moyens, à me faire changer d'avis. Quelques mois plus tard, il est venu planter toute une pépinière pour s'inscrire dans le GAEC (groupement agricole d'exploitation en commun) de la ferme du Gers. C'était un nouveau printemps. Oubliant le passé, je me suis de nouveau laissé séduire par son discours, ses promesses et ses grands yeux bleus. J'ai accepté la réconciliation. J'avais tellement besoin de construire un avenir et de reformer une famille. C'était vital pour moi, et je pensais qu'il serait un bon père pour mon fils.

Nous nous sommes mariés à « l'indienne », au pied du grand chêne au double tronc qui dominait la vallée de la ferme aux brebis. Ce jour-là, devant Nicolas, le ciel et la terre pour seuls témoins, nous avons prononcé notre engagement de fidélité. Brûlant de l'encens en offrande, nous nous sommes confiés l'un à l'autre devant les puissances de la nature, sous l'arbre de la sagesse vivante. Nous avons conforté notre serment en changeant de prénom. Xavier est devenu Manu, le diminutif de son deuxième prénom : Emmanuel. Moi Katia, du surnom que m'avait donné ma nounou kabyle en Algérie.

Je croyais en notre projet de vie. J'étais persuadée qu'à ses côtés, je pourrais réaliser mes rêves d'harmonie avec la nature, tout en fondant une vraie famille. Solide, unie, heureuse. De celles qu'aucun malheur, aucune détresse, aucun malentendu ne peut jamais détruire.

Début d'année 1990. Je suis enceinte, et si fière de porter la vie ! Les problèmes matériels que nous rencontrons, Manu et moi, ne nous effraient pas. La ferme des brebis a été vendue. Notre contrat de gardiennage du troupeau a été résilié. Nous avons dû, dans l'urgence de la naissance, trouver une caravane pour nous abriter. Nous avons installé notre campement chez M. C., un ami qui élève des cochons gascons. J'ai entièrement tapissé la caravane de plaques de liège pour me l'approprier et nous faire un nid douillet. Une solution toute provisoire, mais qui nous permettrait d'attendre l'heure de remonter en Normandie où nous avons l'intention de nous établir. Manu y possède des terres pour les chevaux et la vache qu'il vient d'acheter, une adorable jersiaise aux grands yeux doux, que j'ai baptisée « Queue blanche » parce qu'elle est toute noire, excepté le bout de la queue. Dans la foulée, Manu a aussi récupéré une autre caravane pour y installer ses serpents qui l'attendent chez un ami, à Rouen, et repeint nos véhicules en vert et rouge. Ma grossesse avance sans problème. Je me fais suivre régulièrement à l'hôpital, je passe des échographies, moment toujours émouvant. Mais j'ai décidé d'accoucher en dehors de toute structure médicale, avec la seule aide de mon compagnon. Un choix que certains trouveront périlleux, mais qui est le nôtre…

Nous avons monté le tipi, qui nous offre un espace confortable à l'ombre. Comme les nuits sont douces, nous y dormons sur un matelas de peaux de moutons. À l'aube du 4 août, je me suis réveillée d'un bond. Laissant Manu et

Nicolas, je me glisse dehors pour respirer l'air frais. Mes pieds foulent l'herbe où perle la rosée. Là, dans la lumière du soleil levant, je comprends que l'enfant arrive. Je prépare ma couche avec des draps et des serviettes, je mets de l'eau à chauffer. Très vite, les contractions me secouent fortement. Je respire, je m'accroche aux pieux que Manu a plantés là. Je respire et je pousse. J'ai déjà mis un enfant au monde. Je sais comment les choses se passent et à quoi je dois me préparer. La dernière échographie montrait le fœtus en bonne position. Il n'y a aucune raison de s'inquiéter…

L'accouchement est plus rapide et plus intense que lors de la naissance de Nicolas. Mon hurlement retentit dans la prairie, une longue et puissante clameur et la tête du bébé sort. Manu s'est bien organisé. Il a préparé l'alcool, les ciseaux. Quand l'enfant est là, il coupe le cordon et le noue. Bébé respire, tout va bien. Il est magnifique, tout rose, le visage serein avec un doux sourire satisfait au coin des lèvres.

À cet instant Nicolas se réveille, pour dire :

« Qu'est-ce qui se passe ?

– Ça y est, regarde, ton petit frère est né ! Tu ne m'as pas entendue crier ?

– Non. Quand ? »

Manu prend quelques photos. Je les ai toujours, soigneusement rangées dans un album que personne jamais ne me prendra.

Ensuite, je me rendors sous le tipi. Nous sommes heureux.

J'ai accouché seule, avec l'aide de Manu. Mais pour autant, je sais que je dois me rendre à l'hôpital. Je suis en effet de rhésus négatif, et je dois recevoir rapidement une dose d'immunoglobulines. Lorsque j'arrive, mon enfant dans les bras, ma gynécologue ne manque pas de me sermonner vertement. Je laisse passer l'orage, et je reste me reposer dans une chambre blanche. Quelques jours plus tard, je regagne notre campement. L'une de nos amies, Maryse, est venue nous rejoindre. C'est en sa compagnie que Manu remonte nos camions et caravanes vers la Normandie. Je les suis, en voiture avec Nicolas et mon bébé nouveau-né. Au terme d'un trajet épuisant, alors que Shahi'yena a tout juste trois semaines, j'atterris chez Brigitte et Manné, amis dont j'ai l'adresse en Normandie comme point de ralliement. Sans doute Brigitte s'en souvient-elle encore. J'arrivais d'une autre planète, pourtant je fus accueillie avec tous les égards. L'amitié qui est née ce jour-là ne s'est jamais fanée. Brigitte a le cœur grand comme l'océan et le sourire d'une fée.

Regarde ! Comme la terre est grasse en Normandie ! L'herbe drue danse à perte de vue, les vaches partout savourent le temps, langoureusement... À peine arrivés, nous sommes inondés de vert tendre, de pommes rouges et de miel. La douceur de septembre nous donne les fruits à récolter sous la pluie. Et quel soulagement de s'arrêter, de se poser enfin, de s'installer ! Notre campement « à la roulotte », à Saint-Grégoire, consiste en un parking pour les camions et la 2 CV, une caravane cuisine aménagée en fromagerie dans laquelle se trouvent un four à gaz et de la vaisselle. Sans compter une ancienne roulotte en bois, dans laquelle j'entrepose une machine à coudre et tout le matériel d'artisanat ainsi que les couettes et les vêtements d'hiver. Au fil du temps, nous rajoutons un camion en panne dans lequel nous rangeons des affaires, et une autre petite caravane. Le terrain est jalonné de pommiers. Tout le long de la clôture sont aménagés les parcs d'hiver des animaux : le couple de cochons, les cinq chèvres angoras, Taïno, l'étalon apaloosa, les quatre juments et la vache. En face du parking, un hangar abrite d'anciennes machines agricoles à traction animale : un véritable musée à lui tout seul. De l'autre côté, la meute de colleys, une volière et des clapiers. Sans compter les poules, les oies, les canards d'ornement, un nandou et un dindon. Toute cette ménagerie habite dehors sous des abris. Dans la caravane réservée aux animaux, vivent les boas et les rats destinés à les nourrir, les perroquets gris du Gabon et les perruches, les geckos et les tortues, ainsi que les inséparables et quelques boîtes de criquets. Ceux-là ont besoin d'une température constante, même en hiver.

L'hiver, justement, nos petits poêles tournent à plein régime, avec du bois le jour, qu'il faut scier à la bonne dimension, et du charbon la nuit, que nous achetons par sacs de cinquante kilos. L'ennui, c'est que le charbon encrasse considérablement les tuyaux. J'ai en horreur ce moment où il faut démonter les conduits pour les nettoyer de la suie qui s'est accumulée. Mais c'est nécessaire à notre sécurité, à cause des émanations toxiques si dangereuses…

Nous n'avons pas froid, à l'intérieur au moins. Mais lorsqu'on vit en caravane, on est plus souvent dehors que dedans. Il faut sortir pour aller aux toilettes, sortir pour aller chercher l'eau – elle est loin ! À quatre kilomètres de notre campement –, sortir pour remplir le seau de charbon, pour vérifier la température dans la caravane des bêtes, sortir pour traire la vache et nourrir les animaux. Il me faut une bonne demi-heure pour tirer les dix litres de lait de « Queue blanche », et puis juste après, quand le lait est encore tiède, j'adore le passer dans l'écrémeuse. C'est un délice, la séparation est instantanée ; d'un côté jaillit la crème, épaisse et lourde, de l'autre le lait fluide et clair.

J'aime beaucoup faire le fromage et le beurre à la baratte. Tous les amis apprécient mes fromages aux herbes et au poivre. Souvent, je les échange contre le lavage du linge ou bien contre un morceau de viande. C'est tout un art, le séchage des palets blancs, le salage, les louches de caillé frais qui glissent dans les faisselles et s'égouttent lentement. Je les guette pour les démouler, les saler, les retourner, les parfumer et puis les goûter après quinze jours ou un mois. Plus on attend, plus la croûte s'épaissit et le moelleux se transforme.

Malaxer le beurre pour le séparer de l'eau, le rendre pur, jaune vif et joyeux est un régal déjà pour les yeux, surtout lorsqu'on a battu la crème à la baratte à main pendant une demi-heure auparavant ! Quand il est fin propre, on le place dans un moule qui lui imprime un joli dessin et fait chanter le matin. Ma fierté est visible au petit déjeuner lorsque je pose sur la table le pain au levain que j'ai préparé, le beurre de notre vache et le miel de nos abeilles. Quelle joie de faire manger toute la famille avec nos productions !

Mais tout de même, que l'hiver est rude parfois, quand l'eau se cristallise dans les jerricanes. À peine dix-huit mois se sont écoulés depuis la naissance de Shahi'yena. J'arrive au terme d'une troisième grossesse, dans le froid et le surmenage. Elle s'est bien déroulée, comme les autres. Il gèle cependant à pierre fendre, en ce mois de janvier 1992. Les arbres tendent vers le ciel des branches dénudées qui semblent friables comme du cristal. Même les bêtes respirent à l'économie.

Il faut travailler, pourtant. Enceinte de neuf mois, je transporte de lourds seaux de betteraves pour nourrir les cochons. Je suis épuisée. Mais Manu affirme que je dois faire de l'exercice.

Les contractions m'ont saisie par surprise, avec force violence. Elles m'ont précipitée sur notre lit dans la caravane, sans que je puisse m'y préparer. J'ai appelé Manu en cognant à la fenêtre.

« Vite, viens, dépêche-toi, j'ai très mal ! »

Il s'est occupé du feu, a remis du bois dans le poêle. Ensuite, tout a été très vite. Mais quand le bébé est sorti, je n'ai rien entendu. Seul un silence atroce, pendant deux interminables secondes. Le cordon ombilical encerclait son cou. À gestes habiles, Manu l'a délié. Il a renversé l'enfant la tête en bas, en lui tapotant le dos.

Une seconde, encore. Alors enfin ! Une petite voix tout éraillée s'est fait entendre. Il était neuf heures trente.

L'enfant, déposé contre mon sein, avait le visage bleu. Je ne respirais plus moi-même. Je le regardais aspirer l'air dans ses poumons fragiles. Le temps, me semblait-il, était suspendu. Petit à petit son visage a repris une teinte rosée. Dans une grande chaleur et une immense joie, j'ai pu alors, rassurée, le contempler.

Okwari avait les yeux bridés, on aurait pu croire que je tenais dans mes bras un petit Chinois. Comme Shahi'yena à sa naissance, il était beau et calme. Mon aîné et mon cadet ont merveilleusement bien accueilli la naissance de leur petit frère. Shahi'yena, néanmoins, se retrouvait dans une position délicate. Il allait devoir partager mes attentions avec le nouveau venu...

« Manu, il y a assez d'eau et de lait d'avance. Mais surtout, conduis bien Nicolas à l'école tous les matins, et occupe-toi bien de Shahi'yena. Parle-lui. S'il me réclame, dis-lui que je reviens dans quelques jours. »

Je dois aller à l'hôpital. Cette fois, l'accouchement m'a éprouvée, j'ai grand besoin de me reposer. C'est vrai, je vis dans une caravane sans eau courante. Aussi, je ne suis pas fâchée de retrouver, pour une petite semaine, un peu de confort. Je vais m'occuper de mon bébé, mais aussi de moi, profiter des douches chaudes, de la nourriture que je n'aurai pas à préparer, et dormir entre les tétées.

Mais trois nuits seulement après mon admission, Manu vient me chercher. Il faut que je rentre. Les deux garçons ont besoin de moi. Ils me réclament, c'est bien naturel. Je suis leur mère et il ne peut me remplacer complètement...

Je comprends bien vite les raisons profondes de son geste. Lorsque je rejoins la caravane, l'atmosphère empeste le rance. Les vitres dégoulinent de traces de lait collé. Une montagne de vaisselle sale encombre l'évier. L'entrée est couverte de boue. Dire que je suis désagréablement surprise est encore trop peu. À peine relevée de mes couches, me voilà obligée de nettoyer. Pendant que je frotte, Nicolas me raconte que Manu ne l'a pas emmené à l'école mais qu'il l'a laissé là, enfermé avec Shahi'yena qui pleurait tout le temps en faisant couler le lait de son biberon sur les vitres...

La vie a repris son cours. J'avais un bébé en plus et toute l'organisation de mon existence en était changée. Il me fallait m'adapter aux heures de tétée, m'arranger pour accomplir les tâches qui m'étaient dévolues au moment où Okwari dormait. Manu en prenait ombrage.

« Pourquoi est-ce que tu ne le laisses pas pleurer ! me disait-il. C'est lui qui doit s'adapter, pas l'inverse ! »

J'ai essayé de lui faire comprendre qu'il se trompait, il n'en a jamais convenu. Tout comme il ne convenait pas que notre vie devenait difficile avec trois enfants, dont un en âge d'aller à l'école, et deux si petits…

De fait, j'avais accepté les voyages périodiques, parce que nous n'avions pas assez d'herbe pour nourrir les animaux, mais une de mes motivations profondes était de concrétiser le projet pédagogique d'animations nature qui me tenait à cœur. Or, chaque printemps, il fallait lever le camp et nous rendre dans les Cévennes, pour trouver de nouvelles pâtures avec tout ce que cela comportait de contraintes et de difficultés : dépense d'énergie, d'argent, fatigue, sans oublier les soucis mécaniques. La priorité, en effet, était toujours donnée aux animaux qui avaient besoin d'herbe fraîche, même s'ils n'étaient pas nécessaires à notre survie.

Face à ce problème de pâturage, mon père, qui était au début très heureux pour moi de me voir réaliser ce dont lui-même avait toujours rêvé, nous encouragea fortement à mettre sur pied le projet de ferme d'animations dont je lui avais parlé. Il nous offrit les 30 000 francs dont nous avions besoin pour acheter une parcelle dans les Cévennes, près du col de Mouzoules, en pleine montagne sauvage, là où chante une impétueuse rivière vif-argent que j'aime tant. Dès lors naquit dans mon esprit l'idée d'établir un camp d'été au cœur de la forêt, avec chevaux, découvertes de la nature, artisanat amérindien et vie en tipi. Je commençais à me renseigner pour demander l'agrément « jeunesse et sport », et organiser les activités.

Le jour de la signature du compromis de vente, je souhaitais que le terrain soit enregistré à nos deux noms, mais Manu sut me convaincre qu'il était préférable qu'il en soit le seul propriétaire. En tant qu'agriculteur, il obtiendrait plus facilement le permis de construire pour rebâtir la ruine. Ah, le joli rêve de la petite maison dans la prairie ! Je lui faisais confiance, après tout nous étions sur le même bateau.

Si vous êtes déjà montés en canoë, vous savez combien le rythme et la complicité de l'équipage sont nécessaires à la progression pour atteindre le but. Or, Manu et moi ne ramions pas de concert. Chacun pagayant dans une direction opposée, le bateau comme nos projets tournaient en rond.

Chapitre II

Voilà sept ans maintenant que je partage la vie de Manu. Sept années au cours desquelles, malgré de nombreux travaux d'aménagement sur les terrains, nos belles idées ne se concrétisent pas. Le petit cirque itinérant n'a pas résisté à nos difficultés financières. Notre mini-« arche de Noé », comme certains la surnommaient gentiment, ne voyage plus du nord au sud au gré des saisons. La rudesse et l'austérité de la vie ont eu raison d'elle et de mes espérances.

Le dernier hiver en Normandie a été déterminant. Je me souviens combien, à cette époque, j'ai insisté auprès de Manu pour que nous nous partagions les tâches quotidiennes. Nicolas suivait sa sixième par l'intermédiaire du CNED. Manu et moi avions convenu d'assurer chacun la moitié de ses cours, la moitié des soins aux animaux, ainsi que la moitié de la garde des petits qui n'allaient à l'école que deux jours par semaine.

Bonnes décisions, jamais suivies d'effets. Dès le début de l'année, j'assure toute la scolarité de Nicolas, non sans m'être battue pour que la petite caravane devienne son espace d'étude. Manu finit par l'autoriser à y ranger ses affaires de classe et à y faire ses devoirs, mais pas à y dormir. Quel luxe, en effet, d'avoir sa propre chambre ! Le luxe, et même le moindre confort, Manu le refuse, sous toutes ses formes.

Depuis que nous vivons ensemble, en Normandie, l'eau courante n'a pas pu être amenée jusqu'à notre terrain. Il faut donc aller la chercher, en voiture, au village voisin, dans des bidons que je transporte ensuite à bout de bras les uns après les autres. Et s'il n'y avait que l'eau ! Je dois, aussi, assurer les soins aux animaux, le ravitaillement, la cuisine, la vaisselle, la garde des enfants. Manu, quant à lui, vaque plutôt mollement aux travaux de clôture et autres parcs ainsi qu'à l'entretien des volières. Pour le reste, il me fait confiance, comme il dit.

Je trime donc du matin au soir. Mais le plus grave, c'est bien notre isolement matériel et psychologique de plus en plus oppressant. Je ne vois pratiquement personne, hormis Manu et mes trois fils. Nicolas aurait bien besoin de fréquenter un club de judo, ou de prendre des cours de musique. Mais il est impossible de financer ces activités, faute de moyens. Du coup, il n'a aucune relation extérieure, peu d'amis. Ce qui me navre également c'est qu'au cours de cet hiver-là, pour réduire les dépenses – alors que tout notre pécule passe déjà dans l'achat du grain, du foin et des betteraves pour les animaux –, Manu se met en tête de restreindre notre budget alimentaire déjà fort maigre.

« Plus besoin d'acheter des fruits et des légumes, déclare-t-il. Il n'y a qu'à vivre avec ce qu'on a ! On fera des économies ! »

Ainsi, à l'en croire, nous nous contenterons donc de légumes secs, de couscous, de riz, de farine, d'oignons et de pommes que nous cultivons nous-mêmes, et bien sûr du lait de la vache, des œufs de nos poules et du miel de nos ruches. Avec ce régime, les enfants ne risquent certes pas de mourir de faim. Mais faute de légumes verts et de protéines, ils risquent de souffrir de carences alimentaires.

« Les tribus d'Amazonie ou d'Afrique vivent avec bien moins que cela ! réplique Manu, sûr de lui comme à son habitude. Nous restons des privilégiés ! »

Moi, dès que je vends mes petits lapins nains dans une animalerie, je me précipite pour acheter un poulet ou des biscuits. Mais quand je fais remarquer que, pour faire de vraies économies, il faudrait supprimer les élevages non rentables, Manu me traite de « chef d'entreprise ». Lorsque je m'insurge parce qu'il dilapide le peu d'argent qui nous reste pour acheter un iguane, il me reproche de « vouloir porter la culotte ». Rien ne lui convient. Rien ne va plus. Et notre relation s'envenime lentement.

Seul coin de ciel bleu dans cet hiver difficile : les visites de notre ami Daniel, témoin discret qui tempère nos débordements avec son infinie douceur naturelle et un excellent chocolat noir fourré à la crème. Son savoir-faire et son perfectionnisme sont sans égal, il est doué pour tout ; de la construction en bois ou en aluminium, en passant par la menuiserie ou la mécanique, rien ne lui résiste. De même sa créativité s'exprime tout aussi magnifiquement à la guitare, avec de très jolis morceaux classiques ou encore à travers la peinture. Sa délicatesse est l'un des ciments qui me lie encore à la Normandie.

Pourtant, cet hiver-là, il me reste encore un espoir. Les parents de Manu, des bourgeois aisés toujours généreux avec lui, nous ont offert dans le village voisin de Saint-Georges, un terrain planté d'une belle chaumière en torchis et en colombages, nichée dans un hectare de prairie. Une pâture rêvée pour nos bêtes. Je nous y vois déjà installés. J'imagine la partie habitable avec les chambres à l'étage. Il y aura aussi une fromagerie, et des ateliers pour les animations pédagogiques. Au fil du temps, j'élabore mon projet. Et, miracle. Je décroche une aide au financement des travaux de 60 % pour installer l'eau, l'électricité et les sanitaires. Il faudra également revoir la toiture et construire le plancher mais c'est possible. Nous pouvons enfin nous établir, vivre de nos passions. Le rêve se réalise !

Dans un premier temps, Manu me laisse y croire. Puis il m'annonce un jour :

« Jamais je ne m'installerai dans une maison. Je ne veux pas me sédentariser. »

Je pense plutôt qu'il refuse de « s'aliéner » à payer les factures. Commencent alors de longs débats sur la marginalité, sur le fait de s'arrêter vivre dans une maison ou dans une caravane. Des discussions interminables qui nous mènent de nuits blanches en aubes désespérantes. Je veux désormais vivre dans une maison, lui ne veut pas quitter sa caravane. Si je lui fais remarquer qu'elle est désormais bien trop petite pour nous cinq, que les enfants grandissent, que Nicolas va bientôt aborder l'adolescence, il se contente de hausser les épaules. On verra le moment venu. Voilà ce qu'il veut me faire comprendre. Mais moi, j'insiste. Je veux m'installer dans les Cévennes ou en Normandie, mais cesser de parcourir les routes. Il réplique qu'il ne saurait se passer des voyages. Puis il conclut, me fixant de son regard bleu et froid :

« De toute façon, je ne veux pas que les enfants aillent à l'école. Ni que tu travailles à l'extérieur. Je veux rester nomade. Tu étais d'accord avec notre projet de vie. Pourquoi changes-tu d'avis ?

– Pourquoi ? Oh ! Manu ! Parce que je n'ai jamais envisagé de porter des bidons d'eau toute ma vie, j'ai la prétention de penser que j'ai peut-être mieux à faire et plus à partager. Mais surtout parce que je veux que nos fils aient accès à l'école. Qu'ils ne grandissent pas dans la misère parce que tu penses qu'elle est le seul chemin de l'intégrité ! »

Il y avait là un nœud, que je n'ai pas su défaire.

Cet hiver-là voit décidément mes doutes croître de jour en jour. Depuis que je lui ai fait part de mes désirs profonds, Manu s'en prend à moi pour un oui ou pour un non. Il passe de la condescendance au mépris, me parle sur un ton doctoral, en arrive bientôt à la critique.

« Tu n'es même pas capable de faire les choses correctement ! Les fermières, autrefois, devaient s'occuper de bien plus d'enfants et d'animaux que toi. Elles réussissaient bien mieux que toi ! »

Et pourtant ! Je me débats du mieux que je peux dans cette minuscule caravane qui nous tient lieu de foyer. Nous y dormons, nous nous y lavons, nous y mangeons. Oubliée, la future chaumière en torchis et colombages. Manu refuse d'engager les travaux qui nous permettraient d'y emménager. Je n'insiste pas, à bout d'arguments. Je me contenterai bien d'une simple cabane sous le hangar qui abrite les vieilles machines agricoles. Je suggère alors de monter simplement des parois en bois sous le hangar pour y installer une cuisinière et profiter ainsi d'une grande pièce au chaud, avec un lit pour chacun. Là encore, je me heurte à son refus. Il ne veut pas déplacer les moissonneuses-batteuses rouillées et inutilisables. Force est de constater qu'elles tiennent plus de place dans son cœur que moi, que nous. Même pour la 2 CV, il a construit un abri. Mais nous, nous devons rester à cinq dans nos dix mètres carrés, sans intimité.

Nous fêtons Noël avec sa famille. À cette occasion, il m'offre une bague, payée par ses parents, et me propose ensuite de nous marier.

« Comme ça, dit-il, tout le monde reprendra confiance en nous. Daniel continuera de nous aider, et mes parents seront rassurés sur la pérennité de notre union. »

Mais ni la bague, ni la demande en mariage ne me convainquent. Je ne peux m'empêcher de penser qu'il essaie d'acheter ma docilité, en s'offrant des droits sur moi. Quoi qu'il en soit, pour fuir une atmosphère de plus en plus irrespirable, j'accepte la proposition d'amis de passage qui m'invitent à participer à un stage consacré à une nouvelle méthode de communication. Une formatrice vient chez eux à Caen, pour deux week-ends. Ils m'offrent le gîte et le couvert en sus, et surtout la possibilité de changer d'air. Mais, revers de la médaille, je quitte mes enfants pour la première fois. Lorsque je m'en vais, ils pleurent à chaudes larmes. Un déchirement pour moi et pour eux...

Je prends un réel plaisir à suivre ce stage. La méthode Gordon consiste à apprendre à exprimer son propre ressenti, au lieu d'enfermer l'autre dans une accusation qui l'oblige à se défendre. Je la trouve riche et intéressante. Puis, surtout, je réalise au contact de mes amis que, contrairement à ce qu'affirme avec tant de rudesse Manu, et ce à quoi j'ai longtemps cru moi-même, le confort et l'aisance financière ne sont pas nécessairement antinomiques à une certaine forme de recherche spirituelle. Paul et Lisa vivent dans une immense bâtisse plantée en pleine campagne. Ils partagent les lieux avec trois autres familles. Chacune d'elles a son appartement. Les salles communes sont réservées à la musique et à la méditation que pratique assidûment l'un des participants au stage, ingénieur de son métier. Et comme je lui raconte que mon compagnon refuse de vivre dans une maison, il s'exclame :

« C'est incroyable ! Des maisons, j'en ai déjà construit trois pour ma famille ! »

La discussion qui suit me laisse stupéfaite. Car jusque-là, persuadée que la jouissance du confort était inséparable de l'amour de l'argent, il ne m'était pas venu à l'esprit que l'on pouvait conjuguer le bien-être matériel et la recherche du divin. Mais en effet, tout dépend de ce que l'on met en premier dans sa vie. Le choix de la pauvreté nécessaire dont Manu était convaincu n'était plus justifié.

La parenthèse terminée, je regagne le campement, impatiente de revoir les enfants et de raconter à Manu tout ce que je viens de vivre. Ces deux week-ends passés loin de lui m'ont rassérénée. Et je supporte vaille que vaille la vie que je retrouve. Au moins jusqu'à ce que mon univers bascule à nouveau.

Comme tous les jours de ce terrible hiver, je suis sortie pour aller traire la vache, et nourrir nos chèvres. Fouettée par la neige et le vent, j'arrive sur le terrain de Saint-Georges. Là je découvre Chocoline, la chèvre naine, morte frigorifiée au milieu des autres chèvres angoras qui se battent de toutes leurs cornes pour un peu de foin. À cet instant, devant son corps déjà raide, je sens monter en moi une énorme colère. Voilà des semaines que je répète que les bêtes souffrent trop du froid sur ce terrain en plein vent, et qu'il faut leur donner du grain. Des semaines que Manu fait semblant de ne pas m'entendre. Maintenant, c'est fait. Chocoline est morte. Nous aurons de la chance si les autres passent l'hiver.

« C'est de ta faute ! Pas de la mienne ! Tu n'avais qu'à faire ton travail ! »

De retour au campement, je fais face à Manu, à qui je viens d'annoncer la mauvaise nouvelle. Non seulement il refuse de prendre ses responsabilités, mais il m'accuse. Sans doute est-il vexé, parce que j'ai tiré la sonnette d'alarme, et qu'il n'en a pas tenu compte. En tout cas, le voilà qui vocifère et qui m'insulte. Il y a quelques mois encore, j'aurais répliqué. Aujourd'hui, je suis tellement écœurée que ses mots ne m'atteignent plus. Rompant l'affrontement, je me détourne pour rentrer dans la caravane quand soudain, un coup de pied terrible me projette en avant, face contre terre. Le coccyx meurtri, je serai incapable de marcher sans douleur pendant trois jours. Nicolas a tout vu depuis sa fenêtre. Il est horrifié. Maryse, venue m'aider pour l'artisanat, a tout entendu de la roulotte. Quand je la rejoins pour pleurer à l'abri du regard des enfants, elle accueille ma peine, bouleversée.

À cet instant précis, j'ai compris qu'il n'y avait plus d'avenir avec Manu ni pour moi ni pour mes fils. Dans un premier temps, pour faire le point et reprendre des forces, j'ai décidé de le quitter pour une semaine, en allant me réfugier chez des amis.

Le chagrin, le désespoir et le noir m'avaient envahie. Arrivée chez eux, l'ultime phrase que m'avait lancée Manu, devant leur porte, résonne encore dans ma tête :

« Remets-toi d'aplomb, tu es de travers. »

Chapitre III

Cette semaine-là fut terrible. J'étais brisée. Éclatée en mille morceaux. Je vivais une sorte de décomposition intérieure. Lorsque je cherchais du réconfort dehors, dans la nature, je m'effondrais en pleurs et mes larmes se répandaient sur la terre. Une fois à l'intérieur, je fuyais mes amis pour me réfugier dans la chambre qu'ils m'avaient réservée. Là, je me posais sans cesse les mêmes questions. Comment mon compagnon, cet homme fier, maître de ses chevaux, de ses abeilles et de sa recherche de liberté, avait-il pu devenir aussi violent, aussi abject ? Par quelle machination étrange celui avec lequel j'avais cru pouvoir vivre une existence entière s'acharnait-il à briser tous mes rêves, alors que nous avions trois enfants à élever ? Je ne trouvais pas de réponse à ces interrogations. Il fallait cependant bien admettre que mon couple était mort, et que les conditions de vie qu'il nous imposait nous conduiraient inéluctablement à la misère et à la destruction.

Cependant il faut bien que je regagne le campement. Mes fils m'y attendent. À mon retour, je cherche du secours dans les textes sacrés. Je prie, avec ferveur, sur un autel de fortune installé dans un recoin de la caravane. Le matin, je confie mes peines au Créateur. Le soir, récitant le Notre Père avec les enfants, je nous berce avant de nous endormir.

Mais ni la méthode Gordon ni la prière n'attendrissent Manu. Sournoisement, après chaque instant de recueillement, il ajoute à mes mots une parole cynique.

« Dieu, je te prie de rendre ses esprits à Katia qui se fourvoie, rends-lui son bon esprit d'autrefois. »

Certes ma soumission s'est envolée avec toutes mes illusions. Je désire une vie meilleure. Manu le sent. Il me connaît si bien ! Comme pour prévenir ma fuite, il cherche à me culpabiliser à l'avance.

« C'est celui qui quitte le foyer qui a tort, me lance-t-il. Désertion du foyer conjugal. »

Et le jour suivant il ajoute, un demi-sourire aux lèvres :

« Si tu n'es pas contente, tu n'as qu'à partir. »

Partir ? Comment, où ? Il se méfie et me surveille. Quand il sort, il emporte les clés de la voiture. Un jour, alors que je m'attarde auprès d'une famille manouche, de passage dans la région, pour apprendre le tressage des paniers en osier, il décide que Nicolas doit rester avec eux, « pour vivre une expérience » ! C'en est trop, une nouvelle dispute éclate. Lorsque je me confie à mon père au téléphone, je conclus désespérée :

« Il nous met en danger, il faut que je le quitte. »

Alors je deviens panthère, je ruse sur mon propre territoire pour échapper à mon prédateur. Pour commencer, je cesse tout combat ouvert. Je me fais silencieuse, je ne conteste plus rien, je ne revendique pas. En somme, je fais mine de capituler. Deux semaines plus tard, le 6 juin 1996 – je me souviendrai jusqu'à la fin de mes jours de cette date – Manu relâche sa vigilance. Il me laisse seule avec les enfants pour aller planter des pommes de terre à Saint-Georges. Il en a pour l'après-midi. Quatre ou cinq heures que je mets immédiatement à profit.

Je réunis tous les papiers dont j'ai besoin : livret de famille, papiers d'identité, permis de conduire. Je rassemble également quelques vêtements. J'explique ensuite aux enfants que nous partons en vacances au bord de la mer, chez leur papy Claude, mon père. Puis, armée de ma seule conviction, toute ma richesse contenue dans un petit panier, je dévale avec eux les deux kilomètres qui nous séparent du domicile de Chris, notre voisine la plus proche.

« Chris, peux-tu nous emmener à la gare, à Bernay ? »

Elle s'étonne. Je lui explique que j'ai décidé de rejoindre mon père qui nous attend dans le Sud. Nous nous mettons en route. Je connais l'heure du train et le prix du billet.

« Pourquoi on s'en va sans prévenir Manu ? »

J'aurais dû le deviner. Nicolas, mon fils aîné, très attaché à son père adoptif, n'admet pas que nous partions sans lui. Comment lui faire comprendre ma décision, sans casser l'image qu'il a de lui ? Le plus simplement possible, je lui dis :

« Nicolas, je ne pouvais pas t'expliquer avant. Il faut que nous partions pour construire notre vie. Je te promets que tu ne perdras pas ton père. Tu pourras toujours le revoir et il t'aimera comme avant. Mais je dois le quitter parce que nous n'avons plus aucun avenir avec lui. »

La gare. Enfin. Dans moins d'une heure maintenant, nous serons dans le train. Très anxieuse, les trois enfants derrière moi, je me précipite vers l'un des guichets. Les enfants ? Lorsque je me retourne, Nicolas n'est plus là. Où est-il passé ? Est-il retourné vers la voiture de Chris ? Non. Mais Chris, elle, est encore là. J'ai les billets dans mon sac et je lui confie Shahi'yena et Okwari, et je sors de la gare pour inspecter les environs. Pas de Nicolas. S'est-il dirigé vers le centre-ville, alors ? Mais où est-il ? Je cours sur le trottoir, je regarde à gauche, à droite, je fouille les rues transversales au grand galop. En vain. À bout de souffle et très inquiète, je me demande pourquoi mon fils me fuit. Alors me vient une idée qui m'affole encore plus, s'il est possible. Nicolas, qui ne veut pas quitter Manu, s'est peut-être réfugié chez ses grands-parents paternels, qui habitent à quelques centaines de mètres plus haut...

Ouf ! C'est bien chez eux que je le retrouve, confortablement installé dans un fauteuil. Ma belle-mère, un verre d'eau à la main, tente de le consoler.

« Mais enfin, Nicolas, qu'est-ce qui t'a pris ? Je te cherche partout depuis une demi-heure !

– Eh bien tu m'as trouvé ! »

Quelle insolence ! La gifle part sur la joue droite, et fait monter des larmes à ses yeux.

« Mais vous ne devez pas frapper ce petit ! lance ma belle-mère. Il est arrivé tout apeuré. Il dit que vous voulez partir dans le Sud sans Xavier ! Mais vous êtes devenue folle, ma pauvre fille ! »

Un silence. Je la fixe. Puis je lance, très froide :

« Ce que j'ai décidé de faire me regarde. Nicolas, maintenant tu viens. On s'en va.

– Il n'en est pas question ! »

Le père de Manu verrouille la porte, enlève les clés de la serrure. Moi, j'enrage encore plus. Ils n'ont pas le droit de me retenir. Je le leur crie.

« Eh bien partez ! Mais sans Nicolas !

– Sûrement pas ! »

La panique générale s'installe, je tente de forcer la porte. De leur côté, mes beaux-parents vont chercher leurs cannes, et me frappent violemment en me poursuivant dans toute la maison. Nicolas crie. Un éclair de conscience me traverse alors l'esprit.

« Mais calmez-vous ! Vous allez avoir une crise cardiaque ! »

Une trêve dans les coups qui s'abattaient sur moi. Mais ni mon beau-père ni ma belle-mère ne renoncent. Elle emmène Nicolas dans les toilettes :

« Reste caché là, enferme-toi ! »

Je me précipite à leur suite. Je supplie Nicolas derrière la porte. Il finit par tourner la clé.

C'est un petit garçon complètement bouleversé qui est là, face à moi. En pleurs, il se blottit dans mes bras, balbutie qu'il me demande pardon, mais qu'il l'aime, Manu…

« Je t'assure que je sais ce que je fais, je l'ai décidé pour toi et tes frères, pour votre avenir, je te dis la vérité. Regarde à quel point tu doutes de moi ! »

Tout en lui parlant, je m'assois et le prends sur mes genoux. Je regarde autour de moi. Il faut que je sorte. Mon train va partir. La fenêtre ? Elle est trop haute pour sauter. Je me tourne vers mes beaux-parents.

« Maintenant, vous nous laissez partir.

– Non ! Nous allons appeler la police. »

Ils ont toujours leurs cannes à la main. Prêts à frapper.

« Eh bien oui, appelez donc ! »

Cinq minutes plus tard, à peine, une voiture de patrouille s'arrête devant la maison. De la fenêtre, je crie aux policiers :

« Ils m'ont enfermée, venez me chercher ! »

Mais mes beaux-parents ne cèdent toujours pas. Ils expliquent que je suis un monstre qui bat leur petit-fils, et qu'il faut m'arrêter... Alors, je sors mon livret de famille. Et les policiers, après vérification, me donnent raison.

« C'est son fils. Elle a le droit de l'emmener. Vous ne devez pas la tenir séquestrée chez vous... »

En passant le portail, je me retourne et lance une dernière phrase à mes beaux-parents :

« Vous ne comprenez pas que j'ai l'avenir de trois enfants à assumer moi ? »

Vite. Il me faut regagner la gare avec Nicolas. Nous retrouvons Shahi'yena et Okwari dans la voiture de Chris. Alors que le train va démarrer, meurtrie des bleus inscrits dans ma chair, je monte de justesse dans le wagon avec mes trois garçons.

Ça y est. Nous sommes sur la route du Midi, du soleil et de la mer. La route de notre liberté. Durant le voyage, j'explique à mes fils pourquoi j'ai refusé la bague et le contrat de mariage. C'est douloureux. Néanmoins, je prends soin de préserver l'image et la place de leur père aux yeux de mes enfants, indépendamment de ce que je pense de lui.

La maison de mon père, aux Adrets de l'Estérel, dans le Var, est assez grande pour nous héberger. De son remariage avec Christiane, il a eu un fils à cinquante ans : Olivier, qui a le même âge qu'Okwari. Mes trois fils sont sages, posés, obéissants, respectent les règles de politesse, se tiennent correctement à table. Mais Olivier, jusque-là si gâté, se voit tout à coup envahi. Il doit partager sa maison, ses jouets, ses parents. C'est difficile à accepter pour lui au début. Mais bien vite, des liens d'affection sincères se tissent entre eux.

8 juin. Manu est là, devant la porte. Déjà ! Il me rejoint dans le jardin, et nous parlons longuement. Mon père intervient et se dresse entre lui et moi. Il lui ordonne de me laisser tranquille.

« Elle essaie juste de les protéger. Une mère lapine creuse bien un terrier pour mettre ses petits à l'abri. Tu devrais le comprendre, toi qui aimes tant les animaux ! »

Pour la première fois depuis longtemps, je me sens à la fois comprise et sécurisée. Manu quitte la maison le lendemain. Après son départ, la chaleur de l'été et surtout celle de la famille m'invite à me détendre un peu entre rires, jeux et baignades.

Si j'ai pris la décision de quitter Manu, je n'ai jamais songé à le séparer définitivement de ses fils, ni à me cacher – il a toujours su où j'étais. Je n'ai jamais songé, non plus, à leur dire du mal de l'homme qui a été mon compagnon pendant sept longues années de ma vie. Dans mon esprit, mes garçons devaient maintenir une relation avec leur père, c'était nécessaire à leur construction.

C'est pourquoi j'accepte que deux de nos amis communs, Gabriel et Anna, emmènent les enfants quinze jours en Normandie, au début du mois d'août. Les garçons ne sont pas vraiment enthousiastes, mais naïve que je suis, je les persuade de rejoindre leur père.

« Madame Martin ? »

Une semaine après, un huissier frappe à la porte. Il vient me délivrer une assignation à comparaître trois jours plus tard devant le juge des référés de Bernay.

> *Attendu que Mme Catherine Martin a quitté le domicile familial, emmenant avec elle les trois enfants mineurs de Xavier Fortin ;*
>
> *Attendu que celui-ci réclame leur garde, et entend prouver par tous moyens que Mme Martin n'est pas capable de les élever dans de bonnes conditions, qu'elle a fait preuve de brutalité envers Nicolas, âgé de onze ans, au moment de son départ.*

Je lis le papier que je viens de recevoir. Chacune de ces lignes est pour moi un coup de poignard dans le dos. Mais je n'ai pas le temps de m'indigner. Il faut réagir vite. Trois jours seulement pour remonter en Normandie, trouver un avocat et rassembler des témoignages, c'est très court. Dans la précipitation, mon parrain Yves, mon père, Christiane et moi prenons la route. Pour la première fois de ma vie, je me retrouve dans le bureau d'un juge.

À cette époque, je ne connais encore rien du monde de la magistrature ni des arcanes de la justice. Face au magistrat, je suis à la fois perdue et décontenancée. D'autant qu'il me communique des documents pour le moins consternants, comme ce constat d'huissier certifiant que Manu et moi résidons à Livet, dans la maison de campagne de ses parents !

« Mais non ! Nous vivions dans une caravane sans eau ni électricité ! »

Je m'insurge. Je m'indigne contre cette évidente mise en scène de Xavier Fortin qui a berné l'huissier. Le juge écoute, le visage impassible. Puis il prend la parole.

« Madame Martin, vos dires resteront à établir. Ce qui est sûr c'est que vos trois enfants : Nicolas, Shahi'yena et Okwari ont été reconnus par leur père Xavier Fortin.

– Pas du tout ! Nicolas s'appelle Martin, comme moi ! Son père vit aux États-Unis et s'appelle Michel D. ! »

Silence. Le magistrat regarde plus attentivement le document produit par Manu.

« Ah oui, dit-il. Xavier Fortin n'a reconnu Nicolas que la semaine dernière… en effet, on ne sépare pas les fratries !

– Mais comment a-t-il pu faire une chose pareille ? Nicolas connaît son vrai père ! On n'achète pas la paternité d'un enfant juste quand ça vous arrange ! »

Nouveau silence. Le juge est perplexe. Il finit par conclure :

« Bon. Je crois qu'une enquête sociale permettra de démêler le vrai du faux dans cette affaire. En attendant les enfants restent ici, avec leur père. »

Les enfants restent ici, avec leur père. La phrase me fait l'effet d'une claque monumentale. J'ouvre la bouche pour protester, argumenter, plaider ma cause. Mais c'est trop tard. Le juge ne m'écoute plus. Dans sa tête, il est déjà passé à autre chose. Je viens de perdre ma première bataille judiciaire. Manu et son avocat rient dans le couloir.

Pour autant, je n'en reste pas là. Je veux voir mes enfants. Je veux leur parler. Je veux les serrer dans mes bras. Il refuse de me laisser les approcher. Alors, le lendemain, je me rue chez mes beaux-parents. Je hurle pendant plus d'une heure leurs prénoms devant le portail de leur maison. Je m'agrippe à la grille, je l'escalade. Inlassablement, je crie leurs noms à tue-tête. Enfin ! Comme les voisins sortent de chez eux un à un, pour demander ce qui se passe, Manu apparaît à la fenêtre.

« Arrête de faire du scandale, dit-il. Si tu veux voir les enfants, viens demain à la ferme de Gabriel. Tu pourras déjeuner avec eux. »

Bonheur, ils sont bien là ! Il fait beau, j'ai apporté un pique-nique. Nous mangeons sur l'herbe. Puis nous nous roulons dedans en nous chatouillant et ils crient de joie. Nicolas, tout fier, me dit :

« Maintenant ça y est. Je suis vraiment le fils de Manu. Comme mes frères. »

Pauvre petit garçon, qui désire tant être un « vrai fils », comme les autres. Pauvre gamin que je serre contre moi, auquel j'explique que Manu ne l'a reconnu que pour les besoins de sa procédure, tandis que Shahi'yena enchaîne :

« Nous, on aimait mieux quand vous étiez ensemble, même si vous vous disputiez tout le temps. »

Bien sûr, mon Shahi'yena. Je me demande à ce moment-là si je ne dois pas lui imposer mes conditions : vivre dans la superbe maison de Livet, mettre les enfants à l'école et me laisser travailler à l'extérieur... en échange de mon sacrifice.

Mais à la suite d'une violente dispute, devant le portail de Livet, où Manu fait semblant de vivre avec les enfants, je finis par lui dire ce que je pense de son attitude et lui assène :

« Tout est fini entre nous ! »

Le dialogue n'est pas rompu pour autant et il me laisse finalement reprendre la route du Sud avec mes enfants, non sans m'avoir fait signer la promesse de les lui rendre, puisqu'il en détient la garde provisoire. Une fois arrivée aux Adrets, je me mets à réunir tous les papiers et toutes les photos prouvant que Nicolas n'est pas le fils biologique de Manu, mais bien celui de Michel, mon premier compagnon. Il me faudra près d'un an avant que ma requête devant le tribunal aboutisse, et que juridiquement les choses rentrent dans l'ordre !

Septembre. L'heure de la rentrée scolaire vient de sonner. Okwari est en maternelle, Shahi'yena au CP et Nicolas en cinquième au collège des Chênes de Fréjus. Nous nous y préparons avec bonheur. Ils sont si fiers de leurs nouveaux cartables et de leur panoplie complète de crayons et de stylos ! Au jour dit, Shahi'yena et Okwari entrent dans la cour à mes côtés. Vient l'appel. Chaque élève, lorsqu'il entend son nom, se met en rang sous le regard bienveillant de son instituteur. Les colonnes se forment, les unes après les autres, et gagnent leurs classes. Le dernier enfant rejoint sa place, mes fils n'ont pas été nommés, comme ignorés. La directrice, embarrassée, me montre la lettre de Xavier Fortin qui lui interdit de scolariser les enfants, en vertu de la décision, toute provisoire, du juge des référés de Bernay. Il faut que j'explique qu'une enquête sociale est en cours, que j'insiste, que je me justifie pour qu'enfin mes deux fils fassent leur rentrée avec quelque dix minutes de retard qui ne passent pas inaperçues.

Le mois suivant, je suis convoquée devant le tribunal correctionnel de Draguignan pour répondre de « non-restitution d'enfants ». J'avais pourtant déjà tenté de me faire entendre avant la rentrée, par un référé. Mais le tribunal de Draguignan s'était déclaré incompétent, arguant du fait que la procédure avait commencé à Bernay. Très impressionnée par les lieux, accusée pour la première fois de ma vie, je plaide ma cause avec une franchise qui, je le sens bien, déplaît. Mais par miracle, le rapport d'enquête sociale arrive le jour même. Il décrit par le menu nos conditions de vie au campement. Je suis finalement condamnée à six mois d'emprisonnement avec sursis pour « non-restitution d'enfants » par le tribunal correctionnel. La garde des garçons me sera attribuée par la suite, en janvier 1997, par le juge aux affaires familiales.

J'ai gagné le combat. Je vais le payer cher, très cher.

Chapitre IV

La vie continue. Différente. Plus paisible. Plus confortable. Je travaille pour l'entraide sociale du Var, au service des personnes âgées du village. Mon salaire n'est pas très élevé, mais il me suffit pour louer un petit appartement près du centre des Adrets. Notre premier appartement ! Les premiers jours, les enfants, ravis, courent d'une pièce à l'autre, s'appropriant l'espace. Pour la première fois de leur vie, ils ont une chambre bien à eux, un lit chacun, un Frigidaire plein de nourriture, des toilettes à l'intérieur… et de l'eau, chaude et froide, coulant des robinets. Un paradis ! Sous mes fenêtres, un grand jardin, dont l'entrée est gardée par un vieux chêne majestueux, nous offre une vue imprenable sur la vallée verdoyante. Les enfants y jouent au ballon. Je suis contente, pourtant je me sens en deuil de tout ce que j'ai dû laisser derrière moi : ma vie de couple, ma vie de famille, mon projet professionnel aussi.

La solidarité des amis de mon père est exemplaire. Une table par-ci, une armoire par-là, des lits jumeaux et même un ancien bureau d'écolier à deux places, nous voilà meublés. Nous avons désormais un foyer chaleureux et plein d'amour. Nous y fêtons Noël en compagnie de Michel, le « papa d'Amérique » de Nicolas, et de ses grands-parents de Juan-les-Pins, tout heureux de pouvoir le serrer enfin dans leurs bras. La gentillesse de Michel nous met du baume au cœur. Il nous couvre de cadeaux et d'argent, nous entoure de son affection. Vraiment, il arrive du ciel, comme un ange ! Demeurant désormais à Montpellier, il nous promet que nous nous verrons régulièrement.

Quelques jours plus tard, nous nous embrassons sous le sapin décoré par ma mère, en compagnie de Lucien, son compagnon, de mon frère Jean-Luc, de sa femme Zabeth et de mes deux neveux, Alexandre et Robin, qui ont l'âge de mes deux cadets. La famille de tous côtés se manifeste et nous prodigue soin, tendresse, et réconfort. Ce Noël aux Adrets est marqué par la joie de pouvoir, pour la première fois, offrir des cadeaux à mes enfants.

Je donne aux petits une belle grosse peluche, un lion à Shahi'yena et un ours à Okwari. Ils ne les quittent plus. Shahi'yena passe chaque jour un temps rituel à brosser la crinière de son lion en lui parlant, et Okwari adore cajoler son ours, lui mettre des écharpes de couleur. Nicolas a droit à une jolie montre bien masculine. Tous les trois passent des heures à jouer autour du château fort acheté avec les 300 francs donnés par Mamie Gastaud, adorable grand-mère chez qui je travaille et qui a pensé à eux. Quant à moi, je récupère une voiture, grâce à mon frère Jean-Luc, qui est garagiste. Avec ce véhicule, je vais pouvoir trouver un emploi plus intéressant et mieux rémunéré, du moins je l'espère…

Février 1997. Nicolas parvient à un douze de moyenne au premier trimestre de sa cinquième. J'en suis assez fière après sa sixième un peu chaotique.

Voilà huit mois maintenant que nous vivons tous les quatre, Nicolas, Shahi'yena, Okwari et moi. Huit mois d'une paix toute relative. Manu a déjà tenté un soir de récupérer Nicolas à la sortie du collège. Cela s'est terminé au poste de police où on lui a demandé d'attendre son droit de visite. Il bénéficie également d'un droit d'hébergement pour les vacances scolaires, accordé par le tribunal de Bernay. Il me fait savoir qu'il compte l'exercer pendant les petites vacances de février. Arrivé en taxi, il repart avec les trois garçons. Mais il ne me les ramène pas…

Aujourd'hui, après tant d'années passées à chercher mes fils, je me souviens de ce premier enlèvement comme d'une sinistre répétition générale. Pour la première fois, j'attends, en vain, à ma fenêtre, priant pour leur retour. Pour la première fois, je me rue en Normandie, où je découvre un campement déserté. Grâce aux traces laissées sur le sol, je comprends vite que Manu a attelé une caravane et qu'il est parti. Mais où ? Je file en Bretagne, chez sa sœur Véronique. Personne. Je me rends chez mon amie Brigitte. Là, contrairement à ce qui se passera moins d'un an plus tard, la chance me sourit. L'un de ses fils m'affirme en effet avoir croisé Manu et les enfants sur la route avec deux roulottes et des chevaux. Le lendemain, grâce à l'aide des gendarmes, qui quadrillent le secteur, on les localise, stationnés près d'un pont.

Ils sont bien là, au milieu d'un campement en compagnie d'une famille manouche. Je suis accompagnée de Michel et de son père, Pino. Manu est face à moi, debout, devant un feu. Sa silhouette longue et sèche se dessine sur les flammes comme une menace. Je lui parle. Lentement. Posément. Lui, d'un geste, me montre la carabine qui se trouve juste derrière lui, dans son camion. Les petits, terrorisés, se cachent derrière lui en s'agrippant à son pantalon. Nicolas se tient à l'écart et n'approche pas à moins de vingt mètres. J'apprendrai de sa bouche, plus tard, qu'il était persuadé que Manu allait me tirer dessus. Il répétait chaque jour :

« J'ai une balle pour Katia, une pour le père Martin et une pour son parrain. Je les abattrai comme des chiens, tout le clan des Martin. »

Heureusement, il ne met pas sa menace à exécution. Mais Shahi'yena, très angoissé, détale et va se réfugier dans la petite caravane. Je le suis. Je me faufile entre les bouses de vaches, les bouteilles cassées, le pauvre chat attaché et les chiens qui me reconnaissent. Je m'apprête à parler à mon petit garçon.

« Fous-lui la paix ! »

Manu m'a suivie. Il claque la porte de la caravane. L'apercevant, Shahi'yena ressort, s'enfuit. Je veux l'arrêter, pour le prendre dans mes bras. Je le tiens presque. Mais soudain, je reçois une énorme gifle, de celles qui vous démontent la tête. Derrière nous, Nicolas hurle :

« Non Manu, pas ça ! »

Je suis à terre mais je me relève. Michel et son père parviennent à approcher Nicolas. Ils réussissent à convaincre Manu de le laisser rentrer avec nous. Nous le quittons, je suis effarée, cela fait trois semaines qu'il est parti avec eux et c'est déjà la terreur qui règne…

Mais dès le lendemain, je suis de retour, cette fois-ci avec les gendarmes, chez qui je suis allée déposer plainte. La loi est avec moi. Manu doit rendre les enfants. Après des heures de palabres au cours desquelles il tente de persuader les militaires de sa bonne foi de père, je finis par les récupérer. Ils sont d'une saleté repoussante. Les petits confieront plus tard qu'ils ont dû manger avec leurs doigts, et Nicolas qu'il devait dormir à côté de la pâtée du chat. Ils sont très perturbés.

Si l'épisode a connu une fin heureuse, il laisse des traces. Shahi'yena, le plus perturbé peut-être, développe une forte otite et fait des cauchemars toutes les nuits. Il rêve de machines infernales fabriquées par Manu. Placées au milieu de bidons d'huile, elles les font exploser dans une grande gerbe de feu qui m'anéantit. Okwari et Nicolas manifestent l'angoisse viscérale d'être « perdus dans la nature ». Mon aîné m'explique que Manu riait, quand Shahi'yena volait des bonbons dans les supermarchés. Et tous les trois refusent, en bloc, de partir en vacances avec Manu pour Pâques.

Car c'est ainsi. Malgré ce premier enlèvement, la justice n'interdit pas à Manu d'exercer son droit de visite et d'hébergement. J'ai déposé plainte mais étrangement elle est restée sans suite. J'apprendrai, plus tard, que ce n'est pas si étonnant ; une convocation lui a bien été signifiée mais il n'était pas à l'adresse de Livet ! Évidemment, ce n'est qu'une boîte postale. J'apprendrai aussi qu'en France, la justice ne sait pas faire appliquer les lois.

Mai 1997. Après la visite de Manu à qui les enfants ont adressé de sévères reproches, nous reprenons le cours de notre vie, sans lui. Pour l'heure, nous cheminons tranquillement jusqu'à l'école. J'adore cette promenade dans la fraîcheur du matin. Les petits ont pris l'habitude de jouer à l'équilibre le long du muret. Sur la place nous souhaitons le bonjour aux anciens, je croise Marcelle qui m'a embauchée pour l'aider dans son potager, et d'autres mamies dont je m'occupe pendant les heures de classe. Mes garçons sont là, tout près de moi, heureux. Traverser le cœur du village, riche de multiples relations humaines, avec eux, les embrasser en leur prodiguant nombre de recommandations devant l'école, leur transmettre ma confiance en la vie ouverte sur le monde et les millions de possibles qu'il nous offre me donne tous les jours le courage et l'enthousiasme nécessaire pour assurer mon rôle de maman.

Ma mère vient régulièrement nous rendre visite. Elle m'aide de tout son grand cœur et de toutes ses forces.

Soucieuse de l'avenir, à cette époque, je lui confie que je ressens une étrange douleur de la mâchoire à l'oreille, de plus en plus forte chaque jour.

« C'est parce que tu serres les dents peut-être ? » suggère ma mère.

De fait. Je me rends compte que je m'endors avec les mâchoires tellement crispées que mes os s'usent jusqu'au point de douleur que je ressens le matin…

Elle m'apporte les passionnants romans de Christian Jacq sur l'Égypte ancienne. Ils agissent sur moi comme un remède. Ils me font merveilleusement gagner les bras de Morphée.

Le mois d'août approche. Même si Manu a choisi de vivre sur la route, il reste à jamais le père de mes fils et ils ont besoin de lui. Je commence alors à préparer les enfants à sa venue. Ils doivent lui pardonner sa bêtise de février dernier et accepter de reconstruire le lien avec lui. Il faut que nous parvenions à nous entendre, Manu et moi. Nos enfants ont droit à une vie équilibrée, dans un confort stable et serein entrecoupé de périodes d'échappées bucoliques. L'année scolaire chez moi, les vacances avec lui, deux existences valorisantes et complémentaires, dans un respect commun. Voilà ce que je souhaite pour eux. J'ai beaucoup de mal, pourtant, à convaincre Nicolas de repartir avec Manu pour veiller sur ses frères, tant il a peur de ne pas me retrouver. Grâce à l'achat d'un téléphone portable, je réussis à le rassurer. Il a ainsi le moyen de me joindre quand il veut, de me donner des nouvelles et d'être sûr de ne pas se perdre.

J'apprends ainsi que mes trois garçons passent leurs vacances en roulotte à cheval, avec quelques familles manouches. Mais Nicolas me dit aussi que Manu le traite d'« espion », et l'empêche parfois de rester avec ses frères de peur qu'il les « contamine ». Un jour, au beau milieu de nulle part, il lui lance même :

« Tu peux partir si tu veux, je ne te retiens pas. »

Mon aîné trouve un peu de réconfort auprès des Manouches qui le nourrissent et prennent soin de lui. Mais à sa voix cassée de sanglots contenus, je sens bien qu'il est malheureux.

Ces vacances ont été pénibles pour Nicolas mais ils sont revenus. À la fin du mois d'août, Manu les ramène jusqu'à moi. Je suis ainsi rassurée. Il a admis que nous avions un « chez-nous » en dehors de lui. Dans cette nouvelle certitude, je continue de construire notre vie. Bientôt, je trouve un emploi d'éducatrice à Cannes, dans un internat pour des enfants âgés de six à quinze ans, tous placés dans cette institution par jugement ou décision de la DDASS.

Malgré l'intérêt de cet emploi, rien n'est simple. Les enfants dont je m'occupe sont dans des situations familiales dramatiques. Les violences subies les rendent farouches et vulnérables. Quant à mes trois garçons, ils supportent mal ce qu'ils appellent mes « absences ». Je travaille en horaires décalés et je peux les conduire à l'école le matin. Mais je dois rémunérer une nounou pour les garder le soir. La moitié de mon salaire lui revient. Pourtant, je culpabilise de partager ainsi mon temps. Pour Nicolas, j'engage un instituteur à la retraite qui vient l'aider à faire ses devoirs. Toutefois, même si j'accumule fatigue nerveuse et physique, je reçois un bon salaire qui me permet d'offrir à mes enfants des soirées au restaurant, des sorties au cinéma, des vêtements, des chaussures neuves et d'acheter des plantes pour notre potager.

C'est dans ce contexte qu'arrivent les vacances de décembre 1997. Cette fois, Nicolas refuse tout net de partir avec Manu. Je ne peux pas lui demander de se sacrifier pour prendre soin de ses frères durant ces vacances. De mon côté, je suis dans l'obligation légale de lui confier Shahi'yena et Okwari. Ils n'auront pas leur grand frère pour veiller sur eux. Même si j'ai un pincement d'angoisse au cœur, je me dis que je dois rester confiante. J'ai tout de même pris la précaution de les emmener témoigner de leur dernier séjour chez leur père auprès des gendarmes.

Maintenant ils sont partis, mes petits loups, tout seuls pour la première fois, sans leur grand frère. Pourvu que tout se passe bien et qu'il les ramène, mon Dieu qu'il les ramène sans peine !

DEUXIÈME PARTIE

Chapitre V

Dimanche soir. Enfin. Ils vont revenir, je l'espère. Je prépare les pyjamas et les vêtements propres pour l'école. Il y a classe le lendemain. Je plie leurs affaires et les range au pied de leur lit, comme d'habitude. Elles y resteront des années, à attendre, comme moi.

La nuit tombe. Ils ne sont pas encore rentrés. Je fais le maximum pour garder mon calme et ne pas m'affoler mais sournoisement mon estomac se met à me brûler, mon corps se recroqueville sur lui-même. Je ne dis plus rien de peur de déranger l'ordre des choses, je ne dis plus rien, je guette à la fenêtre. Il n'y a personne dehors. En tremblant je finis par m'asseoir sur leur petit bureau. Adossée à l'armoire, le front contre la vitre froide, je surplombe la rue. C'est le meilleur poste d'observation. Mais bientôt je ne vois plus rien tant les larmes envahissent mes yeux. Quelle heure est-il ? Voilà si longtemps qu'ils devraient être là. Je m'efforce encore de croire à un contretemps. Une panne. Un léger accident. D'un instant à l'autre, j'apercevrai des lueurs de phare, puis la voiture se garera. Ils en sortiront tous les deux. Mais avec les heures qui passent, l'idée qu'il ne les ramènera pas devient insupportablement oppressante. Elle me dévore le cœur et me noie de chagrin. Je reste là, assise en chien de fusil, pleurant toute la nuit, contre la vitre glacée. À l'aube, à bout de larmes, je sais que le cauchemar recommence. Il ne les ramènera pas.

Comment dire le vide ? Il n'y a plus rien, et pourtant le rien prend toute la place. Le vide remplit tout l'espace. L'absence tue. Elle viole tous les recoins inexplorés de mon cœur, me laisse nue et sans voix. Elle me terrorise. Alors je me terre, paralysée, je me réfugie dans les souvenirs heureux pour tenter d'échapper au gouffre froid de la solitude. Pour revivre un instant de bonheur passé avec eux, je voyage au pays du non-dit, je voyage en images improbables. Ce refuge-là est comme une drogue. Il me rassure un instant fugace. Puis, en un clin d'œil, il s'évapore, et le vide revient. Alors, je remplis ma tête de questions, je me pose des problèmes philosophiques, éthiques et métaphysiques. La nuit s'écoule. Je cherche à combler le manque mais plus rien n'a de sens. Où sont mes enfants chéris ?

Le lundi matin, je m'habille et j'emmène Nicolas au collège le cœur serré. Il faut que je retrouve Shahi'yena et Okwari.

À Saint-Raphaël, je m'arrête devant la gendarmerie. Un bâtiment banal, sur lequel flotte le drapeau bleu-blanc-rouge, et qui représente, à cette heure, tous mes espoirs. Je viens y porter plainte. J'ai relevé le numéro d'immatriculation du camion bleu. Il vient de l'Hérault. Le département où réside Françoise H., cette femme venue deux fois aux

Adrets m'expliquer que je n'ai « pas fait le meilleur choix pour les enfants ». Pour elle, Manu est un être formidable, j'ai eu tort de le quitter. Elle se voulait médiatrice entre nous, mais elle était partiale. Je l'ai renvoyée. A-t-elle quelque chose à voir avec l'enlèvement de Shahi'yena et d'Okwari ? A-t-elle un lien avec le camion bleu ? Je parle d'elle au gendarme qui enregistre ma déclaration. Il ne fait aucun commentaire et ne me donne aucun espoir. Il va voir. Faire son travail. Combien de temps est-ce que cela demandera ? Il ne peut pas le dire. De toute façon je sais que si je veux les récupérer vite, mieux vaut que je tente de le faire de mon côté, sans attendre que la maréchaussée se mobilise.

Le lendemain, mardi, je confie Nicolas à mon père. Toute la famille est alertée, ça recommence. Manu a enlevé les enfants ! Mon pauvre bonhomme sera bien avec lui. Il est si triste, il se culpabilise tant de ne pas être parti avec ses frères. Je veux qu'il mène une vie normale, autant que faire se peut, bien sûr, pendant que je les cherche. Je préviens mon patron que je ne viendrai pas travailler. Car je n'attends pas une minute de plus. Je me transforme en détective, et en compagnie d'Yves, mon parrain, je remonte lentement la piste du camion bleu. De conversations téléphoniques en vérifications, je découvre que le véhicule se trouve, comme je le pensais, chez Françoise H., à Gignac, à quelques heures de route à peine. Avec un peu de chance, mes garçons seront là-bas, avec Manu. Une bonne raison pour sauter dans la voiture et rouler. Il n'y a plus, en moi, qu'une détermination farouche. On m'a pris mes fils. Je vais les chercher.

Hélas, si le camion est bien là, avec son conducteur, la piste tourne court. L'homme aux pieds nus nous explique en effet qu'il a simplement conduit les enfants et Manu à la gare, où ils ont pris le train. Peut-être pour Bernay ? J'alerte immédiatement les gendarmes de l'Eure. Et je m'apprête à prendre la route de la Normandie, comme je l'ai prise en février de l'année précédente quand pour la première fois, Manu a kidnappé les enfants.

Le même trajet. Les mêmes paysages. La même angoisse. Le voyage n'en finit plus. Et même la musique ne me calme pas. Fébrile, je fais de nouveau le tour de tous les endroits où Manu et les enfants pourraient avoir trouvé refuge, je pousse les portes des mêmes gendarmeries. Mais nulle part, il n'y a trace d'eux. Disparus, les véhicules rouge et vert, le camion, la caravane, les animaux, les roulottes, les chevaux par trop voyants. Manu est parti en catimini. Il s'est fait tout petit. Un ogre, qui emmène avec lui mes enfants jolis.

Je voudrais continuer à les chercher. Je voudrais parcourir tous les chemins qu'il pourrait emprunter avec eux, battre le rappel de nos anciens amis, alerter les gendarmes sur mon passage. Mais je ne le peux pas. Les huit jours de congés que j'ai posés en catastrophe sont écoulés, et je dois rentrer travailler.

Lorsque mon employeur me l'a annoncé, Daniel était à mes côtés, m'assurant de son soutien. Je me suis effondrée dans la cabine d'où je lui téléphonais.

« Comment ? Non seulement j'ai perdu mes enfants mais en plus, je perds aussi mon emploi si je ne rentre pas et que je continue les recherches ? »

Mais je n'ai pas le choix. Je reprends mon travail. Comme un zombie. Je ne vois rien, je ne parle plus, je n'entends rien, je ne dors plus. Je n'ai le désir de rien. Je reste là, prostrée. La terre s'est ouverte sous mes pieds et m'a engouffrée. L'absence, le silence sont insupportables. Certaines nuits, j'entends la voix de mes fils m'appeler au secours : « Maman ! » Je sursaute, je me dresse sur mon lit, je gagne leur chambre. Mais ils ne sont pas là. Et je ne peux pas répondre à leur cri.

D'autres nuits, pour atténuer ma détresse ou tout simplement l'exprimer, j'écris à mes enfants.

Je pleure de vous, je crie de larmes, je n'ai plus de voix, je n'ai plus d'armes. Je bois le drame de mon sang versé, par amour pour vous, enfants choyés. Je me noie dans l'alarme et nul ne le sait Combien je sens vos cœurs aigris, combien je vois vos jours meurtris ! Mes nuits sont transies d'effroi.

Mes jolis cœurs de bébés, soyez sûrs que plus rien, jamais, ne nous séparera. De vous à moi, il n'y aura plus que l'espace de mes bras et mon amour tout entier le comblera à jamais de joie !

Au foyer, l'un de mes collègues remarque que je n'ai rien mangé pendant le repas. Manger ? Non. Je ne peux plus manger quoi que ce soit de solide. Mon estomac est bloqué. Ma bouche verrouillée de l'intérieur.

« Attention, me dit-il gravement, en me regardant droit dans les yeux. Si tu ne manges pas, tu ne vas pas tenir le coup ! »

Il a raison. Mais cela n'y change rien. Je suis meurtrie jusqu'au tréfonds de mon âme. Lorsque j'arrive à en parler, quelques mois plus tard, je me décris comme amputée des deux bras et des deux jambes, un tronc sur un fauteuil roulant.

Et pourtant, le monde autour de moi continue de tourner. Un jour j'aperçois, par la fenêtre de mon appartement, des hommes en équipements d'alpinistes grimper sur les immenses platanes bordant la route devant la maison. Ils coupent les branches des arbres, ne laissant que des moignons boursouflés, tendus sur leur axe comme des poings levés contre le ciel. Mais je n'ai pas la force de me révolter. Je suis mutilée, comme ces arbres.

En février, je reçois une première lettre dans laquelle Manu plaide sa cause devant les juges, puisqu'il a fait appel de la dernière décision. Il leur explique avec force détails que je suis une mauvaise mère. Selon lui, j'ai enfermé mes enfants dans un appartement. Je les ai traumatisés en les obligeant à aller à l'école. Je les ai coupés, brutalement, de la nature au sein de laquelle ils se trouvaient si bien. Il n'a fait que son devoir de père, quand il les a soustraits à ma pernicieuse influence. La preuve ? Les enfants sont heureux, près de lui. Joints à cette missive, deux dessins de Shahi'yena et d'Okwari reproduisant des chapiteaux de cirque. Ils ont recopié un texte soigneusement rédigé par leur père pour me dire combien ils apprécient leur nouvelle vie. Leur écriture ronde me déchire le cœur. Elle me donne, aussi, la force de ne pas sombrer. Mes enfants sont là, quelque part, sur les routes de France. Ils m'attendent. Ils ont besoin de moi ; je dois les chercher. Le chemin qui me conduira à eux peut être long et difficile. Je dois l'emprunter. Je dois, surtout, ne jamais renoncer à le suivre. Un jour, demain peut-être, nous serons, j'en fais le serment, enfin réunis. Manu n'a pas le droit de les enfermer dans son monde, de les cacher dans une caravane, c'est extrémiste, exclusif et totalitaire. Il n'a pas le droit de leur briser les ailes en leur faisant croire que je les ai maltraités. Il n'a pas le droit de les priver ainsi de mon amour, c'est indigne d'un véritable père ! C'est totalement égoïste, il ne pense pas à eux, mais seulement à lui...

Je travaille pour finir mon contrat de remplacement. Je travaille tout le jour durant, mais une moitié de mon cerveau reste monopolisée et échafaude mille plans destinés à me permettre de retrouver mes enfants. En mars, une deuxième lettre de Manu, toujours adressée aux juges, arrive chez moi. Elle me confirme qu'ils s'amusent bien avec leurs amis du cirque.

Durant quatre mois d'enfer, je harcèle les gendarmes, je téléphone à tous nos amis, et même à toutes les relations que nous avons pu croiser, Manu et moi, durant nos sept années de vie commune. À Pâques, Nicolas et moi retournons en Normandie. J'y séjourne chez mon amie Brigitte. Je passe des jours à dresser la liste de tous les cirques voyageant dans la région – si Shahi'yena et Okwari en ont dessiné un ce n'est peut-être pas pour rien. Les gendarmes vont en visiter certains. À chaque fois, l'espoir me gagne. À chaque fois, il retombe. Des montagnes russes émotionnelles qui me laminent, mais ne viennent pas à bout de ma détermination. Il n'y a pas si longtemps qu'ils sont partis.

Rien d'autre ne compte, que les stratégies destinées à les retrouver.

Mais autour de moi, en ce mois de mai 1998, tout semble s'écrouler. Car à mon retour aux Adrets j'ai une très mauvaise surprise. Le directeur du foyer où je travaille m'annonce en effet qu'il ne renouvellera pas mon contrat de travail.

« De toute façon, me dit-il, vous n'étiez que de passage ici. Cet emploi n'était qu'un tremplin, qui va vous permettre de rebondir. »

Un tremplin ? Peut-être. Mais en attendant, me voilà de retour à la case chômage. Qu'importe. Je n'ai pas l'intention de baisser les bras. Je m'inscris à une formation pour la préparation du BTS en économie sociale et familiale, qui débute à la rentrée prochaine, à Nice. Je me consacre entièrement à la recherche de mes enfants. Un mandat d'arrêt a été émis pour enlèvement et séquestration.

Grâce à l'aide de Daniel, mon ami fidèle et précieux, je conçois des affiches portant les photos de mes fils et celle de Manu. Il les fait imprimer en grande quantité. Je les adresse ensuite une par une aux gendarmeries de la France entière, d'abord par département, ville par ville, puis par circonscription pour qu'elles soient distribuées aux brigades. Manu peut maintenant se trouver n'importe où sur le territoire avec son camion et sa caravane. Il se méfie sans doute, il sait qu'il s'est mis hors la loi. Mais je ne relâcherai pas mes efforts, même si j'ai le sentiment qu'il joue avec moi, avec mes émotions, comme un chat avec une souris.

Je suis incapable de tenir en place. Il me faut agir, absolument. Nicolas, désolé, espère comme moi le retour de ses frères. Mais les dernières actions ne donnent toujours pas de résultat. En attendant, je revisite un à un tous les endroits où j'ai emmené les enfants. Je les y revois jouer ensemble, pédaler à toute vitesse sur le stade et dans la forêt, à la sortie du village. Je m'arrête partout où il reste quelque chose d'eux dans l'air ou sur la terre : les chemins de sable et de petits cailloux qu'ils construisaient pour leurs jouets, les cabanes de paille que le loup a soufflées, leurs passages secrets imaginaires. Je les cherche partout où ils ont laissé une trace. Puis, un jour, j'explore un chemin de forêt que je ne connaissais pas. En bout de parcours, j'arrive à un point dominant tous les horizons. Un étrange rocher recouvert de granit blanc et de mica brillant trône là. Saisie d'une impulsion, j'ouvre grand les bras et j'essaie de crier le nom de mes fils. Mais aucun son ne sort de ma bouche. Il faut que j insiste pour qu'enfin un filet de voix s'échappe de moi : « Shahi'yena ! Okwari ! »

Face au vide, je crie de nouveau, de plus en plus fort, je hurle, jusqu'à m'arracher les poumons. À cet instant, je suis sûre qu'ils m'entendent. Puis je m'effondre en pleurs, et je supplie Dieu de venir à mon secours.

Je reviens souvent au rocher blanc, pour hurler mon mal de mère. Je crie. Je pleure. Puis, peu à peu, il me semble que le rocher scintillant au soleil absorbe ma peine. Je m'y allonge, offrant mon corps en sacrifice, pour que le ciel m'entende. Au fil du temps, j'y entre en état de transe. Je m'installe, pour écouter et méditer. Parfois, pour échapper à la triste réalité, je ferme les yeux et m'offre au soleil, imaginant qu'il dissout mon corps, qu'il se fond dans l'univers. Plongée au milieu des perles de lumière, je m'envole au firmament.

Rentrée chez moi, je retrouve Nicolas. Je lui prépare à manger. Je lui demande comment s'est passée sa journée. Je le couche, enfin, je l'embrasse. Ensuite, je rentre dans la chambre de mes petits garçons disparus et faute de pouvoir leur parler, je leur écris.

À mes petits loups,

Le désespoir qui m'habite est immense. Comme je regrette de vous avoir laissé partir !

Chaque soir au crépuscule, je répète : « Non, ce n'est pas encore ce soir que maman viendra vous chercher, mes jolis cœurs. Ne pleurez pas, bientôt on va vous retrouver, et nous serons de nouveau réunis. »

J'ai envoyé déjà soixante-dix affiches avec vos photos dans tout le Nord. Un radiesthésiste m'a affirmé que vous étiez tenus prisonniers dans un camp de nomades établi à Fontainebleau. J'ai décidé de faire appel à un détective privé parisien. Demain, il recevra la lettre dans laquelle je lui demande d'aller le visiter. Qui sait ? Peut-être qu'il va vous y trouver ? À moins que vous soyez avec d'autres gens du voyage ? La police de Varennes-sur-Seine a inspecté un rassemblement de forains. L'un d'eux a affirmé avoir vu le camion vert et rouge de Manu. Depuis je vous imagine, brinquebalés sans arrêt de parking en parking, fatigués de rouler sans bien manger ni bien dormir, avec un Manu si angoissé qu'il ne peut rassurer personne. Ce qui me fait très peur aussi c'est qu'il a dû vous raconter que j'étais folle ou méchante, que l'école c'était nul, et j'ai peur que tous ses discours ne vous influencent terriblement, vous si petits qui n'avez plus que lui à écouter et à suivre. Soyez forts mes amours ! Je ne renoncerais jamais ! Je vous aime, je vous aime de tout mon cœur !

Maman

Nicolas doit redoubler sa troisième. Comment lui reprocher quoi que ce soit ? Il reste persuadé qu'il aurait dû partir avec ses frères. Il pense que rien ne serait arrivé s'il avait été là, près d'eux. Il croit que même si Manu l'avait remis dans un train, il m'aurait prévenu tout de suite et qu'on les aurait forcément retrouvés. J'ai beau lui assurer qu'il n'aurait rien pu faire, que Manu a soigneusement prémédité l'enlèvement, que ce n'est pas sa faute mais la mienne, il se borne à répéter qu'il aurait dû partir avec eux. On dirait qu'il ne m'entend pas. Alors, pour lui ôter un peu de sa tristesse, je décide, ce 21 juin, de lui offrir un après-midi de détente au lac de Saint-Cassien. C'est là, dans ce décor superbe, que nous croisons le chemin d'un bel homme blond au regard très bleu, prénommé Gilles. Nous lui racontons notre peine. Nous évoquons aussi avec lui les jours heureux de baignade vécus à cet endroit l'été dernier, tous les quatre.

Nous n'en restons pas là. Par amour et par charité, Gilles s'investit en effet de la mission de nous épauler, mon fils et moi. Peu à peu, il gagne notre confiance et notre cœur. Très sportif, il emmène souvent Nicolas faire de longues randonnées en vélo dans l'Estérel ou jouer au foot. Quant à moi, je participe à ses côtés à un séminaire de guérison spirituelle organisé par les églises évangéliques d'Orange, au milieu de trois cents personnes venues de la France entière.

Les trois jours que je passe là sont extraordinaires : depuis les anciennes rancœurs envers les parents, amis et conjoints, jusqu'aux mauvaises actions avouées tous les murs s'effondrent les uns après les autres. Le plus difficile pour moi est de me pardonner de n'être toujours pas parvenue à retrouver mes fils. Je leur ai promis de venir les chercher si Manu ne les ramenait pas. J'ai manqué à ma promesse. Dans les cris et les pleurs, je me délivre de mon fardeau de culpabilité, avant d'être transportée par une immense vague de douceur vers ce Dieu auquel je crois depuis ma plus tendre enfance.

Je ne m'accordais plus le droit de rire, ni de vivre, ni même celui de prendre le soleil tellement je m'en voulais. Je n'avais plus aucun refuge, pas même celui de la dépression car je devais rester forte pour Nicolas. À l'aube de ce solstice d'été, je renais. Je retrouve le goût du rire partagé, le plaisir de cuisiner, celui d'offrir et de donner. Pourtant, même si j'apprends à moins me torturer, la blessure reste ouverte. Tous les jours, je prie pour mes fils. J'implore le ciel pour que quelqu'un les aperçoive, quelque part. Cependant, je recommence à vivre, même amputée. Sans Gilles et la prise d'amour qu'il me donne sur terre, il n'est pas sûr que j'aurais pu le faire.

Le printemps m'attire dans le jardin. Je remets les mains dans la terre, je désherbe, je sème. Il y a tant de fraises cette année ! Elles commencent juste à mûrir. Comme j'aimerais que mes fils soient là pour les manger ! Le rosier resplendit, un grand buisson de roses parfumées ! J'en cueille quelques-unes en un bouquet, je le place près de leurs photos. Chaque jour, je caresse leurs deux visages à travers le verre du cadre en leur disant tout mon amour. Lorsque je passe mes doigts sur leurs tempes, je sens le grain fin de leur peau comme si c'étaient eux. J'ai la sensation pure du contact de chacun, de la douceur de leurs lèvres, de la soie de leurs cheveux. J'ai chaque détail de leurs corps au bout des mes doigts, lorsque j'effleure leurs visages sur cette photo. Je murmure :

« Tout va s'arranger bientôt. Nous allons vous retrouver. Nous serons de nouveau réunis ! »

Les jours passent. L'été s'installe. L'enquête sur les cirques piétine. Je m'organise donc pour repartir sur les routes avec Gilles. Rassemblant mes petites économies, nous aménageons sa voiture pour camper. Nicolas part en colonie de vacances équestre. Gilles et moi filons vers le nord. Les gendarmes ne retrouvent pas le cirque où, peut-être, Manu les cache ? Eh bien nous allons nous substituer à eux.

Nous avons fait la liste de tous les cirques, petits ou grands, installés cet été dans les villes touristiques de la côte, depuis le nord de la Normandie jusqu'à la Bretagne et à l'ouest jusqu'à Bordeaux. Nous entamons un périple de trois semaines. Tout le jour durant, nous roulons, ne nous arrêtant que pour cuisiner un repas frugal sur notre Butagaz. La nuit, nous plantons notre tente. C'est ainsi que, kilomètre après kilomètre, nous avançons. À chaque nouveau chapiteau, mon cœur bat plus vite. C'est là, peut-être, dans l'une de ces caravanes, que se cachent mes petits garçons. Shahi'yena vient d'avoir huit ans. Je ne veux pas rater son anniversaire. Ce serait formidable qu'il soit là, avec son frère. Mais chapiteau après chapiteau, nos recherches sont vaines. Ville après ville, mes yeux s'emplissent de larmes, je courbe le dos. Je ploie, mais je ne plie pas. Nous repartons vers un autre lieu, un autre cirque.

Nous avons emporté avec nous tout notre stock d'affiches. Nous les distribuons aux gendarmeries se trouvant sur notre passage. Mais les militaires ne se montrent guère coopératifs. Ils m'écoutent raconter l'enlèvement. Puis ils se contentent en général de lancer :

« Ah, ils sont avec leur père ! Alors ça va ! »

Aucun d'eux ne comprend ma quête, ni le danger qui plane sur mes enfants. Mais qu'importe ! Ensemble, Gilles et moi, nous nous sentons forts, puissants et portés par une foi sans faille.

Au terme d'un périple de trois mille kilomètres, épuisés et désemparés, nous n'avons toujours trouvé aucune trace de mes garçons. Il faut rentrer, déjà, pour retrouver Nicolas. Passé Bordeaux, nous empruntons l'autoroute, traversant le Sud-Ouest d'une seule traite, un goût amer dans la bouche. L'été flamboie toujours. Je ne vois plus sa splendeur. Quand pourrai-je reprendre la route qui, j'en suis sûre, me mènera à eux ?

« Il y avait une lettre dans la boîte. »

Une lettre ? Je prends la missive d'allure officielle des mains de Gilles. Je l'ouvre en tremblant tant je suis impatiente. C'est une convocation du juge d'instruction de Draguignan, chargé d'instruire ma plainte pour enlèvement d'enfants. S'il veut me rencontrer, c'est qu'il y a du nouveau, forcément...

« Madame Martin, les gendarmes ont failli intercepter votre mari dans le Sud-Ouest, tout près de Toulouse. »

Je suis dans le cabinet du magistrat. Je regarde, sans le voir, cet homme d'allure effacée. J'écoute avec avidité les paroles qu'il prononce. Cependant, elles ne font que relater avec diplomatie l'échec des militaires qui, pourtant, auraient pu récupérer mes petits.

C'était en août, ce mois d'août durant lequel je battais la campagne avec Gilles et où nous priions sans relâche pour découvrir leur cachette. Deux gendarmes en uniforme font une tournée de routine à Boulogne-sur-Gesse, une bourgade des environs de la Ville rose. Ils remarquent dans un champ un campement inhabituel : un camion rouge et vert, une caravane, quelques animaux, et décident d'aller y jeter un œil. Lorsqu'ils descendent de leur véhicule, deux jeunes garçons détalent vers le bois tout proche. Bizarre. Ils inspectent alors la bétaillère, y découvrent des papiers et un chéquier. Les enfants, eux, ne réapparaissent pas. Interrogé, le fermier voisin déclare qu'il ne sait rien. Comme la fin de leur service approche, les deux gendarmes… retournent à leur base. Là, ils constatent que les papiers qu'ils ont découverts appartiennent à Xavier Fortin, un homme recherché et sous le coup d'un mandat d'arrêt.

Seulement voilà. Leur service, cette fois, est fini. Xavier Fortin attendra bien demain…

« Le lendemain, me dit le magistrat qui est face à moi, un rien gêné, l'homme et les enfants avaient disparu. Mais ne vous inquiétez pas. Cette fois, nous allons les retrouver très vite. Nous savons que Xavier Fortin se sert d'un chéquier. Par ce biais, nous devrions pouvoir le localiser… »

Bien sûr. Tel devrait être le cas. Mais tout de même. Je suis éberluée et verte de rage. Si ces deux pandores avaient eu un brin d'intuition, à l'heure qu'il est, mes fils seraient peut-être avec moi. Je leur en veux énormément. Et en même temps, je me dis que mes efforts ne restent pas vains. Xavier Fortin est un homme traqué. Il ne pourra pas rester dans la clandestinité très longtemps. D'un jour à l'autre, il va être interpellé. Les neuf mois de cauchemar que je viens de vivre seront, d'un coup, oubliés…

Mes enfants chéris,

Depuis qu'on a failli vous retrouver à Boulogne-sur-Gesse, je suis pétrifiée. J'ai vu le juge d'instruction. Il va tenter de retrouver votre piste. Mais je me demande comment vous pouvez supporter tant d'angoisses. Constater à quel point Manu vous a fait entrer dans ses peurs me révolte. Comment peut-il vous faire vivre une telle horreur ? Comment peut-il vous imposer de fuir comme des voleurs et de vous cacher comme des animaux traqués ?

En attendant, je souhaite que vous ayez pu trouver un refuge, que vous mangiez bien et surtout que Manu ne fasse pas trop peser sur vous le poids de ses propres angoisses. Cette nuit, j'ai encore rêvé de vous. Nicolas aussi.

Lui, il a vu Okwari dans une cage à poules, avec une gamelle d'eau et de grain. Moi, je vous trouvais terrés sous un camion, en guenilles. Quelle explosion de joie de vous revoir ! Mais vous étiez chétifs et fatigués.

Une autre fois j'ai vu Shahi'yena couché dans un lit, couvert de plaques rouges. Je me suis affolée, j'ai demandé à Manu d'appeler le médecin. Mais il tournait en rond dans la pièce en répétant « mais non, ce n'est rien, ce n'est pas grave, ça va passer ».

Shahi'yena, est-ce que tu es malade ? Notre séparation t'a-t-elle affecté si fort que ton corps exprime ta douleur ? Peut-être que tu t'imagines que tomber malade, c'est le moyen de retrouver ta maman ?

Je vous aime de tout mon cœur, mes enfants chéris.

Maman

Rien ne va plus, en ce début septembre. Je retourne au rocher blanc, crier ma colère à l'Univers. Un kilomètre avant d'y arriver, j'ôte mes baskets, et je marche pieds nus, m'écorchant les orteils et me brûlant la plante des pieds tant les pierres sont chaudes. J'ai besoin de souffrir dans ma chair comme pour expier mes fautes, me punir de mes erreurs et mélanger mon sang à la terre. Peut-être que j'espère y gagner quelque chose en échange ?

Chapitre VI

29 décembre 1998. Un an de torture, est-ce assez cher payé pour ma liberté ? Voilà un an, exactement, mes deux petits loups partaient à l'arrière d'une camionnette bleue. Depuis, je ne sais plus rien d'eux. Ni où ils sont. Ni ce qu'ils font. Mangent-ils à leur faim ? Dorment-ils à l'abri ? Comment Manu trouve-t-il les moyens de vivre et de payer le gasoil ? A-t-il repris un véhicule ? Les enfants doivent avoir besoin de nouveaux vêtements, de chaussures... Toutes ces questions dans la tête, je passe Noël chez ma mère. Pour Nicolas, je fais semblant d'être tranquille. Seulement mes cris intérieurs m'explosent à la figure. Tout autour de mes lèvres, apparaît une éruption d'herpès. Ma peau part en lambeaux. Toute la douleur contenue en moi a trouvé un chemin de lave pour s'écouler, un chemin de larmes pour se consumer. Une année de torture vient de s'écouler, et je ne les ai pas retrouvés. Pourtant, même dans le doute et l'angoisse, je ne baisse pas les bras. Jamais je ne les abandonnerai. S'il existe un moyen de retrouver mes fils, je le découvrirai.

De fait, début janvier, un gendarme de la brigade de Gignac prend contact avec moi. Selon lui, Françoise H., cette amie si proche de Manu, sait comment le contacter. Il lui a expressément demandé de lui faire passer un message. S'il se rend, la justice sera plus clémente avec lui. S'il reste dans la clandestinité, le magistrat chargé de l'affaire le mettra en examen. Manu se résoudra-t-il à réapparaître ? L'espoir qu'il le fasse est ténu. Mais je veux y croire.

Attendre. Prier. Espérer. Écrire. Voilà ce que je fais, au début de cette année-là. Puis, bien sûr, il y a le quotidien. Chaque jour, je prends le train jusqu'à Nice pour suivre ma formation en BTS ESF. Une heure et demie de trajet durant laquelle je pleure, à l'aller comme au retour. Arrivée sur place, je sèche du mieux que je peux mes yeux gonflés et je me mêle à la quinzaine d'adultes d'horizons différents, revenus comme moi sur les bancs de l'école. Les cours du niveau du Deug, en mathématiques, physique, biochimie, politiques sociales, psychologie mais aussi cuisine, couture et aménagement d'intérieur, m'obligent à rester attentive à ce qui se passe autour de moi et surtout à garder un contact avec la vraie vie et les autres. Mais ma pire angoisse est que quelqu'un me demande :

« Et toi, tu as des enfants ? »

Un jour, après les cours, j'ose demander un rendez-vous à la psychothérapeute. Je la rencontre régulièrement, dans son cabinet. Elle m'accorde son écoute chaleureuse, sans me demander beaucoup d'argent en échange. Elle est la bouée qui me permet de garder la tête hors de l'eau. Tout de même, j'ai l'impression de ne fonctionner qu'avec la moitié de mon cerveau. Quoi que je fasse, où que je sois, je reste obnubilée par la recherche de mes enfants, les appels à la police, au juge, et le suivi des pistes. Je vais tout de même jusqu'au bout de la formation, jusqu'à l'examen, que je manque d'un demi-point, avec seulement quatre épreuves acquises sur les six. Dans le même temps, Gilles me quitte gentiment. Il s'éloigne pour s'occuper de ses propres filles adolescentes. Je le vis très durement. Mais comment pourrait-il rester à mes côtés ? Il n'y a de place en moi que pour une seule et unique pensée : chercher Shahi'yena et Okwari.

« Madame Martin ? Xavier Fortin a été repéré près de Nîmes… »

Si Manu a reçu le message transmis par Françoise H., il n'a pas daigné y répondre. Aussi voilà un nouvel espoir, en ce mois de juin. Un policier m'appelle. Manu a été aperçu à bord d'une 205 blanche, en compagnie d'une femme. Celle-ci résiderait dans un camp de gitans plus ou moins sédentarisés. Pourquoi attendre ? Je saute dans ma voiture, en compagnie de Nicolas. Quelques heures plus tard, nous arrivons aux abords du camp, entouré d'un grillage, et nous nous installons de l'autre côté, derrière un talus. Durant notre voyage, j'ai imaginé voir Shahi'yena et Okwari assis, côte à côte, discutant sur le marchepied d'une caravane. J'ai projeté de les attirer discrètement à moi en profitant de la nuit. À présent, je scrute les lieux à l'aide de jumelles, mais je ne les aperçois pas. Peut-être sont-ils à l'intérieur d'une caravane ?

« Viens Nicolas, on va voir les gendarmes. »

Nous levons le camp. Nous gagnons la gendarmerie la plus proche. Là, j'explique une fois encore mon histoire, je sors mes papiers, je me justifie. Mais aucun des militaires qui m'écoute n'accepte d'intervenir.

« Il faut d'abord se renseigner plus avant, me dit finalement un gradé. On ne peut pas débarquer comme ça... »

Après des adieux polis, Nicolas et moi nous nous retrouvons dehors. Je suis à la fois dépitée, déprimée et dépressive. Mes fils sont peut-être là, à quelques kilomètres de moi, enfermés. Et ceux qui devraient m'aider à les libérer ne bougent pas d'un pouce...

Alors j'écris au juge d'instruction :

Monsieur le Juge,

Selon la gendarmerie de Puylaurens, Xavier Fortin a été reconnu deux fois dans une 205 blanche appartenant à Florence M. qui habite le camp de Mihaud (parking de gens du voyage sédentarisés) situé sur la commune de Bernis à dix kilomètres de Nîmes.

Lorsque le père de Florence M. a été interrogé dans le cadre d'une autre affaire, il a dit avoir vu Xavier Fortin.

Il serait utile que les gendarmeries de Nîmes et de Bernis puissent, sur commission rogatoire, fouiller ce camp où sont peut-être retenus mes enfants. Je souhaite également que vous fassiez vérifier les retraits d'argent éventuels effectués au bureau de poste de Nîmes.

Je vous remercie de bien vouloir agir au plus vite. Ne me laissez pas croire que Xavier Fortin a réussi à vous séduire par ses discours ! Quelle bien étrange façon d'aimer que celle de garder ses fils prisonniers ! Quelle bien étrange façon d'aimer que celle de priver ses fils de l'amour de leur mère ! Quelle bien étrange façon d'aimer que celle de restreindre le périmètre d'évolution et de connaissances de ses fils, sous prétexte que seule sa vision du monde est valable !

Je ne vous souhaite pas de vivre la peine que j'endure depuis un an et demi, ni la douleur que je dois assumer chaque jour, pourtant je voudrais que vous y goûtiez ne serait-ce qu'un instant, pour vous persuader d'agir, vous qui en avez les moyens. Les gendarmes sont sous vos ordres. Ne m'obligez pas à alerter les médias qui se régaleraient sans doute de cette situation pour le moins intolérable...

Mais le juge, trop occupé sans doute, laisse passer bien du temps avant d'accéder à mes demandes. En août, je n'ai toujours aucune nouvelle ni de lui, ni des enquêteurs, et encore moins de mes fils. Pour me rapprocher d'eux, pour deviner comment ils se sentent, pour tenter de me rappeler leurs traits qui se sont figés dans les photos que je regarde chaque jour, je les dessine. J'ai tellement de chagrin, ils me manquent tant, j'ai si peur qu'on ne se retrouve jamais ! Shahi'yena a eu neuf ans il y a trois jours, et Okwari a sept ans et demi déjà. Toutes les pistes suivies jusqu'à présent n'ont abouti qu'à des impasses. Comment Dieu peut-il permettre une telle injustice ?

Je m'arrête un soir devant l'église baptiste située face au lieu de formation à Nice. J'y pénètre. Le silence m'apaise. Le pasteur me salue. Nous engageons une conversation sur les multiples dénominations du christianisme. Touché sans doute par ma détresse et mes interrogations, il me donne l'adresse d'une assemblée proche de chez moi à Fréjus. J'y rencontre tant de chaleur et de paix que j'y emmène Nicolas pour qu'il goûte lui aussi à la joie de se sentir aussi rattaché à une famille de cœur. Bien au-delà du dogme, j'ai besoin de rejoindre des humains partageant les mêmes valeurs que moi. Ceux-là sont d'un grand secours et d'un grand réconfort. Le doux sentiment d'appartenance me réconcilie peu à peu avec les hommes, la vie et moi-même. Je reprends courage et confiance. Je me persuade que le drame qui me frappe est une épreuve de foi, et pas un désastre total.

Hasard ? À la même période, alors que je viens tout juste de m'inscrire sur la liste des demandeurs d'emploi, je reçois un appel me proposant un poste. Comme par miracle, la vie m'offre sur un plateau d'argent ce dont j'ai toujours rêvé : la gestion et l'entretien d'une petite ferme, située tout près du village de Cap Estérel, et destinée à accueillir gratuitement le public. Elle est toute neuve, avec une jolie cabane dans chaque parc. Un large pont de bois au-dessus du ruisseau qui traverse le terrain ajoute au romantisme du lieu : le fond d'une vallée entre garrigue escarpée au nord et prairie donnant sur le golf, au sud. À cent mètres à l'est, la grande bleue découpe la côte rocheuse de la baie d'Agay. Derrière, le somptueux village de vacances de Cap Estérel, avec ses piscines, ses courts de tennis, son effervescence cosmopolite et son brassage permanent de vies croisées.

Ce fut comme si une main invisible m'accordait la place qui me revenait de droit. Je me veux au service de l'harmonie entre les hommes et la nature. Ma motivation principale réside là, dans le but de recréer du lien, de ressouder la passerelle entre l'humain et son environnement. Une mission inscrite en moi déjà depuis si longtemps... Tout à coup, mes compétences accumulées depuis dix ans se voient sollicitées, reconnues et saluées. Ainsi j'ai le sentiment d'être utile, je peux relever la tête, on me donne l'outil idéal pour réaliser ma passion. Ce poste me va comme un gant. Ce poste n'attend que moi. J'y inscris tous mes rêves de paix, de bonheur parfait entre la nature et les hommes.

Voilà pourquoi je m'y donne corps et âme, sans retenue. Voilà aussi pourquoi, prise à mon propre jeu, je ne fais bientôt plus qu'un avec mon métier. En m'astreignant à ce rôle de fermière du XXe siècle, j'entre en symbiose parfaite avec ce travail, comme un peintre qui entrerait dans son tableau. La ferme devient mon univers, ma respiration, mon inspiration. Tout est à créer, à installer, à organiser. J'ai beaucoup de travail et pour longtemps. Très vite, je signe un CDI. Tout le monde est heureux du bonheur que j'apporte dans le village.

Je m'investis totalement, mais mon téléphone portable ne me quitte jamais, pas plus que la pensée de mes enfants disparus. Parfois, j'ai l'impression d'être schizophrène tant je suis double. Heureuse en apparence, brisée au fond de moi, je mets un point d'honneur à ne laisser personne soupçonner le drame que je vis. Une tragédie qui ne trouve toujours pas sa résolution, malgré le temps qui passe. Le printemps s'est enfui. L'été se fane. Septembre voit revenir la rentrée des classes. Shahi'yena et Okwari ne sont toujours pas revenus.

Mes enfants jolis, mes jolis cœurs… perdus,

Ce qui me torture le plus c'est que cet homme, qui se dit être votre père, se soit permis de vous arracher à mon amour et à celui de Nicolas. Que vous fait-il croire ? Que vous a-t-il raconté ? Dans quel état êtes-vous, maintenant ? Je m'inquiète beaucoup, j'ai très peur, je suis si triste de ne rien pouvoir faire de plus pour vous retrouver. La police vous cherche toujours mais hélas vous devez être bien cachés ! Tant de jours se sont écoulés ! Ma douleur est toujours aussi vive et mon cœur aussi lourd même si je suis bien obligée d'accepter la situation telle qu'elle est. Je dois être forte pour Nicolas qui a bien besoin de moi. Je dois gagner mon combat pour vous. Vous aurez une maman solide qui aura veillé longtemps, qui sera restée debout et n'aura pas cédé à la dépression ni au découragement. Mais cette petite maman est fatiguée, bien seule et bien triste. Alors elle prie chaque jour pour votre délivrance. J'espère que vous serez assez forts pour traverser cette cruelle épreuve. Nous sommes déjà au mois d'octobre, mes jolis cœurs. Comment est-ce que je vais trouver la force de passer mon deuxième Noël sans vous ? Il faut que vous rentriez à la maison. Il faut que nous soyons de nouveau tous les quatre, réunis.

Je vous aime,

Maman

Où vont les lettres que j'écris à mes fils, et que j'envoie à Livet ? Les leur transmet-il ? Ou bien les déchire-t-il, purement et simplement ? Je n'en sais rien. Mais je continue de leur écrire. J'ai besoin de leur dire ce qui m'arrive, ce qui nous arrive. Mais aussi de leur adresser des colis avec des jouets et des biscuits. Pour le moment, c'est tout ce qui me reste à leur donner.

Une lettre, dans ma boîte. Sur l'enveloppe, l'écriture est inconnue. Elle vient de Normandie. Des nouvelles des enfants ? J'ouvre la missive, le cœur battant. À l'intérieur, je découvre une photo. Celle de mes fils devant notre ancienne caravane ! Au premier plan, Okwari tient une chèvre en laisse et la force à avancer, alors que Shahi'yena, posté dans l'encadrement de la porte, les bras mimant une carabine, comme un tireur d'élite, vise son père qui prend la photo. Je dévore leurs visages de tous mes yeux. Leurs cheveux sont longs, leurs visages durs. Ensuite seulement, je déplie la feuille de papier jointe au cliché. Je lis :

Katia,

Je t'écris pour t'informer que mon mari a été tout récemment incarcéré, il a reçu un courrier de Xavier Fortin. Cette photo de vos deux fils y était jointe. Je te l'adresse, car je sais que tu n'as pas eu de nouvelles d'eux depuis longtemps. Amitiés.

M.T.

De quand date cette photo ? L'année dernière sans doute. C'est inexploitable mais c'est un grand encouragement pour moi. C'est un signe du destin, une image de ce qu'ils vivent.

Je me dépêche d'envoyer le tout au juge d'instruction, soulignant l'urgence d'agir sur le terrain. Je suis résolue à alerter les médias et je le lui fais savoir.

Voilà maintenant presque deux ans que mes fils m'ont été enlevés. Au rythme où vont la justice et la maréchaussée, jamais je ne réussirai à les récupérer. Il faut que je procède autrement, que j'alerte l'opinion. Si les visages de mes enfants apparaissent dans les médias, leur père aura bien plus de mal à continuer de les cacher. Alors, ce 29 novembre 1999, je m'applique à rédiger une lettre que j'envoie à toutes les chaînes de télévision.

Monsieur,

Je viens par la présente solliciter votre attention non pas pour un sujet d'émission, mais pour l'aide que vous pourriez m'apporter. Nombreux sont les enfants victimes d'un rapt parental, en fuite ou recherchés par la police. En réalité le parent hors la loi ne fait pas l'objet de recherches effectives, on émet un mandat d'arrêt et on attend que le poisson tombe dans un éventuel filet... mais les mailles de ce filet sont bien trop larges pour être efficaces. On attend sans prendre en considération le fait que les enfants sont en danger... et pourtant en plus du traumatisme d'être brutalement coupés de leurs repères affectifs, ils subissent les angoisses d'un adulte déphasé et égoïste, sans parler des conditions de vie précaires, insalubres et non sécurisantes qu'impose la cavale.

Voilà bientôt deux ans, aux vacances de Noël 97, que j'ai confié mes deux garçons âgés alors de six et sept ans et demi, à leur père, voilà deux ans déjà que je les cherche.

Ils sont en France, deux fois nous avons retrouvé leur piste ; en août 1998 ils étaient dans une ferme à Boulogne-sur-Gesse (Sud-Ouest) et en juin dernier, ils ont été vus dans la région de Puylaurens, en Montagne Noire.

Leur père fréquente le milieu des gens du voyage. Il sait qu'il est recherché et qu'il a perdu tous ses droits devant la loi.

Malheureusement, c'est un homme aveuglé par son orgueil et acculé par son choix de marginalité. Il n'a pas trouvé d'autre raison d'exister que celle de me faire souffrir et de s'accaparer la vie et l'avenir de nos fils.

Or, quel père, digne de ce nom, peut priver ses enfants de l'amour de leur mère, sous prétexte de défendre ses idées et son intégrité ? C'est leur faire payer bien cher le privilège d'avoir un père que de vivre cachés, sûrement dans la peur, exclus de la vie sociale.

Après avoir suivi plusieurs fois des débuts de piste ; après avoir fait le tour de France sur la trace des cirques ; après avoir distribué et envoyé des centaines d'affiches avec leurs photos ; après avoir visité des quantités de campements sans résultat ; après tout ce temps, je suis toujours dans l'attente, j'espère encore. C'est cet acharnement, ce refus de renoncer et surtout mon devoir de mère qui motive ici ma démarche.

Je pense que la diffusion des photos à la télévision pourrait éveiller l'attention de personnes vivant dans les régions concernées, c'est-à-dire le Sud-Ouest, en Midi-Pyrénées, les Cévennes, en espérant que quelqu'un reconnaisse mes fils et devienne un instrument de justice.

Les photos jointes à cette lettre datent de deux ans. L'aîné a neuf ans, il est châtain clair avec les yeux bleus, le plus jeune aura bientôt huit ans, les yeux noisette et les cheveux bruns.

Ils ne sont plus scolarisés. De plus, leur père leur a inculqué la peur du gendarme et les a dressés à s'enfuir à la moindre alerte.

Ils sont probablement réfugiés dans un coin de montagne isolée ou bien dans une communauté.

Voilà, vous connaissez mon histoire dans les grandes lignes. Je vous demande juste quelques minutes dans l'une de vos émissions, pour diffuser un appel à témoins.

Et si la télévision servait à nous relier les uns aux autres au lieu de nous isoler les uns des autres ? Et si nous pouvions utiliser l'outil médiatique au lieu de le subir ?

Croyez bien, Monsieur, que je vous serai infiniment reconnaissante de bien vouloir nous aider.

Vous trouverez une copie du jugement ci-joint, comme preuve de ma bonne foi.

Merci.

Catherine Martin

Noël. De nouveau, un Noël sans mes fils. Pour l'heure, je n'ai pas de réponse des chaînes de télévision auxquelles j'ai adressé ma lettre. Il paraît que c'est trop tôt, que cela prend du temps. Bien sûr, il n'y a pas que moi au monde. Beaucoup d'autres personnes ont des problèmes. Mais cela n'atténue pas ma souffrance, ni mon sentiment d'injustice.

Voilà de longs mois, maintenant, que je suis en liaison avec de très nombreux policiers et gendarmes, dans toute la

France. Certains m'éconduisent poliment. D'autres se montrent ouverts et compatissants. M. Joseph C. le chef d'escadron du service technique de recherche, à la direction générale du GIGN de Rosny-sous-Bois est de ceux-là. J'ai discuté un long moment par téléphone avec lui. Il est navré de ne rien avoir de positif à me dire. Bien sûr, on signale Manu et les enfants çà et là en France. Mais les informations arrivent toujours aux enquêteurs après leur passage. À chaque fois, la piste est perdue. M. Joseph C. m'a assuré qu'il faisait le maximum pour rester en alerte et que Xavier Fortin ferait sûrement une erreur un jour. Un jour, oui. Mais quand ?

Nicolas profite de la neige avec son père qui l'emmène au-dessus de Gap. Pour ma part, je joue à la Mère Noël à Cap, pour les enfants des autres. Beaucoup de monde s'agite autour de Caramelle, la ponette shetland, pendant que je la prépare. Je l'ai ornée de guirlandes brillantes et bâtée avec de grandes besaces remplies de boîtes aux couleurs chatoyantes. Affublée d'une longue robe rouge et coiffée du traditionnel bonnet au bord blanc, je la conduis jusqu'au centre du village. En compagnie des autres animateurs, entourés d'une nuée de bambins, nous accompagnons le Père Noël dans sa tournée et nous l'aidons à faire sa distribution de cadeaux. Caramelle tient bien son rôle, moi aussi je crois.

Dans la soirée, je suis mise à contribution avec ma plus jolie chèvre, Bianca. Pour moi qui suis chrétienne, participer à une crèche vivante est plutôt chose positive, à condition bien sûr que cela ne devienne pas une occasion de tourner l'événement en un gag ridicule. Tel n'est pas le cas, ce soir. Sous les projecteurs de la salle des Arcades, déguisée en bergère de l'époque, dans une grossière toile de jute brune, je monte sur la scène avec ma belle Bianca parée de laine blanche angora, aux côtés d'un Joseph et d'une Marie en haillons. La naissance de Jésus et l'arrivée des rois mages sont célébrées par des chants de Noël traditionnels, écoutés dans le plus grand respect. Un joli succès pour cette première, à en juger par la longueur de la pose photo à laquelle Bianca et moi avons dû consentir à la fin !

Rentrée chez moi, je retrouve mon appartement vide. Au pied des lits, les vêtements attendent toujours mes enfants. Comment dormir, quand je ne sais pas où ils sont ? Je vais à ma fenêtre et comme à chaque lune ronde j'admire l'astre brillant en pensant : « C'est la même lune qu'ils voient, en ce moment, s'ils regardent la lune, nous avons ensemble les yeux rivés sur la même étoile dans le firmament. »

Intensément, le visage dressé vers le ciel, je la fixe comme un miroir géant. Je lui envoie tout mon amour. Je sais que Dame Lune réfléchit sa lumière sur mes petits loups, où qu'ils soient. Sans doute elle les contemple, elle les touche même de ses rayons d'argent... Si je pouvais tisser, avec ses fils invisibles, une passerelle jusqu'à eux, je reconstruirais le lien brisé. Alors, dans le secret silence de mon cœur, j'appelle, comme une louve hurle à la lune, je crie à l'univers le long râle aigu de mon âme abîmée.

25 décembre. Voilà deux ans, j'offrais à Shahi'yena et à Okwari des peluches et des jouets. Avec eux, ensuite, je me rendais chez ma mère où nous attendait un sapin joliment illuminé, et un succulent repas. Cette année, pour fêter ce

Noël sans mes garçons, je suis accueillie par mon frère Jean-Luc, avec toute la famille, pour un repas sans joie. Je suis assaillie par une terrible rage de dents. Un énorme abcès m'empêche de dormir et enflamme ma gencive. Les médicaments n'y changent rien. Mais je supporte plutôt bien la douleur lancinante qui me taraude. C'est pratique d'avoir mal physiquement à un endroit précis du corps, surtout pendant les réunions de famille. Cela justifie la triste mine, et se substitue au mal intérieur, à la douleur qu'il faut cacher aux yeux des autres. On peut ainsi exprimer son malaise. Tous compatissent parce qu'un mal de dent, tout le monde en a déjà connu. Mais je sais bien, au fond de moi, que le mal de dents est une façon détournée de me punir. Je suis coupable de les avoir laissé partir, coupable de ne pas savoir les retrouver. Voilà ce qui me mine.

Heureusement, il y a la ferme. Le travail et les échanges qui se mettent en place me vivifient. Mon travail me donne beaucoup de joie et de satisfactions. Le contact avec les animaux me rééquilibre.

Vanille, le petit hongre blanc au visage de camarguais, commence à me respecter. Il est vif et fougueux, son réflexe de dominant l'oblige à me tester constamment. Il a beaucoup de force, je dois le tenir très fermement quand je le prends en longe.

Son besoin de défoulement était si intense hier que j'ai pris un risque énorme. Comme le village est fermé maintenant, il n'y a plus de vacanciers ni de golfeurs. Le terrain étant sec, j'ai sorti les deux poneys, tellement habitués à vivre ensemble depuis dix ans qu'ils ne supportent pas qu'on les sépare. Du haut de la colline située juste au-dessus de la ferme, je les ai lâchés... Vanille n'a pas hésité un instant, il a dévalé la pente à toute vitesse, remonté au grand galop l'autre versant jusqu'au point culminant du terrain de golf. Il s'est arrêté une minute en regardant vers moi, avant de reprendre sa course dans l'autre sens. Sa longue crinière blanche flottait contre son cou comme un voile de soie. Parfaitement bien proportionné, ses muscles tendus dans l'effort, il avait l'allure noble d'un apaloosa dans la robe grise d'un camargue. Je me régalais de le voir galoper ainsi librement. Je sentais son souffle court et son échauffement. Quand je suis venue le récupérer et le flatter, il y avait dans son regard tellement de gratitude que depuis, la confiance s'est installée entre nous. Caramelle, en petite mère tranquille, a préféré profiter de l'herbe tout en savourant le moment...

Mais désormais, Vanille et moi sommes complices. Nous savons tous les deux que nous avons, par-dessus tout, besoin d'amour et de liberté.

Chapitre VII

Dix-neuf heures. Il fait nuit, dehors. En ce début janvier, je prépare le dîner pour Nicolas. Il est dans sa chambre et fait ses devoirs. Dans quelques instants, je l'appellerai et nous passerons à table. Un nouveau repas en tête à tête, dans le souvenir de ses frères. Ils sont là, avec moi, dans la cuisine. Shahi'yena le délicat, observant le moindre de mes gestes, Okwari le gourmand, qui goûte à tout avant les autres. Avant qu'ils partent, j'aimais leur faire des quiches et des gâteaux. Ils s'amusaient à lécher le reste de pâte, dans la casserole, regardaient, ensuite, la pâtisserie gonfler dans le four… Avant, j'aimais cuisiner pour eux. Avant, c'était joyeux.

Le téléphone sonne. Je sursaute et je cours. Je décroche en tremblant. Et si c'étaient les gendarmes ? Mais non. Au bout du fil, une voix féminine inconnue me salue.

« Bonjour. Je m'appelle Kelly, j'ai eu votre numéro par l'intermédiaire de votre avocat. Je m'occupe d'une association qui s'appelle Espoir des mères et des enfants en détresse. Notre siège se trouve à Cannes. Comment allez-vous, madame ? »

Un silence. Je reprends mon souffle. Je finis par répondre et nous engageons une longue discussion, au cours de laquelle je raconte toute l'affaire en détail à mon interlocutrice, avant de répondre à ses questions.

« En effet, Xavier Fortin fait bien l'objet d'un mandat d'arrêt délivré par le juge d'instruction. Mais personne ne le cherche vraiment, vous comprenez ? La police et la gendarmerie attendent qu'il soit interpellé à l'occasion d'un contrôle de routine. Il y a une chance sur un million que cela se produise ! Les enfants, eux, ne sont pas considérés en danger, puisqu'ils sont avec leur père ! C'est scandaleux ! Ils sont déscolarisés et désocialisés ! »

J'ai parlé d'une traite. Je m'arrête pour reprendre mon souffle. Mon interlocutrice en profite pour me répondre.

« Je connais bien le problème, pour l'avoir vécu moi aussi, dit-elle. Depuis, je milite contre les enlèvements parentaux. Je fais partie d'un réseau de personnes actives. Nous avons récemment retrouvé des enfants au Liban. Ils vont bientôt rentrer en France. Nous avons également fait rapatrier une fillette des États-Unis. Préparez-moi un dossier complet avec toutes les décisions de justice. Je vous promets que nous vous aiderons ! »

M'aider ? À ces mots, je fonds en larmes. Jusqu'à présent, je me suis toujours débattue seule dans ce cauchemar. Ma famille, mes amis compatissent. Malgré leur souhait de voir ma quête aboutir, nous sommes totalement impuissants. Alors cette inconnue qui me tend la main me bouleverse.

« Ne pleurez pas, dit-elle. Vous n'êtes plus seule ! »

Ce soir-là, je serre très fort Nicolas dans mes bras. Il me chuchote à l'oreille :

« Ne t'inquiète pas, on va les retrouver, tu vas voir… »

Ça y est. Ça bouge. Peu après le coup de fil de Kelly, TF1 me contacte. Au bout du fil, un journaliste travaillant pour l'émission de Julien Courbet *Sans aucun doute* m'explique qu'il souhaite faire un reportage chez moi.

« À la maison ?

– Oui.

– Mais vous ne pouvez pas passer un avis de recherche, tout simplement ?

– Votre témoignage aura bien plus de poids. Et vous aurez plus de temps d'antenne. C'est important, si vous voulez retrouver vos enfants. »

Bien sûr que je veux les retrouver. Mais je reste réticente à l'idée de sortir de l'anonymat. Exposer mon visage, montrer la chambre des enfants, mon appartement, me dénuder en public, cela me révulse. Pourtant, je comprends vite que c'est à prendre ou à laisser. Alors je prends. Dès le lendemain, je vais voir mon directeur, pour lui expliquer que je dois prendre un congé exceptionnel pour recevoir des journalistes. À cette occasion, je m'étonne moi-même. J'utilise en effet pour lui parler des mots simples et concrets, sans entrer dans les détails. Je suis à la fois sobre et calme. Est-ce la raison pour laquelle il se montre si compréhensif ? Quoi qu'il en soit, il m'assure qu'il ne voit pas d'inconvénient à ce que je m'absente pour les besoins du reportage.

« Catherine, faites ce que vous avez à faire. Nous nous occuperons des animaux de la ferme. »

Avant l'arrivée de l'équipe de *Sans aucun doute*, je nettoie ma maison de fond en comble. Pour les besoins du ménage, je déplace les jouets et le tapis de leur chambre. Chaque objet me rappelle un souvenir. Je revois Shahi'yena et

Okwari s'amuser. Le château fort, sur le tapis devant la cheminée, était en alerte, les gardes sur le donjon soufflaient dans les cornes.

« Attention ! lançait Shahi'yena, les cavaliers rouges approchent, remontez le pont-levis !

– Ordre du capitaine, attention, remontez le pont-levis ! reprenait Okwari, tout en actionnant la manivelle de plastique...

– Alors on dirait que... » poursuivait Shahi'yena, et une nouvelle aventure commençait.

Voilà. J'ai fini. Le château fort est à nouveau à sa place, tout comme les chevaliers. Je replace aussi toutes les petites peluches sur les lits, autour de l'ours et du lion. Elles épongent mes larmes, comme à chaque fois que je m'attarde dans leur chambre.

Ils sont arrivés à trois, en fin de matinée : le journaliste, L. Delf, un caméraman et un preneur de son. Ils entrent, l'un après l'autre, déposent leur matériel dans la cuisine : une énorme caméra, une valise – la lumière, m'explique l'un d'eux – une perche... Ensuite, ils inspectent les lieux, cherchant à déterminer les meilleurs angles de prise de vue. Pendant qu'ils discutent, je prépare du café. Mais je suis si nerveuse que les tasses glissent de mes mains et se brisent sur le sol.

« Détendez-vous, me dit gentiment L. Delf. Ça va bien se passer. Si vous en êtes d'accord, nous allons tourner plusieurs scènes. Une dans la chambre, assise à votre bureau en train d'écrire, une autre dans leur chambre, ce sont leurs vêtements là, au pied du lit ? Et là, ce sont leurs cartables ? »

Je m'efforce de le cacher, mais chacune de ses questions me fait frémir. J'ai chaud. Je grelotte. Je rougis. Je pleure malgré moi. Ils terminent de s'installer comme si de rien n'était. Vient le moment où tout est prêt : les câbles sont tirés, les lumières réglées. Le journaliste me demande de m'asseoir à mon bureau, pour la première prise. Au moment où je sens le viseur de la caméra sur moi, je frissonne. Il faut que je parle. J'en suis incapable. Ma voix s'étrangle. Quand je dessine sur une carte tout le trajet que j'ai fait pour visiter les cirques, ma main tremble. Quand enfin le journaliste me demande de regarder la vidéo des dernières images que j'ai de mes fils, je m'effondre en larmes. Mon père les a filmés aux Adrets, peu de temps avant leur départ, lors d'un spectacle de clowns dans la salle des fêtes. Ils étaient montés sur la scène, tous les deux, pour faire rire la compagnie en se prêtant aux gags des artistes. Les voir bouger et rire m'arrache le cœur. Ces prises de vues sont tellement cruelles ! Je crois que j'ai honte d'être filmée dans une situation si lamentable. Mais des millions de téléspectateurs vont les voir. J'espère au moins que cela fera avancer l'enquête.

Huit jours à peine après la diffusion du reportage sur TF1, une femme se manifeste. Elle appelle le siège de TF1 pour signaler qu'elle a reconnu les enfants en compagnie de gens du voyage dans un supermarché de la banlieue lyonnaise. Dès que ce témoignage est porté à ma connaissance, je harcèle la brigade de recherche de Lyon, pour que le secteur soit contrôlé. Les militaires redoublent de vigilance – c'est au moins ce qu'ils me disent. Mais autant chercher une aiguille dans une botte de foin : il y a des dizaines de camps de nomades autour de Lyon. Néanmoins je suis contente. La pression médiatique, comme je le pensais, a bien réveillé et bousculé les autorités. Contrecoup de mon passage à la télévision : deux gendarmes, Ducas et Bat, prennent mon histoire à cœur. Ils m'expliquent, par téléphone, qu'aucun de leurs collègues n'a réellement fait d'enquête suivie depuis deux ans. Ils vont demander une commission rogatoire spéciale au magistrat instructeur, afin de pouvoir sortir de leur circonscription et monter un dossier complet. Bien sûr, je les remercie chaleureusement. Je leur dis que je leur suis infiniment reconnaissante de leur grand cœur et de leur bravoure. Mais tout de même. Il m'est devenu impossible de remettre les pieds au village, sur la place, à la boulangerie, de peur de rencontrer quelqu'un qui me demande si j'ai des nouvelles de mes enfants, de peur qu'il ne lise toute la détresse de mon regard.

Attendre. Tenir bon. Tenir jusqu'au bout. Kelly prépare un plan pour entrer en relation avec Françoise H. Mais pour l'instant, je lui ai demandé de laisser la police agir. Le juge a donné carte blanche aux gendarmes Ducas et Bat jusqu'au début du mois d'avril. Il faut attendre.

Dix jours seulement après avoir commencé leurs investigations, les gendarmes progressent. Grâce à de multiples interrogatoires et à des écoutes téléphoniques, ils ont découvert l'identité de la femme qui a récupéré les chiens de Manu, après sa fuite. Elle est mère de quatre enfants. Peut-être les miens sont-ils avec elle, sous un faux nom ? Après vérification, il n'en est rien. Mais il est désormais établi que c'est bien Françoise H. qui fait passer le courrier et de l'argent à Xavier Fortin.

« Nous l'avons placée en garde à vue, avant de la présenter au juge d'instruction », me disent-ils. Mais elle s'est obstinée à nier l'évidence. Le juge l'a relâchée, pour mieux la faire surveiller.

Ainsi, Françoise H. est suivie. Peut-être, malgré tout son sens de la ruse, va-t-elle mener les enquêteurs jusqu'à mes fils ? Ceux-ci, toujours selon les informations recueillies par les deux gendarmes, utiliseraient de faux prénoms, bien moins « remarquables » que les leurs. Un point de détail ? Pas pour moi. Pour mieux se fondre dans la masse et échapper aux recherches, Manu nie l'identité de nos fils. Shahi'yena et Okwari. Tels sont leurs véritables prénoms et personne, pas même leur père, n'a le droit de les changer ! Shahi'yena, c'est l'origine du mot « Cheyenne ». Cela signifie en langue sioux « Celui qui suit la voix de la nature », la voix rouge du peuple indien. Okwari vient de la langue mowak et désigne « l'ours » en tant que symbole du clan des gardiens de la médecine, le clan des chamans. Ces prénoms, nous les avons choisis ensemble, Manu et moi, parce que nous voulions des noms qui aient du sens, qui soient un symbole fort d'une appartenance à une civilisation et à une culture empreinte de profondes valeurs humaines et d'une éthique de vie en respect avec notre mère la terre et notre père le ciel. Aujourd'hui, tout cela est bafoué, jeté aux orties. Cela me scandalise et me navre. En effet, je me demande comment peuvent grandir mes enfants dans une telle confusion. Comment faire pour remettre les choses à leur place et redonner leur identité à mes enfants ? Leur place est près de moi et de leur frère Nicolas, pas chez les gitans…

Nicolas, ce fils présent, qui grandit lentement dans la tourmente… Souvent, je me reproche de n'être pas assez à son écoute. Mais comment faire ? Je suis obnubilée par les deux autres, que je cherche comme une louve chercherait ses petits. Alors je m'écarte, je m'éloigne. Je ne veux pas qu'il se rende compte de mon effroi, qu'il sombre dans un chagrin plus grand encore que celui qui le mine déjà. En ce mois de février, il a quinze ans. Avec l'adolescence, les choses deviennent difficiles. Je dois lui montrer les limites de façon claire et précise… Il s'est fait remarquer au collège, ces derniers temps. J'ai même reçu une menace de renvoi. De ce fait, je lui ai interdit de sortir le soir, non sans tenter de comprendre ce qu'il s'était passé.

« Oh ! Il y a une bande de fouille-merde qui attaque les sixièmes ! me dit-il. Je ne veux pas qu'ils touchent aux plus petits. Ils ne comprennent qu'une chose, c'est la violence. C'est seulement comme ça qu'on se fait respecter, avec eux. Ils sont pourris !

– Mais Nicolas, tu ne peux pas protéger tous les "plus petits" du collège. On dirait que tu te mets exprès en avant, pour prendre les coups… »

Un silence. Puis, tout à coup, il explose :

« Tu ne sais pas comment ils me provoquent ! Ils disent même que je ressemble à un Arabe, parce que j'ai la peau mate, comme mon père… »

D'un coup, je comprends mieux son attitude. J'accepte même de l'aider à organiser une « boum » pour son anniversaire. Mais cela ne résout rien, au contraire. Son attitude devient inquiétante, ses résultats scolaires sont en chute libre, il oublie ses livres, les devoirs à rendre, écope de zéros plus souvent qu'à son tour. À l'heure où il doit préparer son BEPC, il se montre totalement démotivé. Plusieurs fois, je tente d'aborder le sujet de sa relation avec son père et de son manque de repères stables.

J'ai trois fils. Deux d'entre eux, Shahi'yena et Okwari, ont un père possessif, pour ne pas dire totalitaire. Le troisième, Nicolas, a un père « copain », pour ne pas dire absent. Je ne peux donc pas faire appel à lui dans cette période difficile. D'ailleurs, Nicolas ne lui reconnaît aucune autorité.

« D'abord, dit-il, il est parti tout seul en Amérique. Alors maintenant, il ne va pas la ramener ! Ce serait trop facile ! Et moi, tu vois, je me sens différent. Je ne sais pas pourquoi mais je ne me sens pas de ce monde… »

L'entendre prononcer ces mots me bouleverse. Nicolas mérite tant d'amour ! Comment pourra-t-il se construire, face aux deux modèles de pères qu'il a connus, des modèles si différents l'un de l'autre, mais tout aussi défaillants ? Comment guérira-t-il de ses blessures ? Comment l'aider à tracer son chemin ? Et pour commencer, comment l'aider à passer ce cap si difficile de la quinzième année et à reprendre sérieusement ses études ? La réponse à cette question me vient un soir. Nicolas est un « pro » du bricolage en tout genre. Il a transformé sa chambre en un véritable atelier rempli de pièces détachées en tout genre, de postes de radios démontés, de lecteurs de cassettes disséqués ainsi qu'une multitude de petites vis, et autres bouts de fils et soudures. Je lui achète un ordinateur, et prends un crédit qui inclut l'accès à Internet pour quelques heures par mois. Afin de joindre l'utile à l'agréable, je lui offre, aussi, un logiciel de révision pour le BEPC.

Le jour où l'ordinateur est livré, Nicolas saute de joie. Nous l'installons ensemble, dans la chambre des petits. Un vrai bazar, entre les fils et l'électronique ! Je suis un peu perdue. Nicolas, en revanche, s'y attelle fièrement et y arrive sans souci. De ce jour, il se remet effectivement à travailler en classe, et rédige enfin sa lettre de motivation pour demander une place en seconde option cinéma. Il est très attiré par la création audiovisuelle et lit avec passion la revue *Ciné Live*, à laquelle je l'ai abonné. Mais tout n'est pas résolu pour autant. Les places en seconde option cinéma ne sont accordées que sur dossier : il n'y a qu'une seule classe de ce type, à Cannes. Rien n'est encore gagné…

Heureusement, du côté de mon travail, les choses s'améliorent. Les employés du service technique sont venus terminer le petit local de rangement que j'ai demandé derrière l'écurie. J'ai installé tous les élevages correctement. Reste l'aménagement intérieur du poulailler, qui devrait bientôt être terminé. Puis, surtout, mon directeur a accepté que j'organise des séances pédagogiques destinées aux enfants. J'ai prévu un atelier avec chaque espèce animale, afin de leur faire découvrir la vie de la ferme, vécue de l'intérieur. Une première !

Avril 2000. De nombreux enfants attendent avec impatience le début de ma toute première séance. Une fois les présentations et les recommandations faites, je distribue une carotte à chacun. Puis je leur dis :

« Nous allons nous occuper des poneys. Vous allez leur dire bonjour…

– Bonjour Vanille et Caramelle !

– Nous allons les brosser, avant de les conduire au pré. Attention. Il faut les approcher par-devant ou sur le côté. Ne restez surtout pas derrière eux, parce qu'ils ne vous voient pas forcément et pourraient ruer. Soyez calmes. Ne leur criez pas dans les oreilles, ne faites pas de gestes brusques. Et surtout faites attention à vos… »

À cet instant, j'effleure chaque basket du bout de mon pied, en sollicitant leur réponse.

« … pieds ! L'un de vous s'est-il déjà fait marcher sur le pied par un cheval ? C'est très lourd, cela fait très mal, d'accord ? Allez, on démarre. Ils sont pressés d'aller brouter. Ensuite nous irons nourrir les chèvres et voir les poules et les lapins. »

Ainsi, je les emmène dans chaque parc approcher les animaux, les observer, les caresser et essayer de les faire entrer dans leur monde. Après la pause goûter, un atelier de création avec de l'argile leur permet de fabriquer de leurs mains un objet souvenir de la journée. En fin d'après-midi, nous partons, armés de filets à papillons, à la chasse aux criquets, sauterelles et autres mantes religieuses qui pullulent dans l'herbage environnant. Ils apprennent ainsi à identifier et à admirer la vie des insectes. Chacun leur tour, ils montent ensuite sur le dos d'un poney, à cru, comme les Indiens… et c'est déjà l'heure de préparer la soupe pour les cochons.

Les journées sont intenses, riches en échanges et en émotions, épuisantes mais tellement génératrices de bonheur ! Mes ateliers fonctionnent à merveille. Chaque jour, un grand nombre d'enfants y participent. Leurs parents viennent me remercier et me féliciter. Certains m'apportent même des cadeaux. Je suis très fatiguée mais récompensée de mes efforts par la joie des gamins qui m'entourent. C'est d'ailleurs là toute ma récompense puisque, revers de la médaille, la direction ne m'accorde aucune rémunération supplémentaire...

Un jour, au cours de l'un de mes ateliers, j'ai un choc. Nous sommes assis autour de la table, occupés au bricolage en argile. Nous discutons des anniversaires. L'un après l'autre, les douze enfants donnent leurs dates de naissance. Puis ils les commentent :

« Moi, mon anniversaire c'est en hiver, il neige toujours !

– Moi, c'est carrément juste après Noël, alors j'ai déjà plein de cadeaux...

– Moi, le jour de mon anniversaire maman fait un énorme gâteau pour tous les amis.

– Oh ! Formidable ! Et toi, c'est quand ton anniversaire ?

– Moi, je suis née en janvier 1992.

– Ah, moi aussi en 1992, le 12 janvier 1992. »

Le 12 janvier 1992 ? Ce petit garçon-là a exactement le même âge qu'Okwari. Je frémis. Mon estomac se noue. Je me tais, incapable d'articuler un mot de plus. Je regarde l'enfant, je mesure sa stature, je passe derrière lui pour tenter d'évaluer sa taille par rapport à la mienne, je jette un coup d'œil à ses chaussures. Comme il est grand ! Comment Okwari pourrait-il être déjà si grand ? Avec des mains si longues ? C'est terrible parce que je n'arrive pas à imaginer mon fils avec un corps semblable. La dernière image que j'ai de lui, et de son frère, remonte à deux ans et demi en arrière. Je sais bien qu'ils ont dû grandir en taille. Mais je n'arrive pas à me les représenter avec deux ans et demi de plus, et c'est pour moi une épouvantable frustration.

Mais peut-être qu'ils ne sont pas si grands ? Peut-être que des enfants subitement privés de leur mère refusent de grandir ? Rentrée chez moi, encore sous le choc, je m'allonge sur le lit d'Okwari, je me mets en boule, les jambes repliées en cocon très serré et je m'endors. Le sommeil, quand il accepte de venir, est mon refuge pour échapper à la tourmente, à la torture, à la réalité sordide de ma vie. Parfois, seule la douceur du piano de Debussy réussit à m'apaiser. La musique se glisse à pas de velours, comme un chat qui ronronne, elle se love au creux de ma nuque et m'enveloppe. Alors j'écoute la fureur de *La Mer* qui en volutes déchaînées vient frapper les rochers de mon cœur qui saigne, inconsolé.

Chapitre VIII

Juin 2000. Nicolas a obtenu son BEPC et il est admis en seconde, dans la classe option cinéma qui lui tenait tant à cœur. Je suis vraiment soulagée et heureuse pour lui. Il est très content aussi, et me dit, avec une pointe d'ironie.

« Mais évidemment, j'en étais sûr ! »

Il me reste à m'occuper de lui trouver un internat à Cannes, en espérant que mon budget me permette de faire face à cette nouvelle dépense. Pendant qu'il est en vacances chez son père, je lui achète tous ses livres de seconde. Je suis en avance sur la rentrée. Je profite de mes démarches administratives à Cannes pour prendre rendez-vous avec Kelly. Je la rencontre, en compagnie de l'une de ses amies et d'un membre de son association dans un café. Elle me présente un enquêteur qui leur vient parfois en aide.

« Tu verras, me dit-elle. C'est l'homme de la situation. J'ai toute confiance en lui ! »

Il s'appelle Jacques M. La soixantaine bien en chair, il a un bon sourire jovial et l'œil perçant. Sa carrure imposante est en adéquation avec la gravité de sa voix. Pourtant c'est une douceur rassurante qui émane de lui. Il m'explique qu'il a dirigé une équipe de gardes du corps pour ministre.

Il est en relation avec les services des Renseignements généraux et des personnes bien placées à Paris, possède visiblement de gros et solides moyens.

« La cause des enfants, dit-il avec un léger accent italien, c'est sacré. »

Comme il souhaite rencontrer ma famille, je l'invite un soir chez mon père. Pendant le dîner, il évoque son parcours depuis l'armée jusqu'à sa société de sécurité au Costa Rica. Il a monté en France, voilà une dizaine d'années maintenant, sa propre agence de détective privé.

Papa reste assez distant, mais il se réjouit, je le sais, de l'éclat inhabituel de mes yeux. Je pense que Jacques pourrait peut-être retrouver mes fils. Il l'a compris et, même septique, ne veut pas gâcher mon espoir. De toute façon, qu'est-ce que nous avons à perdre ? Les gendarmes Ducas et Bat continuent de travailler sans grand résultat. Le procureur hésite à faire interpeller Françoise H. alors qu'il a la preuve qu'elle fait passer le courrier et l'argent à Manu. La situation est bloquée. Alors pourquoi ne pas faire confiance à Jacques M. ? Il a les moyens, les compétences, l'expérience et les relations nécessaires pour retrouver les enfants !

Voilà pourquoi, quelques jours plus tard, je lui demande officiellement de se charger de mon affaire. Je ne suis pas très fortunée, mais je lui ai préparé un chèque de 500 francs, le maximum de ce que je peux lui donner pour le moment. Ensuite, je le paierai mois par mois…

« Ne vous inquiétez pas, me dit-il. Vous avez déjà assez de soucis comme ça. Je vais lire le dossier, réfléchir à ce que nous pouvons faire et je vous appelle. »

En montant les trois étages jusqu'à son bureau, j'avais le poids d'une enclume sur le dos. En les redescendant, je me sens légère comme une plume. Enfin ! J'ai trouvé quelqu'un d'efficace qui va m'aider, m'épauler, m'écouter. Un homme sûr, qui va réussir là où la police et la gendarmerie ont échoué. Tous mes espoirs reposent sur lui.

Mon attente est désormais pleine d'espérance : quelqu'un est à mes côtés. Je sors de ma torpeur. Jacques cherche mes fils, je peux lever le pied. Je rencontre des amis perdus de vue, je passe de longs moments avec Claudine, ma nouvelle amie, sophrologue à Cap. Elle me calme, me rassérène sur le plan personnel, mais aussi sur le plan professionnel. Et en ce moment, j'en ai bien besoin ! Tous les dimanches matin, je dois en effet participer à la réunion au cours de laquelle nous présentons les animations aux vacanciers arrivés la veille. Un « show » enjoué et rapide, qui me met extrêmement mal à l'aise. À la façon d'un spectacle, les différents animateurs montent en effet les uns après les autres sur une scène dressée au milieu de la place du village. Quand mon tour arrive, sur la musique de *La petite maison dans la prairie*, je fais grimper Bianca, la jolie chèvre angora sur la scène, je joue avec elle et pour quelques branches fraîches de mimosa elle se dresse sur ses pattes arrière. Cela amuse beaucoup le public mais quand il me faut ensuite prendre le micro pour expliquer aux vacanciers mon activité à la ferme, je perds tous mes moyens.

Voilà en tout cas ce que j'explique à Claudine.

« Je crains leurs regards ! J'ai l'air ridicule.

– Mais non ! C'est tellement attendrissant de te voir avec ta chèvre ! Tout le monde t'appelle Caroline Ingalls maintenant, comme dans la série ! Tu es devenue un vrai personnage dans le village. Les enfants t'adorent, à commencer par mes fils ! »

Nous parlons encore un peu de mon travail. Puis, bien sûr, j'en viens à ce qui me préoccupe vraiment : mes enfants disparus – ces enfants auxquels je ne peux m'empêcher de penser, quelle que soit l'heure du jour ou de la nuit, quelles que soient les circonstances.

« Claudine, j'ai fait un rêve. Je voyais mes enfants dans une grande maison en bois, un immense cabanon avec plusieurs pièces mais toutes vides. Je les regardais pendant que Manu s'occupait de ses affaires sans me prêter attention. Alors je les appelais doucement, ils se retournaient vers moi. Ils étaient comme lorsqu'ils sont partis, les mêmes, semblables. Ils me reconnaissaient et me souriaient. Je m'approchais, Okwari se blottissait dans mes bras le premier puis je prenais Shahi'yena par la main et nous étions tous les trois réunis, soulagés dans l'étreinte. À ce moment-là, j'ai demandé à Manu : "Mais jusqu'à quand ?" Il a relevé la tête avec son petit sourire mièvre et il m'a répondu : "Tant que j'aurai besoin d'eux." Je me suis réveillée en sueur, réalisant tout à coup que les enfants sont devenus sa monnaie d'échange contre sa liberté ! Il a laissé passer l'ultimatum que lui avait fixé le juge. Mais il se sent fort parce qu'il peut toujours le renégocier en mettant le retour des enfants dans la balance. Claudine, j'ai tellement peur qu'il les garde avec lui… »

Mes chers enfants,

Je vous écris parce qu'un jour vous lirez mes paroles et vous saurez la vérité. Votre père m'empêche de vous voir, il m'empêche de vous parler, de vous prendre dans mes bras mais il ne peut pas m'empêcher de vous écrire.

Nous sommes le 30 août 2000. Jacques M., que j'ai engagé pour vous retrouver, a commencé son enquête. Il est allé à Gignac pour montrer des photographies de vous aux commerçants. Plusieurs d'entre eux vous ont reconnus : la boulangère, une caissière du supermarché et la pharmacienne aussi. Ainsi il semble que vous êtes là, peut-être chez Françoise, depuis déjà longtemps. Vous devez savoir que cette femme ne veut pas votre bonheur, elle ne veut pas que les choses s'arrangent entre Manu et moi.

Je veux que vous sachiez que je vous aime, que je vous cherche sans relâche depuis deux ans et demi. J'essaie de vous retrouver par tous les moyens possibles, mais la police ne réagit pas assez vite aux pistes, quand il y en a…

Dès que je ferme les yeux, je vous revois assis au fond du camion bleu, le jour de votre départ. Je revois vos mines boudeuses et chagrines. Je revois ton regard colère, Shahi'yena et tes yeux effarés, Okwari, je mets la main sur la poignée de la porte du camion, je dis « à bientôt, dans une semaine » et lui, il crie « vite, démarre, vite dépêche-toi, roule ! » et je reste accrochée à la porte du camion qui me tire sur plusieurs mètres… Je me réveille avec une immense plaie ouverte dans le ventre, une atroce blessure qui saigne sans fin.

À la ferme, il y a beaucoup d'enfants autour de moi et souvent j'entends appeler « maman ! ». Je cherche votre voix dans celle des autres enfants mais c'est vous que j'aime, mes chéris, mes petits loups ! J'ai si mal de vous !

J'espère que bientôt nous allons nous retrouver, bientôt peut-être, très bientôt peut-être, peut-être, bientôt. Je vous embrasse fort,

Maman

Septembre. C'est la rentrée scolaire. Une rentrée de plus sans Shahi'yena, sans Okwari. Je me consacre à Nicolas. J'ai peur pour lui. Comment va-t-il s'y prendre dans sa nouvelle vie ? L'internat ne l'enchante pas mais nous n'avons pas le choix. Je dois demander une bourse à l'assistante sociale du lycée, parce qu'il faut prévoir 1 000 francs par mois... Nicolas ne veut pas ajouter à mes problèmes. Mais je veux qu'il s'accroche. La perspective d'approcher les techniques du cinéma le motive fortement. Il doit aller de l'avant. Il va y arriver.

Septembre, c'est aussi la rentrée judiciaire. Durant deux mois, les juges se sont mis en sommeil. Les dossiers des enfants disparus sont restés en attente. Deux mois de calvaire supplémentaire pour les familles qui les cherchent. Deux mois de plus à pleurer, à hurler, à se lamenter. À présent, les choses se remettent en route. Je peux à nouveau décrocher mon téléphone sans tomber sur un répondeur ou une secrétaire qui ne sait rien. Maître Guycha, mon avocat relais à Antibes, est rentré. Je m'empresse de l'appeler.

« Ah, madame Martin, me dit-il, je suis heureux de vous avoir en ligne. J'ai rencontré le procureur Arp., pour lui exposer notre intention de déposer plainte contre Françoise H., et la faire inculper pour complicité d'enlèvement.

– Et alors ?

– Je suis désolé, madame Martin, mais il s'y oppose radicalement. Il ne veut rien entreprendre contre elle sous prétexte que cette femme constitue un garde-fou pour Xavier Fortin. Sans elle, il serait peut-être capable du pire.

– Mais comment du pire ? De quoi parlez-vous ?

– Eh bien, il sous-entendait, je suppose, que Fortin pourrait se tuer ou tuer les enfants s'il y était poussé...

– Alors qu'est-ce qu'il propose d'autre ?

– Rien. Il dit juste qu'il faut attendre que le mandat d'arrêt soit exécuté. »

Je suis abasourdie. J'ai attendu tout l'été, pour m'entendre dire cela ! Même la justice me laisse tomber ! Tout le monde s'en fout de mes fils perdus ! Pourquoi les lois ne sont-elles pas appliquées, quand il s'agit d'un enlèvement parental ? Cette fois, j'en ai assez d'être menée en bateau, négligée, laissée de côté. Il ne me reste plus que Jacques sur lequel je puisse compter, et qui m'a promis d'aller jusqu'au bout. Mais tout de même. Je ne veux pas rester sans rien faire. Alors j'envoie au tribunal une demande d'annulation de l'autorité parentale de Xavier Fortin, en espérant que cela déclenche enfin une réaction de sa part.

Ensuite, pour me changer les idées, si c'est possible, je vais à l'Escarène, dans l'arrière-pays, rejoindre J.J. et ses amis entomologistes pour la réunion mensuelle de leur association. C'est une véritable bouffée d'oxygène pour moi ! Nous sommes tous de milieux socioprofessionnels très différents mais nous nous rejoignons sur les mêmes valeurs de respect, d'amour et d'émerveillement devant les innombrables facettes de la vie, de la plus petite à la plus grande. J.J. a bien connu Manu, dans son adolescence. À l'époque, ils habitaient tous les deux à Rouen avec leurs parents et fréquentaient tous les deux un club de jeunes passionnés par l'élevage des reptiles, sous l'égide de la société herpétologique de France. Il est navré de ma situation, ne comprend pas comment son ancien ami peut se comporter ainsi. Je repars de chez lui plus apaisée, avec de splendides bébés phasmes – de nouveaux pensionnaires pour ma ferme.

« Je voudrais que vous m'accompagniez à Paris. Je vous présenterai l'une de mes relations, un ancien policier des Renseignements généraux. Cela vous permettrait de vous détendre un peu. Rassurez-vous. Je prendrai tout en charge sur le plan financier ! »

Jacques M. est assis face à moi, dans son bureau. Nous venons de faire le point sur les recherches qu'il a entreprises. À la fin de notre entretien, il me fait une proposition plutôt inattendue. Monter à Paris avec lui ? Tout d'abord, j'hésite. Mais peut-être que cela me permettrait de prendre un peu de recul. Voilà presque trois ans, maintenant, que je me débats dans les affres de l'angoisse et de la solitude. Trois ans que je cherche des enfants qui semblent s'être volatilisés. Alors, sachant que Nicolas passe le week-end chez son ami Antoine, j'accepte.

Nous nous envolons de l'aéroport de Nice, par-dessus montagnes et vallées. Je regarde par le hublot, quelque chose en moi se relâche. Le temps ralentit, je ne suis plus dans l'urgence. Durant tout le voyage, je me confie à Jacques sans réserve. J'ouvre mon cœur.

Il me semble qu'il comprend et partage ma peine.

« Tu as déjà laissé beaucoup de toi-même dans la bataille, me dit-il. Maintenant je suis là. Nous nous battrons ensemble. Et nous gagnerons ! »

Comment ne pas y croire ? Jacques M. est à la fois si sûr de lui et si réconfortant ! J'acquiesce à ses propos. C'est tellement rassurant pour moi à ce moment-là d'avoir enfin une épaule où reposer ma tête.

À notre retour, une grande enveloppe attend dans ma boîte aux lettres. Elle vient des membres de la communauté de la Celle, près du Vigan. C'est une lettre collective, ornée d'un dessin central qui représente une main tendue. Ils se veulent sans doute rassurant, mais je pleure à chaudes larmes. Comment peuvent-ils me demander de retrouver la paix sans mes enfants ? Puis, surtout, il y a une lettre de Manu et des petits, adressée… à Nicolas. Manu écrit :

> *Nicolas, je t'ai toujours considéré comme mon fils et je serai toujours là pour toi car il faudra bien que tu te rendes compte que la société est pourrie par le fric. Ne t'inquiète pas des propos que tu entends autour de toi à mon sujet, ce n'est pas grave, je ne suis pas ton père biologique mais je t'ai élevé pendant sept ans !*

Il fait allusion, je le sais, au dossier que j'ai constitué pour prouver qu'il n'était pas le père de sang de Nicolas. Passant outre, je regarde avec attention les dessins de Shahi'yena et d'Okwari, et les petits mots gentils qu'ils adressent à leur frère, en lui parlant de leurs animaux.

Mais il n'y a aucun dessin, aucun mot pour moi. C'est comme si, pour eux, je n'existais pas – comme si Manu m'avait rayée de leurs esprits. S'il n'a pas laissé mes fils m'écrire, il m'adresse une lettre dans laquelle il me propose une conciliation amiable et la garde partagée de nos trois fils. Il m'assure que je peux écrire à l'adresse de Livet en « comptant un mois de délai », en raison des « relais de sécurité » qu'il a dû mettre en place. Mais il me menace aussi, de garder les enfants auprès de lui si nous ne « trouvons pas de solution acceptable » et cela jusqu'à leur treizième année.

Néanmoins, comme il me le demande, je prends contact avec Françoise H. pour essayer de discuter avec lui. Malheureusement, soit elle ne vient pas au rendez-vous, soit j'apprends que je dois me plier à ses conditions sans garantie de revoir mes fils, ou encore que je ne verrai les enfants que « sous surveillance ». Le juge d'instruction m'informe que des négociations sont en cours. En réalité, Xavier Fortin bluffe tout le monde et joue une vaste mascarade.

Jacques me promet que bientôt, tout sera revenu comme avant pour moi. Il est comme un bon père très tendre, il me prend sous son aile protectrice. Un mécène aussi, tombé du ciel pour nous aider, Nicolas et moi. Il s'occupe de choisir et de payer l'avocat relais à Draguignan. Jacques est formidable, Nicolas l'apprécie aussi. Mais pour être efficace, son aide n'est tout de même pas totalement désintéressée. Au retour d'un second séjour à Paris, durant lequel nous dînons aux chandelles dans les meilleurs restaurants, nous visitons Montmartre et le Sacré-Cœur, il m'avoue qu'il est amoureux de moi. J'en suis à la fois émue et gênée.

« Écoute Jacques, tu es vraiment très gentil, mais tu n'es qu'un ami pour moi. Tu as l'âge d'être mon père !

– C'est vrai. Mais je ne veux pas t'enchaîner. Tu restes totalement libre. Si tu rencontres l'homme de ta vie tu pourras partir et faire ta route avec lui mais pour le moment, j'aimerais juste qu'on soit bien ensemble... »

Je me laisse aller à l'écouter et à le croire. Il m'apporte tant de réconfort et de sécurité ! C'est un homme de parole... Et surtout il est le seul à mes yeux capable de ramener les enfants.

Il m'écrit des poèmes très touchants qui révèlent toute sa douceur, toute sa sensibilité et sa recherche d'absolu. Je deviens sa muse, malgré moi. Il me couvre de fleurs, de bijoux et de parfums… Un délice comme je n'en ai jamais eu. Si bien que je finis par admettre que même s'il ne correspond pas à mon prince charmant sur le plan physique, intérieurement en tout cas, il lui ressemble beaucoup. Petit à petit, je reprends goût à la vie.

Nicolas adopte quant à lui le rythme de l'internat, non sans quelques difficultés d'intégration. Mais il finit par trouver sa place. Et il m'écoute avec beaucoup d'intérêt quand je lui raconte toutes les démarches pour retrouver ses frères que j'envisage de faire avec l'appui de Jacques.

« C'est bien, me dit-il. Tu reprends courage… »

Novembre 2000. Jacques part pour Montpellier afin d'inspecter les différents camps de nomades où Manu pourrait se cacher. Il reçoit de l'aide des gendarmes locaux, mais fait tout de même chou blanc. Jacques part ensuite à la rencontre de la pédopsychiatre dont la déclaration est arrivée chez le juge dans un dossier fourni par Françoise H. Il établit qu'elle a été manipulée.

Tous ces événements me mettent sous pression. Je suis en état d'ébullition perpétuelle. Ma mère et son compagnon, Lucien, venus me rendre visite à l'occasion de la Sainte-Catherine, me trouvent épuisée, à bout de nerfs et tremblante d'anxiété. Pendant que Nicolas et Lucien déchargent la remorque pleine de bois pour la cheminée, je dis à ma mère :

« Par la force des choses, je réapprends à vivre sans eux, mais dans le souci permanent. Jamais je ne peux me reposer vraiment, ni me dire : là tout va bien. Je suis constamment sur la brèche, je m'oblige à garder espoir, je cherche continuellement l'équilibre comme un funambule pour ne pas sombrer, je dois rester sur le fil pour survivre… »

Chapitre IX

Qui, de Jacques ou de moi, a eu l'idée ? Peut-être tous les deux, en fait. Car tout est trop long, trop lent – rien n'avance. Shahi'yena et Okwari ont été enlevés voilà trois ans. Non seulement la justice ne les retrouve pas, mais elle hésite toujours à mettre en examen Françoise H. Voilà pourquoi, profitant d'une semaine de congés, je décide de partir avec Jacques et son fidèle ami Francis à Gignac pour la rencontrer. Elle sait où se trouvent mes fils, j'en suis persuadée. Il faut qu'elle me le dise. Je ne veux plus attendre. Je suis à bout de nerfs et déjà je tremble, dans la voiture, à la seule idée de me trouver face à elle…

Elle est seule chez elle lorsque nous arrivons. Elle étend du linge dehors, au milieu d'un amoncellement de bidons rouillés, de poubelles et de vieilles carcasses de voitures et de caravanes. Quand elle m'aperçoit, elle lance, d'un ton désinvolte :

« Tiens, Kaţia, qu'est-ce que tu fais là ?

– Tu sais très bien pourquoi je suis là, Françoise. Je cherche Shahi'yena et Okwari. Ça fait bientôt trois ans que je ne les ai plus vus, ni entendus, tu imagines le calvaire que je vis ?

– Je n'y suis pour rien ! Je ne sais pas où ils sont. Et puis, tu vois bien que j'ai du travail. Je n'ai pas le temps de t'écouter !

– Oh mais si, tu vas m'écouter. Parce que j'ai la preuve que tu fais passer le courrier à Manu. Et l'argent aussi.

– Tu racontes n'importe quoi ! »

N'importe quoi, vraiment ? Mais alors, pourquoi se trouble-t-elle, pourquoi perd-elle ses pinces à linge ? Pourquoi fuit-elle mon regard, pour se cacher derrière les pulls tendus sur le fil ? Mes yeux se posent sur les vêtements en train de sécher. Je m'empare d'un pantalon.

« Il est à qui ce pantalon ? C'est un pantalon d'homme ça ! Et ces polos ? C'est du dix ans ça ! Ce sont les habits de mes fils que tu laves ?

– Mais non ! Ils sont à ma petite-fille ! Je dois aller la récupérer à l'école. »

Laissant là le linge, elle rentre à l'intérieur de sa maison, ressort avec des clés à la main, désigne d'un signe de tête Jacques et Francis, restés dans la voiture garée un peu plus loin.

« Qui est-ce ?

– Des amis. Ils m'aident. Tu sais, Jacques a la preuve que les enfants sont passés chez toi. Il est allé en ville et a montré leurs photos aux commerçants. Certains les ont reconnus. Ils ont même dit qu'ils les avaient vus avec toi !

– Et alors ? Ça ne prouve rien ! »

Elle me regarde droit dans les yeux, cette fois. Avec aplomb. Et d'un coup, la colère monte en moi, comme une vague. Une colère froide, qui donne à ma voix un accent métallique.

« Écoute, on va en finir maintenant. Je te demande de me conduire à mes enfants. Tu sais comment le contacter. Je veux voir mes fils. Tu ne peux pas le comprendre ?

– Je ne peux pas faire ça ! C'est impossible !

– Françoise, si tu ne me dis pas où ils sont, je vais porter plainte contre toi, tu entends, tu seras accusée de complicité d'enlèvement et tu iras direct en prison, c'est ça que tu veux ?

– C'est ça, c'est ça, continue ta logique de guerre ! »

En guerre, moi ? Alors qu'on m'a arraché mes fils ? Je blêmis.

« Toi qui es mère, tu ne peux pas te mettre à ma place ? Que ferais-tu à ma place ?

– Ça suffit. Maintenant, il faut que j'y aille. Ma petite-fille va sortir de l'école. Attends-moi là, si tu veux !

– Ah non ! Je viens avec toi ! »

Cette femme sait où sont mes fils. Je veux le lui faire dire. Alors je lui emboîte le pas, je monte dans sa voiture. Et nous démarrons, suivis de près par Jacques et Francis...

Quelques minutes plus tard, nous arrivons devant l'école, et nous récupérons la fillette. Tous les autres parents sont partis. Nous sommes seuls avec elles deux, dans une rue déserte. Alors, je prends ma décision. Je fais monter la petite dans notre voiture. Très froide, je lance à Françoise :

« Puisque tu refuses de parler, je garde ta petite-fille avec moi. Je l'emmène chez moi. Je m'en occuperai très bien. Mais je ne te la rendrai que lorsque tu me ramèneras mes fils !

– Mais tu es folle ! Rends-moi ma petite-fille !

– Quand j'aurai mes fils ! Tu entends ? Mes fils ! »

Laquelle, de nous deux, crie plus fort que l'autre ? Quoi qu'il en soit, nos hurlements risquent d'attirer du monde.

Jacques et Francis s'approchent de Françoise H. et, fermement, la poussent dans la voiture aux côtés de la petite. L'instant d'après, nous démarrons. Direction : la montagne…

« Mais où m'emmenez-vous ? »

Françoise H. pleure, gémit. Puis, d'un coup, elle se redresse et me lance, venimeuse :

« De toute façon ça ne sert à rien que tu les cherches. Ils ne veulent plus de toi, Shahi'yena et Okwari !

– Ils ne veulent plus de moi ? Mais tu vois, j'aimerais bien qu'ils me le disent eux-mêmes ! De quel droit tu te mets entre nous ? Qui es-tu toi, pour t'interposer entre mes fils et moi ? Avec des conditions en plus ?

– Ils me l'ont dit, ils ne veulent plus vivre avec toi ! Maintenant c'est moi qui les protège !

– Toi ? Les protéger ? Tu n'es qu'une voleuse d'enfants ! Une vipère ! »

Je suis à l'avant, heureusement pour elle. Je serais capable de la frapper. Comme je ne peux pas la toucher, je l'insulte, tandis que Jacques s'efforce de me calmer. Et dans ce tumulte, nous roulons jusqu'à nous retrouver au-dessus du Vigan.

« Allez. Tu descends. »

Je sors de la voiture. J'ouvre la portière arrière. Je tire Françoise H. dehors. Ensuite, je l'empoigne, avec toute la force de mon désespoir et je la pousse vers le sentier qui mène à la vallée. Laissant Francis avec la fillette dans la voiture, Jacques et moi l'entraînons avec nous. Bientôt, nous sommes en pleine montagne. Elle peut bien crier, il n'y a personne pour l'entendre. Je suis bien résolue à la faire craquer. Je veux une adresse ou un numéro de téléphone. Sinon…

« D'accord. D'accord. Je te donne un numéro. »

En larmes, Françoise H. murmure une série de chiffres. Je les compose un à un sur mon téléphone portable. Une sonnerie. On décroche. Je viens d'appeler la communauté de Celle. Une ruse ? Sans aucun doute. Françoise H. cherchait à prévenir l'un ou l'autre de ses amis. Je n'ai que le temps de raccrocher, avant qu'elle se mette à crier. Jacques et moi continuons de la questionner mais elle campe sur ses positions.

« Je vous dis qu'il y a une personne dans la communauté qui sert de relais ! Mais j'ignore qui exactement, je vous le jure ! »

Dix-huit heures. La nuit est presque tombée. Françoise H. n'a rien dit de plus. De guerre lasse, Jacques et moi la ramenons à la voiture pour la raccompagner chez elle avec sa petite-fille. Nous rentrons ensuite chez nous. Encore plus déprimés qu'avant.

Une semaine plus tard, je suis convoquée à la gendarmerie de Gignac, où Françoise H. a porté plainte contre nous. Je m'explique avec franchise. Il n'y aura aucune poursuite engagée. Plus tard, j'apprendrai que le domicile de Françoise est surveillé par les enquêteurs chargés de retrouver Shahi'yena et Okwari. Les mouvements de caravanes sont contrôlés, les papiers vérifiés. Sans succès, hélas…

Mes enfants chéris,

Chaque Noël, chaque anniversaire sans vous est une douleur pour moi, comme si on venait enfoncer un peu plus, d'un petit coup sec, le poignard qui transperce mon cœur.

Je vous ai acheté des cadeaux pour préparer votre retour prochain. Avec Nicolas nous avons choisi des boîtes de Playmobil et j'ai aussi trouvé un grand dinosaure pour toi, Okwari, tu les aimes tant. Et pour toi, Shahi'yena, j'ai acheté un magnifique caléidoscope qui produit de merveilleuses rosaces multicolores.

Mes chéris, sachez bien que je ne vous ai jamais abandonnés, je vous cherche sans arrêt de toutes mes forces depuis trois ans. Mais je ne sais toujours pas où vous êtes. J'ai si mal, je ne peux plus continuer de vivre sans vous !

J'espère qu'un jour viendra où Manu comprendra la grave erreur qu'il a commise. En vous séparant de moi, il pensait que vous alliez m'oublier, en nous empêchant de nous voir, il croyait qu'il pouvait tuer l'amour qui est entre nous. Avec des mensonges affreux, il essaie de vous persuader que je suis une horrible traîtresse et avec des méchancetés il espère me détruire dans vos cœurs... Mais c'est tout le contraire qui se produit ! Car plus on est privé de quelque chose, plus on en rêve, plus on le désire et on le cherche. En fait, plus il vous retiendra loin de moi, plus vous vous poserez des questions et aurez envie de savoir... oui, je le sais, en réalité plus vous serez frustrés de l'amour de votre mère, plus vous en aurez besoin et le rechercherez.

Manu n'a pas le droit de vous garder ainsi cachés.

D'ailleurs, il n'a plus aucun droit sur vous deux. Devant la loi, il a été déchu de son autorité parentale. Cela veut dire qu'il n'a plus le droit de vous donner des ordres et que vous n'êtes plus obligés de lui obéir... Mais vous êtes si jeunes, mes petits loups, tenez bon, soyez courageux, je ne vous laisserai pas. Vous êtes des enfants de lumière et Dieu ne nous abandonnera pas, il essuiera toutes les larmes de nos yeux et nous serons réunis dans la joie.

Maman

Cette fois, c'est décidé. Puisque la justice ne se décide pas à mettre Françoise H. en examen, je dépose contre elle une plainte avec constitution de partie civile. Peut-être, ainsi, finira-t-elle par parler.

Face à l'inertie judiciaire, je suis à la fois indignée et désespérée. L'enquête ne piétine même plus. Elle est tout simplement au point mort.

Comme si cela ne suffisait pas, je dois aussi affronter une véritable tourmente dans ma vie personnelle. Au début de notre relation, Jacques ne me tenait pas rigueur de ne pas être amoureuse de lui. À présent, mon manque d'amour le mine. Il s'est persuadé qu'à force de gentillesse et d'attentions, il parviendrait à toucher mon cœur. Mais si j'ai toujours pour lui une grande estime et une grande amitié, j'en reste là. Des discussions orageuses nous opposent bientôt sur ce point. Je lui répète sans cesse qu'il n'y a pas d'avenir possible entre nous, mais il refuse de l'entendre. Il poursuit néanmoins l'enquête avec vaillance – c'est du moins ce dont je suis persuadée à cette époque.

« J'ai pris contact avec le roi des Gitans. »

Jacques arrive, sourire aux lèvres. Il s'assoit face à moi, pose ses coudes sur la table, me fixe droit dans les yeux.

« Je le connais bien, tu sais, me dit-il. Il a beaucoup de pouvoir chez les Manouches, et sait tout ce qui se passe dans leurs campements. Un type ressemblant à Xavier Fortin a été vu dans l'un d'eux, près de Toulouse.

– Et alors ?

– Il n'a pas voulu m'en dire plus. Il me réclame de l'argent avant de faire quoi que ce soit.

– De l'argent ? Mais qui prouve qu'il ne te mène pas en bateau ?

– Je me méfie moi aussi. Alors j'ai passé un contrat avec lui. Je veux qu'il cherche les enfants, qu'il les fasse sortir, et qu'il me les remette. Après seulement, je lui donnerai les 15 000 francs qu'il réclame… »

Bien sûr, tout est aléatoire, comme toujours. Mais mon cœur se met pourtant à battre plus vite. Et mon esprit s'emballe, déjà – comme il m'en faut peu ! Si seulement cela pouvait marcher ! Si le roi des Gitans pouvait les retrouver ! Mais si tel est le cas, dans quel état psychologique seront-ils ? Comment auront-ils survécu au traumatisme ? Shahi'yena, si sensible et introverti, a peut-être développé une maladie nerveuse. Ou bien son côté irascible a pris le dessus. Okwari, si débonnaire et jovial, s'est peut-être résigné en apparence tout en se morfondant secrètement. Au début, il y a tant de mois maintenant, je disais toujours que j'aurais assez d'amour pour tout réparer mais cela sera-t-il suffisant ? Une seule chose est sûre : la ferme sera sans doute le meilleur moyen de nous rapprocher, le lieu idéal pour nous retrouver. Cette ferme, où ce matin j'ai partagé quelques instants de tendresse avec un petit garçon qui ressemblait tant à Shahi'yena avec ses taches de rousseur et ses yeux clairs pétillants, m'aidera à les apprivoiser. Nicolas, qui vient de fêter ses seize ans, sera tellement heureux de les retrouver ! J'ai si mal de n'avoir qu'un lointain souvenir de leurs voix, j'aimais tant les écouter jouer ensemble tous les trois…

C'est vrai, je fuis la douleur, chaque fois que je dois passer devant l'école des Adrets lorsque la cour résonne de cris d'enfants. Mais je ne connais pas de plus grande joie que de regarder des enfants jouer ensemble.

Ce matin comme tous les matins, j'ai contemplé le visage de mes fils disparus sur la photo du salon. J'ai pris le temps de prier pour leur protection et leur libération ainsi que pour la paix avec leur père.

Ce matin à force de tension et de manque de sommeil, alors que j'accomplis les gestes routiniers et quotidiens du réveil, il n'y a plus rien. Leur chambre est vide, mon cœur est déchiré. C'est mécaniquement que je m'habille et que je bois un café avant de sortir. Je tire la porte derrière moi et je monte dans ma voiture pour prendre la direction du Cap Estérel. Je vois à peine la route que je connais si bien. Je la distingue si peu que, d'un coup, je manque un virage et je heurte violemment la barrière de sécurité…

Ce jour-là, j'en suis quitte pour une belle peur et une portière avant complètement enfoncée. Mais Jacques, qui a eu très peur de me perdre, m'invective :

« Prends quelque chose pour dormir la nuit, me dit-il. Sinon, tu vas finir par te tuer au volant… »

Prendre quelque chose pour dormir ? Oui bien sûr. Je le pourrais. Mais je ne le fais pas. Je veux rester vigilante, dans l'attente de mes fils. La réponse des Manouches ne devrait plus tarder, maintenant. Voilà bientôt un mois que nous attendons leur intervention. J'ai regardé dans l'armoire. Leurs vêtements, soigneusement rangés, sont bien trop petits pour eux. J'achète des tenues neuves et des bottines en plastique…

Plus d'un mois, maintenant, que le roi des Gitans est sur la piste. Les Manouches disent qu'ils se préparent à passer à l'action. J'attends. Haletante.

Mais pendant ce temps-là, la vie continue. Je lutte contre la fainéantise de Nicolas qui paresse au lit au lieu de travailler. J'ai rencontré les professeurs du lycée Bristol : Nicolas s'accroche mais doit mieux faire. La neige a tout recouvert de son manteau blanc. Elle a tout effacé du passé, elle a tout purifié. Elle me prépare pour un nouveau départ, tout propre, comme une page vierge.

Les Manouches ont encore appelé. Les choses se précisent, selon eux.

Mais je dois aller travailler. À la ferme, j'assiste à la naissance des premiers chevreaux de Violette.

Un autre appel. Les Manouches affirment qu'ils sont prêts, ce sera pour la fin de la semaine.

La semaine s'écoule, mais plus rien.

Jacques part alors à Toulouse pour tenter d'avoir de nouvelles informations. Il revient pratiquement bredouille. Selon lui, le roi des Gitans lui a menti. Pourquoi ? Il n'en sait rien.

« J'ai retrouvé une femme qui les a vus il y a quelques mois, en novembre, me dit-il. Ils circulaient avec un break, une caravane et une remorque. Une femme était avec eux. »

Une femme ? Quelle femme ? Partage-t-elle la vie de Manu ? Si tel est le cas, dorment-ils tous ensemble dans la caravane ? Comment se comporte-t-elle avec les enfants ? Et eux, comment acceptent-ils sa présence ?

Beaucoup d'espoir encore s'est envolé. Je rentre dans une période de dépression intense. Je m'enfonce dans le marasme. Il n'y a plus de piste ! Quand j'arrive à parler de tout cela à des amis ou à ma mère, ils me disent que je dois accepter la situation, que je dois penser à moi et à Nicolas, que je dois reconstruire ma vie et me concentrer sur mon travail.

Personne ne se rend compte que justement je ne peux rien reconstruire sans mes fils ! Ils font partie de moi !

À Shahi'yena et Okwari,

J'écris comme on jette une bouteille à la mer. Où trouverais-je encore le secours ? La force de combattre ? Ou la sagesse d'accepter la torture ? J'ai le devoir de vous sauver, je refuse de vous abandonner à votre sort.

Je tiens à ce que vous sachiez que je ne cesse de vous chercher partout. Même si Manu vous raconte des sottises sur moi, sur les gens et sur la vie, sachez que je vous aime et que je souffre terriblement chaque instant de ma triste existence. Cette douleur devient de plus en plus insupportable avec le temps et l'angoisse me saisit à l'idée que vous ne me reconnaîtrez peut-être plus ou que vous ne voudrez plus me voir quand je vous retrouverai enfin. Je vous en prie, maintenant que vous avez un peu grandi, ne vous endurcissez pas, ne fermez pas vos cœurs. Essayez de chercher de l'aide, demandez à me téléphoner, ou bien trouvez quelqu'un qui vous conduise aux Adrets. C'est ici votre maison, nous vous attendons, Nicolas et moi. Si vous êtes meurtris, je vous soignerai, si vous êtes blessés, je panserai vos plaies, je sécherai vos larmes, je vous le promets.

Si je vous envoie cette lettre à Livet, elle sera sans doute interceptée, comme toutes les autres depuis le début, par Manu ou Françoise. Mais si j'en envoyais une chaque jour ? Ou dix d'un coup ? Elle serait obligée de vous les apporter. C'est décidé, nous sommes le 15 mai 2001, j'envoie quatre lettres chez Françoise H. et puis une tous les jours.

Votre maman

Chapitre X

À la fin de ce mois de mai 2001, j'ai la bonne idée de téléphoner à mon avocat pour lui demander à quand est fixé le rendez-vous chez le procureur.

« Mais de quel rendez-vous me parlez-vous ?

– Le rendez-vous prévu avec M. M.

– Je regrette mais rien n'est prévu, madame Martin, je n'ai pas parlé à M. M.

– Mais si ! Il vous a appelé ce matin !

– Non, je vous assure. Et il n'y a aucun rendez-vous prévu avec le procureur... »

Je raccroche le téléphone, consternée. Jacques m'a affirmé qu'il avait pris contact avec mon avocat pour ce rendez-vous avec le procureur de la République. Je viens d'avoir la preuve qu'il me raconte des sornettes !

Le moins que l'on puisse dire, c'est que je tombe de haut. Bien sûr. Jacques a sans doute menti pour que je continue de croire en lui. Mais je lui lance tout de même à la figure ses quatre vérités. Et après plusieurs scènes téléphoniques houleuses, je décide de le rencontrer pour rompre définitivement notre relation.

Lorsque je lui dis : « Au revoir, merci pour ton aide, mais nous ne nous reverrons plus », il entre dans une fureur noire.

« Puisque c'est comme ça, crie-t-il, rends-moi les bijoux que je t'ai offerts ! »

Je les enlève un à un et je les lui tends. Il va les jeter dans la cuvette des toilettes. Puis il revient vers moi, et me lance méchamment :

« Tu ne peux pas me quitter comme ça. Tu as besoin de moi pour retrouver tes enfants. Sans moi, tu n'y arriveras jamais.

– Mais si, j'y arriverai !

– Mais non ! Ça fait presque quatre ans que tu les cherches et tu n'es arrivée à rien ! Au fait, pour tout ce que j'ai fait, je veux que tu me payes. Cela va te coûter très cher, tu entends ?

– Mais tu m'as toujours dit que tu ne voulais pas d'argent !

– Eh bien j'ai changé d'avis !

– Tu es vraiment odieux ! »

La scène, violente, s'éternise. Mais je ne cède pas d'un pouce. Alors, il oublie sa colère et se met à me supplier :

« Tu n'as pas le droit de me laisser après tout ce que j'ai fait pour toi. S'il te plaît, donne-moi la force de continuer le combat. J'ai besoin de toi ! »

C'était pitoyable. Mais nous sommes le jour de la fête des mères – une de plus sans Shahi'yena et Okwari – et je suis déjà si fragilisée. Après cette dispute interminable, je n'ai plus aucune énergie. Alors, par dépit, par désespoir, je capitule et, laissant de côté ses mensonges, je lui permets de me prendre dans ses bras, pour me consoler.

On s'apprête à fêter les mères. Toutes les mères ? Dans l'ombre ou dans la lumière, elles savent depuis des millénaires combien leur amour, leur patience et leur persévérance sont les maillons de la chaîne de la vie. C'est de l'intemporel qu'elles voient pour diriger leurs enfants doucement. Puissent-elles le faire en toute conscience afin qu'un jour prochain dans l'harmonie, l'humanité enfin guérie rime avec maturité !

L'été bat son plein. Avec lui, les vacanciers se pressent de nouveau à Cap Estérel. En plus de mon travail à la ferme, je participe à un spectacle monté par mon ami Sylvain. C'était un joli conte sur de la musique celtique. J'ai accepté de tenir le rôle de la fée bleue avec deux tableaux de danse et un chant mimé. Cela me plaît, me rapproche de l'équipe d'animation, il règne une ambiance de franche camaraderie et cela me rappelle l'époque adolescente où je présentais des spectacles avec mon école de danse. Cela m'empêche sans doute aussi de patauger dans mes frustrations et me rend quelques miettes de dignité. Paquita, notre adorable costumière, me confectionne une splendide robe bleu ciel parsemée de perles argentées et de voiles légers. Une vraie robe de princesse ! Que de rires pendant les essayages !

Mais le soir du 18 août, après le spectacle, je découvre une enveloppe postée de Ganges, la veille, dans la boîte aux lettres. Je reconnais immédiatement l'écriture soignée de Manu. À l'intérieur, il n'y a que deux petits bouts de papier. Deux messages, tracés en lettres rondes et malhabiles, qui m'arrachent le cœur.

Je ne compte pas te retrouver comme tu le souhaites bientôt, ni te revoir, en tout cas pas tant que je ne suis pas sûr que tu ne puisses plus m'obliger à quoi que ce soit. Je suis très bien avec mon père et je le resterai. Dieu n'a pas besoin de nous délivrer, il a plutôt besoin de te pardonner.

Shahi'yena

J'ai reçu tes lettres mais je n'ai pas envie de te répondre.

Okwari

Françoise H. a bien joué son rôle de facteur. J'ai une réponse. Cette nouvelle correspondance m'anéantit totalement.

Je m'écroule sur le lit de Nicolas, secouée de violentes convulsions. Je frappe les oreillers en pleurant et en criant. C'est impossible. Mes fils n'ont pas pu écrire cela de leur plein gré. C'est leur père qui leur a fait tracer les mots, un à un, sûr qu'il allait me frapper au plus profond de mon être. Comment peut-il être aussi cruel ? Quand Nicolas rentre, il me trouve mortifiée sur son lit, serrant les draps désespérément contre moi. Affolé, il veut appeler mon père, tant je suis pâle et défaite. Un peu plus tard, ma mère, au téléphone, réussit à me calmer à force de douceur. Il n'empêche. Je suis détruite. Il leur a fait croire que tout ce qui est arrivé est ma faute. Pour eux, je suis la coupable, le monstre à bannir. Comment pourrai-je, un jour, rétablir la vérité pour eux ? Et d'ailleurs, est-ce que j'en aurai au moins l'occasion ? Ils sont si loin de moi, j'ai tellement mal pour eux, pour mes deux bébés qu'il m'a volés…

Cet été-là, parfois, je m'arrête devant la mer, dans un endroit isolé. Et j'écris :

Alors quitter, juste un instant, le manteau de misère,
Juste se laisser caresser le ventre par la brise marine,
[pour oublier,
Juste se laisser bercer lentement par le clapotis claquant
[des vagues,
Juste se laisser envahir les narines par l'humeur saline,
Juste assez pour s'endormir, assez pour m'engloutir,
Juste un instant pour ne plus être au monde,
Juste assez pour ne plus souffrir.

Puis, avant qu'ils ne rentrent chez eux en Alsace, je rejoins mes amis Bruno et Nathalie. Nous déjeunons ensemble dans un restaurant sur la plage. Leur fille Emmanuelle vient de temps en temps passer l'après-midi à la ferme. Chacune de nos rencontres m'élève au-dessus du brouhaha confus de ma vie. Je me sens comme dans une montgolfière, légère, je flotte au-delà du marasme routinier, leur présence élargit ma vision spirituelle. Nos échanges sur la foi et les discussions au sujet des différentes formes de cultes sont un réel enrichissement pour moi. Bruno me prête des livres passionnants de Witness Lee sur l'interprétation des Évangiles. En les lisant, je me ressource, je rencontre en eux un véritable puits de connaissances.

Puis le manège du temps reprend sa course. L'été s'en va, laisse place à l'automne. Pour ne pas dépérir totalement, je m'inscris à un cours de danse. C'est un espace de détente et de liberté d'expression, merveilleux pour moi. Dans ce cadre-là, je suis juste une femme comme les autres. Personne ne connaît mon histoire. Je peux être juste moi, sans les perpétuels soucis que je traîne comme un boulet… Nous travaillons devant notre image dans le grand miroir. Cela permet de mesurer le décalage entre le monde que l'on se fabrique et la simple réalité. Cela me fait un bien fou. Je me regarde, je vois une autre. Qui est-ce ? Je la connais ? Elle a l'air sympa…

Valérie, mon professeur, me demande sans cesse de me détendre. Elle n'a aucune idée, bien sûr, de l'effort énorme que je fais déjà pour être là ! Mais la danse m'aide vraiment à évacuer le stress. Je m'y oublie, je m'échappe dans un autre espace, je fais corps avec la musique.

Au mois d'octobre, je prends contact avec Jean-Yves Bonissant, le président et fondateur de Manu association, du nom de son fils disparu voilà douze ans maintenant. Il se propose de me venir en aide et de mettre les photos de Shahi'yena et d'Okwari sur son site Internet. J'accepte. On ne sait jamais. Cela peut toujours servir… Jacques, quant à lui, me suggère d'envoyer aux enfants des lettres et un colis « suivi » – le nouveau service de la poste, qui permet de localiser les lieux par lesquels ils passeront. Effectivement, vérification faite, les lettres et le colis expédiés à Livet, à l'attention de Xavier Fortin sont réexpédiés à la poste de Saint-Hippolyte-du-Fort, dans le Gard.

Enfin une piste qui semble sérieuse ! Dès que je suis en congés, je m'organise avec Jacques pour faire un nouveau voyage dans les Cévennes. Mes courriers et mon colis sont toujours à Saint-Hippolyte-du-Fort. Personne n'est venu les chercher… Alors, en désespoir de cause, nous nous rendons à la gendarmerie, pour y raconter notre histoire. Et là, surprise. L'un des militaires nous fait une révélation de taille.

« Xavier Fortin ? Il a été interpellé à Pau, voilà quelques mois, nous dit-il. Mais il a été relâché.

– Relâché ? Mais pourquoi ? »

Silence.

« En fait, reprend-il, plutôt gêné, je pense qu'il y a eu une erreur. Son dossier était bloqué à Draguignan. Mais le temps qu'il arrive...

– Et les enfants ? Où étaient-ils pendant qu'il était détenu ?

– Ah ça, je n'en sais rien !

– Et pourquoi est-ce qu'on ne m'a pas prévenue ?

– Je n'en sais rien non plus, madame. »

Je suis ivre de rage. Mais une fois de plus, ma rage ne sert à rien. Il est trop tard. Seule consolation dans ce désastre policier : mon interlocuteur m'informe que mon ancien compagnon se trouve peut-être dans une sorte d'école de cirque qui vient de s'installer dans le secteur... Alors, je reprends espoir, ils sont peut-être là.

Le 19 novembre, je fonce à Draguignan prévenir la nouvelle juge d'instruction, Mlle G., qu'elle doit délivrer immédiatement une commission rogatoire pour permettre aux gendarmes d'intervenir à l'école de cirque. Alors que j'attends dans l'antichambre de son bureau qu'elle veuille bien me recevoir, je croise le doyen des juges du TGI. Je me précipite vers lui, pour tout lui raconter.

« Madame, me dit-il sèchement, je ne peux pas intervenir. Je ne suis pas en charge de votre affaire. »

La rage au cœur, je le regarde disparaître au détour d'un couloir.

« Madame Martin ? »

Enfin, la nouvelle juge d'instruction me fait entrer dans son bureau. C'est une toute jeune femme, plus jeune que moi. Lorsque nous commençons à parler, elle me semble dépassée.

« Madame la juge, que s'est-il passé à Pau ? Les gendarmes tenaient Xavier Fortin, ils ont dû le relâcher...

– Cela arrive. Il y a des incompétents partout. Le dossier n'a pas suivi dans les temps, ils étaient obligés de le laisser repartir. »

Je reste éberluée un instant. Puis je reprends la parole, pour souligner combien il est important qu'elle délivre une commission rogatoire aux gendarmes des Cévennes.

« Ils sont là-bas. C'est probable. Il faut qu'ils puissent les chercher, intervenir, avant qu'ils ne s'enfuient à nouveau ! »

Gagné ! Elle ne discute pas et accède immédiatement à ma requête. Maintenant, c'est aux gendarmes de s'organiser.

Mais les jours passent. Rien n'avance. « On se prépare », me disent les gendarmes quand je leur téléphone.

Cet automne-là, nous recevons des visiteurs inhabituels. À la tombée de la nuit, des cigognes font escale dans tout le village. Nous les avons vues se poser une à une, avec les enfants ; gracieuses et majestueuses, leurs ailes immenses se repliaient comme une révérence ! L'une sur la tour, l'autre près du clocher, deux sur ce toit et là-bas, d'autres encore qui arrivent. Elles se reposent pour la nuit avant de reprendre leur migration.

Au petit matin, j'ai le bonheur de les regarder se préparer au départ. Une grande cigogne, toute brillante des rayons du soleil levant, vole en cercle au-dessus de ma tête. Elle sonne le rassemblement en emplissant le ciel de son cri rauque. Au bout d'une minute, du fond de la vallée, une autre vient la rejoindre, puis deux, puis dix, elles se mettent à tournoyer ensemble, chacune élargissant la ronde, en se joignant au chant d'appel qui résonne de plus belle. Un somptueux ballet, une musique digne des plus merveilleuses symphonies ! Quand toute la troupe est réunie, la multitude tourbillonnante et jacassante se transforme. La flèche de proue se forme lentement, et chacune s'alignant à la suite vient compléter l'immense formation en « V », le V de la victoire.

Dans cet instant-là, habitée par le sentiment d'appartenir à la vie, comme ces oiseaux de passage, je m'envole aussi vers le sud, en esprit, suivant mon destin, bien au-delà des lois humaines, sachant que d'autres lois bien plus puissantes règlent les horloges du temps.

Début décembre, je suis à bout. On m'informe que la police de Sumène a besoin des lettres suivies comme preuves. Nous sommes le 8. Je suis en congés. Je décide de les leur apporter, ça sera plus sûr, elles ne se perdront pas, au moins. Jacques et moi en profitons pour faire un tour aux environs de Roubignac. C'est là que s'est installé, pour quelques semaines, le cirque des Hypomédiens. Mes fils sont-ils cachés quelque part par là ? À pied, en voiture, nous parcourons la colline de deux cent soixante-dix hectares. Nous tombons sur des camions, des vieilles caravanes, des emplacements de tipis, des camping-cars mais tout est désespérément vide, déserté. La forêt m'angoisse. J'entends un enfant crier : « Maman. » Je pleure, une fois de plus. Mais nous continuons de chercher.

Hélas. Nous ne découvrons rien et nous ne pouvons pénétrer dans le campement, qui s'est établi à Roubignac, sans compromettre toute l'opération des gendarmes.

« Peut-être que Xavier Fortin est à l'intérieur, me disent-ils. Mais on n'en est pas sûrs. Alors on n'entre pas.

– Mais si vous n'entrez pas, vous ne découvrirez jamais rien !

– Madame, nous craignons que certaines personnes de ce campement soient armées. Nous devons prendre des précautions. Nous avons demandé des renforts. Des hommes et des chiens doivent arriver. »

Il faudrait qu'ils se dépêchent. Après quelques jours de prospection, en effet, nous avons recueilli deux témoignages – l'un dans un bureau de tabac et l'autre sur le marché d'un village voisin – confirmant la présence de Manu dans le secteur. Mais pour autant, rien ne bouge. La brigade de recherche du Vigan récupère la commission rogatoire des gendarmes de Sumène parce qu'ils sont débordés, du fait de la lourdeur administrative…

Alors Jacques et moi questionnons les voisins les plus proches du campement, en faisant semblant de chercher des champignons. Au final nous apprenons qu'un convoi de caravanes est parti de Roubignac quelques jours auparavant, pour… éviter un contrôle de gendarmerie. Échec total ! N'y avait-il pas moyen de placer un barrage pour vérifier l'identité des gens qui s'en allaient ? Il n'y a que deux sorties possibles, pourtant ! Certaines qu'une fois de plus, nous les avons manqués, je suis affreusement déçue. Cette fois tout espoir est mort. Il neige sur les Cévennes, comme il neige sur mon cœur.

Ce Noël, je me trouve en piteux état. Je souffre d'une angine sévère. C'est à peine si je peux respirer, bientôt je n'ai plus de voix. Partout autour de moi les images m'agressent, le bonheur des familles me dérange, le sourire des anges me pèse. Quand je me retrouve chez ma mère avec Nicolas, entourée par Alexandre et Robin, mes neveux, je craque. Alex et Robin sont si proches de Shahi'yena et d'Okwari en âge, en taille, en expression et même en physionomie, ils se ressemblent tellement que c'est insupportable pour moi. Je pleure longtemps dans les bras de mon frère, ce soir-là. Il sait ma peine. Mais il ne peut rien pour moi – personne ne peut rien. Mon malheur est sans fin...

31 décembre. À Cap Estérel, Sylvain et Véronica m'invitent chez eux pour le réveillon. Ils ne veulent pas que je reste seule. Je me laisse entraîner. Je mange la raclette et je goûte l'irish-coffee comme une somnambule. Seul point positif, j'ai profité de l'invitation pour refuser de passer la soirée avec Jacques. Il est temps qu'il comprenne que malgré tout son argent, il ne peut pas acheter mes sentiments. Plus le temps passe, plus il se fait perfide, méchant. Il menace d'arrêter les recherches. Cela m'obsède, me terrifie. Au fil du temps, je suis devenue dépendante du détective aux grands moyens que je prenais pour mon sauveur. Mais à présent, je vois bien qu'il profite de ma détresse. Je ne veux plus me soumettre sous le prétexte de préserver mes

chances de retrouver mes fils. Je ne suis pas sortie de l'esclavage dans lequel me tenait Manu pour retomber sous le joug d'un autre homme. Son chantage est abominable.

Alors, pour la seconde fois, je romps. Et pour la seconde fois, il se met en colère. Comme je ne cède pas, son amour se transforme en une haine virulente. Il me harcèle au téléphone, m'envoie des lettres d'injures et de menaces. Je dois changer de numéro de téléphone portable et couper celui de la maison.

Je regrette amèrement d'avoir placé ma confiance dans cet homme qui me déçoit cruellement. Ne pourrai-je donc jamais faire confiance à personne ?

Chapitre XI

Nous sommes en l'an 2002. Je n'ai pas retrouvé Shahi'yena et Okwari. Pas encore. Mais j'ai enfin quitté Jacques. Ma liberté ainsi reconquise a eu un effet de catharsis prodigieux sur moi. Dans le miroir, je vois un nouveau visage, une nouvelle Catherine que j'aime bien et en qui j'ai confiance. Je me sens revivre, comme renouvelée en force et en énergie. Il faut dire que ma famille et mes amis m'ont formidablement bien soutenue. Qu'on le croit ou non, j'ai retrouvé les ailes de ma foi. Elles me permettent d'être moins angoissée. Elles ouvrent en moi une porte intérieure conduisant à une source intarissable d'eau vive. Je n'ai plus peur du silence. Parfois, j'imagine Shahi'yena et Okwari dormant tranquillement dans leur lit. Un jour, ils s'y coucheront. Un jour. Mais quand ?

Le départ des cigognes a signé l'approche de l'hiver. Un hiver dur et un froid sec. Où sont mes enfants ? Ont-ils assez chaud ? Aux dernières nouvelles, la brigade de recherche de Sumène n'a plus aucune piste dans les Cévennes. Quant à la juge d'instruction, elle affirme qu'elle va interroger Françoise H. Mais quand ?

12 janvier 2002. Okwari a dix ans. Je décide de préparer un gâteau au chocolat avec Olivier, mon petit frère. J'ai mal. Je suis triste. Je tente cependant à travers des gestes simples de renouer avec la vie. Pour finir, notre exercice de pâtisserie s'avère plutôt joyeux. Nous cassons les œufs, mêlons beurre, farine et sucre, Olivier ajoute les jaunes tandis que je bats les blancs en neige. Ensuite, je fais fondre le chocolat au bain-marie et je l'ajoute à notre préparation. Quarante minutes au four, et nous voilà avec un superbe gâteau. Même si je pense très fort à Okwari qui ne sera pas là pour le goûter, ce soir, place aux chansons, avec mon père à l'orgue et mon parrain à la clarinette. Nous nous amusons à reproduire des tubes des années passées, c'est chaleureux et sympathique, voilà bien longtemps que je n'ai pas passé une si belle soirée. Nicolas aussi participe au jeu, non sans avoir rouspété un peu avant. Yves est formidable. Il est toujours plein d'optimisme et de bonne humeur. En toutes circonstances, il sait nous faire rire.

J'ai raison d'en profiter. En ce mois de janvier, en effet, Jacques M. se manifeste à plusieurs reprises. Ne pouvant plus me joindre par téléphone, il m'envoie des lettres recommandées injurieuses et appelle même mon employeur, pour lui dire sur moi des atrocités. Comment l'amour, fût-il contrarié, peut-il conduire à ce genre de comportement ? Je ne sais plus quoi faire pour me débarrasser de cet homme qui, un temps, a été si précieux pour moi. Après de nouvelles attaques de sa part, à mon domicile, j'ai peur. J'envisage même de porter plainte contre lui pour harcèlement – ce que je finis par faire. Et comme si tout cela ne suffisait pas, Nicolas doit subir une intervention chirurgicale, légère, certes, mais une intervention tout de même.

Voilà un moment déjà que j'ai remarqué qu'il respire mal. Même s'il dispose depuis peu d'un lit plus grand, il continue de respirer par la bouche en dormant. L'oto-rhino-laryngologiste consulté a demandé une opération de la cornée et des végétations. Il doit donc être hospitalisé, et anesthésié. Je m'organise. Je reste vigilante mais soucieuse. Finalement, l'opération s'est bien déroulée. Je suis allée le chercher à la clinique. Il est très gêné par les pansements placés dans ses narines. Il saigne encore beaucoup. Il se réveille souvent dans la nuit, mais il va bien. Le lendemain, mercredi, j'ai pris ma matinée. Il pleut. Nous restons bien au chaud. Mais les petits, où sont-ils ?

Pour offrir un après-midi de détente à Nicolas, je l'emmène au cinéma voir *Le Peuple migrateur*. Nous adorons tous les deux ce film magnifique, dont les images s'accordent parfaitement avec la musique, ce qui lui donne une dimension merveilleuse. Je ressens soudain une envie impérieuse de me réconcilier avec la vie. La nature est tellement harmonieuse ! À la fin du film, il y a une parole : « La promesse du retour est assurée. » Elle résonne dans mon cœur, je l'emmène avec moi, comme si elle m'était adressée personnellement. Cette nuit-là, je rêve que nous sommes assis, Manu et moi, autour d'une table de négociations. Nous discutons tranquillement et nous nous entendons sur la façon de procéder avec nos enfants, le partage du temps et des trajets. Je repars avec Shahi'yena et Okwari.

Comme j'ai envie de paix ! Comme je suis fatiguée de me battre sans arrêt !

J'envoie des dizaines de lettres au juge et au procureur. J'adresse un dossier complet à l'APEV (Association pour les parents d'enfants victimes), dont le siège est à Paris. Je me démène du mieux que je peux, sur tous les fronts. Je fais face aux soucis de la ferme, à ceux de Nicolas, à mes problèmes financiers et poursuis la recherche de mes enfants.

Une sonnerie de téléphone. Comme d'habitude, mon cœur se met à battre plus vite. Et si c'était la voix de Shahi'yena, ou celle d'Okwari ? Ou bien la voix d'un gendarme, m'annonçant qu'ils ont été localisés ? Je me précipite pour décrocher le combiné. Au bout du fil, mon avocat, maître A., de Saint-Raphaël, me salue.

« Madame Martin, me dit-il, je dois vous annoncer que la juge d'instruction a décidé de renvoyer le dossier devant le tribunal correctionnel. Xavier Fortin sera jugé par défaut, à moins qu'il ne vienne au procès.

– Comment ça, un procès sans l'avoir retrouvé ? Mais est-ce qu'au moins on va continuer à le chercher ?

– Je pense que Mlle G. veut prononcer la clôture de l'instruction, les recherches seront suspendues. »

Mais alors, cela veut dire que la juge d'instruction baisse les bras, qu'elle abandonne ! Elle se débarrasse purement et simplement de cette affaire ! Et le plus fort c'est que, selon mon avocat, on ne peut rien faire, rien empêcher ! Mais qu'est-ce que je vais devenir, moi, si on ne cherche plus mes fils ? Comment est-ce que je vais survivre sans l'espoir qui jusqu'à présent m'a maintenue debout, celui qu'un jour, enfin, on les retrouve ? Je raccroche le combiné, effondrée. C'est une catastrophe ! Puis, je redresse la tête. Allons, Cathy. Il faut écrire. Ne t'endors pas. Veille encore, espère en l'Éternel, ton Dieu, lui qui a vaincu la mort, il peut sauver Shahi'yena et Okwari, tes enfants jolis ! Résiste, survis encore ! Trouve un moyen de te battre !

Nicolas est revenu de sa semaine de ski avec la famille d'Antoine, son meilleur ami. Il est bronzé et tout content. Je n'ai pas le droit de me laisser abattre ni de lui montrer mon découragement.

Christiane, ma belle-mère, m'apprend que Bernadette Chirac vient à Saint-Raphaël pour l'inauguration d'un nouvel institut pour enfants. Alors je demande une invitation à la mairie. Si je peux l'approcher, je lui parlerai de mon drame. C'est une femme sensible, généreuse. Elle aura sans doute à cœur de s'occuper de mon dossier. Au vu de la place qu'elle occupe, nul doute que les choses avanceront bien plus vite ! Mais la mairie me refuse l'invitation officielle. Les pauvres filles comme moi n'ont pas le droit d'assister aux inaugurations. Celles-ci sont réservées aux notables, au beau monde dont je ne suis pas.

Je refuse de me le tenir pour dit. Bien au contraire, je décide de tenter de forcer les portes. J'ai reçu les nouvelles affiches de Daniel. Je vais me débrouiller pour les apporter à Mme Chirac. Un point c'est tout ! Mon parrain Yves et moi mettons en place une stratégie pour l'aborder. Nous fabriquons une banderole, visible de loin, qui attirera l'attention des journalistes présents ce jour-là. Pour le cas où nous ne pourrions pas approcher la première dame !

Le jour dit, mon parrain et moi arrivons de bonne heure devant l'institut pour enfants que doit visiter Mme Chirac. Mais les forces de l'ordre ont déjà posé des grilles en fer pour canaliser la foule. Yves a caché sous sa veste la banderole, mais les bois dépassent un peu. Nous nous séparons, je me mêle à un groupe d'élèves pour entrer. Tout d'un coup, je vois Yves, à l'autre bout, entouré par quatre gorilles qui le poussent dans un coin. On le fouille, on découvre l'affiche, qui est immédiatement détruite. Moi, je suis à l'intérieur, ma lettre à la main ! Je me dis que j'ai encore une chance, quand deux policiers m'interpellent, s'emparent de mon sac, fouillent mes poches et oh malheur, y trouvent mon Opinel !

J'ai toujours un couteau sur moi. Quand on vit dehors avec des animaux, c'est toujours utile ! Mais comment expliquer cela à des policiers persuadés d'avoir interpellé une dangereuse terroriste ? Moi, bien sûr, je me défends, je raconte mon histoire, je montre ma lettre…

« Ce n'est ni l'heure ni le lieu de la remettre à Mme Chirac ! s'emporte l'un d'eux. Écrivez-lui à l'Élysée !

– Mais là, au moins, je serai sûre qu'elle l'a bien eue, personnellement !

– Qu'est-ce qui se passe ? »

Un gradé arrive. Les policiers lui montrent l'Opinel découvert dans mon sac. Je m'explique de nouveau, à bout de nerfs. Mais son visage est dur, fermé. Il m'écoute à peine. Puis, tout à coup, je vois passer un journaliste, caméra sur l'épaule. Alors je lance :

« Vous préférez que je crie au scandale devant la caméra ? »

J'ai prononcé le mot magique. Les policiers, nettement moins vindicatifs, finissent par accepter de remettre ma missive à la secrétaire de Bernadette Chirac.

« Mais vous, me disent-ils, tenez-vous tranquille ! »

Que d'émotions pour une simple lettre ! Yves m'emmène manger une pizza au restaurant pour fêter l'accomplissement de notre mission.

Bernadette Chirac a-t-elle lu ma lettre ? L'a-t-elle remise à son mari ? Ou, au moins, lui a-t-elle parlé de moi ? J'ai téléphoné à Daniel. Je lui ai raconté que ses affiches étaient arrivées entre les mains de la première dame de France. Il était flatté.

Au cours des jours qui suivent, je ne cesse de me poser ces questions. Je n'en suis distraite que par la préparation de l'anniversaire de Nicolas, qui fête ses dix-sept ans, et à qui je fais une superbe tarte aux pommes. Je lui ai offert un séjour au ski, grâce au « cadeau séjour » de la société. Si je suis contente d'avoir pu lui faire plaisir je lui rappelle, aussi, qu'il faut qu'il se réveille sur le plan scolaire. La seconde option cinéma s'est achevée par un beau fiasco. Nous en sommes à préparer une nouvelle orientation, et à envisager un BEP ou un bac professionnel. Nicolas a une passion, c'est le cinéma. Il veut imaginer et construire des films. Mais il ne réalise pas, encore, qu'il est sur terre – et que sur terre, justement, il faut se donner les moyens de vivre pour réaliser ses rêves. Je lui dis qu'il pourrait peut-être aborder le domaine de l'audiovisuel par son côté technique. Je le persuade donc de se rendre en ma compagnie au lycée technique Hunitel, à Cannes-la-Bocca. C'est une simple visite d'information. Il la vit comme si on l'agressait, se montre extrêmement désagréable, et nous oblige même à sortir avant la fin. Une fois dehors, il laisse libre cours à sa colère.

« Je ne veux pas de ce bahut pourri ! C'est nul ici, je veux passer mon bac et puis mon BTS ! »

Le débat qui suit est riche, à tous points de vue. Comment trouver sa voie sans pour autant se calquer sur des images stéréotypées, comme celle du vendeur de chez Darty (quelle horreur !) ? Comment se projeter dans l'avenir en gardant les pieds sur terre ? Comment se donner les moyens de ses ambitions ? Ensuite, je tente de comprendre son a priori négatif, concernant les BEP qui, pour lui, sont en gros synonymes de « fabriques à moutons ». Je conclus, comme d'habitude, qu'il faut qu'il se secoue. Il peut, s'il le veut, avoir de bons résultats. Mais il manque d'assiduité, de volonté et de courage.

« Maman, me rétorque-t-il, en ce moment, je me sens comme un bateau sans gouvernail, alors je compte tout simplement sur ma bonne étoile ! »

Aujourd'hui, je sais qu'il avait raison.

Une lettre. Une lettre de l'Élysée ! Ça y est. J'ai gagné. Bernadette Chirac a transmis ma missive à son mari. Il me répond. Il va m'aider…

Mais à peine ai-je ouvert l'enveloppe qu'une fois de plus, tous mes espoirs s'envolent. Car en trois phrases, Mme Chirac me répond qu'elle ne peut pas intervenir dans les affaires en cours, et qu'elle transmet mon courrier au garde des Sceaux… Cela ne servira à rien. Je ne suis rien qu'une petite bonne femme, une inconnue sans relations dans les hautes sphères du pouvoir. Je ne suis qu'un dossier parmi tant d'autres, un dossier qui va être clos. Cette fois, je sombre. Plus rien ne me rattache au réel vivant. Je sombre dans un abîme sans fond.

Chapitre XII

Que faire ? Que puis-je envisager quand la justice elle-même renonce ? Je ne me laisserai pas abattre ! Il me reste encore les médias. Au début du printemps 2002, j'envoie une lettre ouverte dans laquelle je demande à toutes les chaînes de télévision : comment la justice peut-elle clore une instruction alors que deux enfants sont en danger ? Il ne me reste que cette solution. Faire appel à l'opinion publique, crier au scandale, et espérer que les autorités réagissent.

Hélas ! Je ne reçois en retour qu'une seule réponse, celle de Patrick Poivre d'Arvor.

> *Chère Madame, très touché par votre lettre, je la transmets au service juridique de la rédaction…*

C'est une déception de plus pour moi, au milieu de beaucoup d'autres. En effet, l'un de mes avocats m'informe que Manu a fait appel de la décision du TGI (tribunal de grande instance) de Bernay lui retirant ses droits parentaux. Ce fugitif soi-disant insaisissable, contre lequel court toujours un mandat d'arrêt, produit même des lettres de Shahi'yena et d'Okwari, qui expliquent combien ils sont heureux avec lui ! Selon mon avocat, je ne peux rien faire – à moins de saisir la Cour européenne, avec tous les frais que cela entraînerait, sans compter la lenteur de la procédure. À ce compte-là, les enfants seront majeurs avant qu'on les localise ! Et ce n'est pas tout. Début mai 2002, je reçois une assignation du tribunal d'instance. Jacques me réclame ses « honoraires »... Il faut que je me défende. Mais comment ? Je dois déjà de l'argent à mes avocats, puisque je n'ai droit qu'à 25 % de l'aide juridictionnelle... Non, vraiment, je n'en peux plus.

Décidément, tout va mal. Nicolas, toujours en proie aux affres du doute quant à son orientation professionnelle, s'enfonce dans de médiocres résultats scolaires. Délaissant ses cours, il se réfugie dans ses rêves, et sort beaucoup avec ses copains. Sans doute sont-ils plus réconfortants que moi. Là encore, je le vis comme un échec. Je suis décidément nulle dans tous les domaines. Je n'ai pas été capable de retrouver mes fils disparus, ni d'insuffler à celui qui me reste le goût des études. Je travaille dur pour un salaire qui, pour être décent, ne me permet pas de faire face à toutes mes obligations financières. Je suis parfois à découvert le 10 du mois. S'il n'y avait pas ma petite ferme, qui me comble toujours de joie, ma vie serait totalement noire.

Vingt heures. Je suis devant la télévision, dans l'attente des résultats de l'élection présidentielle. Sur l'écran, le visage de Jacques Chirac s'affiche. Il est passé à 82 % devant Jean-Marie Le Pen. Un soulagement... Mon portable sonne. Je baisse le son de mon poste, je décroche. Au bout du fil, mon ami Daniel.

« Cathy, me dit-il d'une voix pleine d'excitation, je reviens de chez Marie-Thérèse Biou, tu sais, cette femme qui habite à Saint-Victor. Elle m'a assuré que l'une de ses voisines a croisé Xavier Fortin à Revel, près de Toulouse. Il circulait paraît-il dans une 2 CV grise !

– Près de Toulouse ? C'est bien possible. On l'a déjà vu par là. Est-ce qu'il était seul dans la voiture ? Est-ce qu'elle a relevé le numéro d'immatriculation ?

– Je me renseigne. Tu préviens les gendarmes ?

– Demain à la première heure ! Merci Daniel. »

À chaque fois, c'est la même chose. Dès que j'ai un espoir, même infime, je me remets à tirer des plans sur la comète, et je repars en guerre. Cette fois, comme les autres, je contacte la gendarmerie. Mais c'est une nouvelle douche froide qui m'attend. Les militaires m'apprennent en effet que Xavier Fortin… ne figure plus au fichier des personnes disparues ! Dans ces conditions, on ne risque vraiment pas de le retrouver ! Bien sûr, je m'empare de mon téléphone, et je tente de joindre la juge en charge de mon affaire. Mais durant le pont de l'Ascension, elle est en congés. Je rédige à l'encre rouge – pour marquer ma colère – une lettre indignée au procureur. Ensuite, je la lui faxe. Au moins, il ne me dira pas qu'il ne l'a pas reçue, parce que le courrier n'est pas distribué les jours fériés ! La réponse ne tarde pas à me parvenir.

Madame, j'ai bien reçu votre courrier. Malheureusement, je ne peux que vous conseiller d'attendre le retour du magistrat instructeur chargé de votre affaire.

Bien sûr. Il est urgent d'attendre. D'ailleurs, que puis-je faire d'autre ? Lorsque je réussis enfin à m'entretenir par téléphone avec la juge, elle m'explique que le fichier des personnes disparues est automatiquement remis à jour tous les trois ans.

« Ce n'est pas normal que Xavier Fortin n'y figure plus, concède-t-elle. On aurait dû m'informer qu'on envisageait de le radier. Je vais remettre la diffusion en route, et me renseigner plus avant. »

À ce stade, alors que tout semble se liguer contre moi, je me pose vraiment des questions. Depuis cinq ans maintenant, Xavier Fortin échappe avec une facilité déconcertante à la police et à la gendarmerie. Ne bénéficierait-il pas de « protections », comme certains le pensent, qui lui permettraient de se jouer des recherches ? Et cette juge d'instruction, Mlle G., pour quelle raison agit-elle avec tant de lenteur ? Elle avait enfin convoqué Françoise H. Mais celle-ci n'est pas venue au rendez-vous. La magistrate lui a simplement adressé une autre convocation. Elle attend qu'elle veuille bien se déplacer ! En plus, lors de notre dernière conversation téléphonique, elle a adopté un ton très léger, et s'est même mise à rire. Comment peut-elle se comporter ainsi, alors que l'avenir de mes enfants est en jeu ? Je suis exaspérée.

Encore un échec : la piste de la 2 CV grise n'a donné aucun résultat. Les gendarmes, effectuant un véritable travail de fourmi, ont pourtant vérifié toutes les 2 CV grises du secteur de Revel. Mais les camps des gens du voyage sont gigantesques autour de Toulouse, et dans ce milieu, on se méfie, instinctivement, de la police. Quant au fichier des personnes disparues, il est resté en l'état, toujours sans Xavier Fortin !

Alors je m'emporte contre la juge. Cela fait trois semaines que je l'ai informée du problème. Quand va-t-il être résolu ?

« Bientôt, madame Martin, bientôt, me dit-elle. Puis vous savez, Françoise H. a finalement déféré à la convocation que je lui ai adressée.

– Et alors ?

– Notre entretien n'a rien apporté de neuf. Mais je compte la mettre en examen prochainement. Faites-moi confiance, je vous en prie. J'ai mon idée. »

16 mai 2002. Le facteur sonne à ma porte pour me remettre une lettre recommandée.

Il s'agit sans doute d'un pli du tribunal. Je signe. Je prends ma lettre. Stupeur. L'enveloppe, postée le 14 mai à Saint-Jean-en-Royans, porte l'écriture de Manu, qui m'écrit personnellement !

C'est un roman de dix pages dans lequel il se pose en victime, et me fait jouer le rôle du monstre. Il me demande de retirer ma plainte et de déménager. Il m'explique qu'alors peut-être, je pourrai revoir les enfants.

Au fil des lignes, je me rends compte à quel point Manu est dans un monde à part, et surtout combien il a enfermé les enfants dans sa propre logique. Il prétend que les garçons sont « très fâchés contre moi mais qu'il n'y peut rien parce que leurs griefs sont le reflet de “la réalité” ». Il assure qu'ils sont « libres de venir [me] voir et que les billets d'avion sont prêts », va jusqu'à exprimer du « respect pour [ma] souffrance » ! Il plaint Nicolas d'être entre de si mauvaises mains – les miennes, bien sûr – et pour couronner le tout, il ose mettre Dieu au milieu de tout cela, et m'explique qu'il prie pour que je reconnaisse mes erreurs et que Dieu éclaire mon chemin.

> *Je garderai les enfants avec moi jusqu'à ce qu'ils soient majeurs. Pour le moment, ils sont très bien, en pleine santé, parfaitement épanouis et heureux.*

Cette nuit-là, un cauchemar atroce m'a réveillée. Deux chiens monstrueux, bavant et montrant leurs crocs acérés, se ruent sur moi. Ils s'enroulent autour de mes chevilles, s'aplatissent sur mes mollets, s'agrippent à mes pieds, me paralysant de terreur. J'appelle, je supplie pour qu'on m'aide. Mais tous ceux qui me croisent passent leur chemin en riant.

Je traîne toute la journée la sensation d'un poids très lourd sur mes jambes, mais je n'en parle à personne, pas même à Nicolas. Je suis inquiète pour lui aussi. D'après son professeur principal, il n'y aura pas de place pour lui au lycée technique. Nous devons envisager un CAP avec un contrat d'apprentissage. Cela signifie qu'il faut trouver une entreprise qui voudra bien le prendre en charge. Une gageure, qui renforce encore mon inquiétude et son désarroi. Je me mets alors en quête d'un atelier ou d'un magasin susceptible d'accueillir un jeune en formation.

En juin, après enquête de voisinage, la police de Saint-Jean-en-Royans a bien noté la présence d'un fourgon et d'une caravane stationnés dans le village un soir. Mais, les véhicules sont partis le lendemain. Il y a un signalement mais pas de numéro d'immatriculation.

Le temps passe. Bientôt, ce seront les vacances judiciaires. On me renverra à la rentrée prochaine. Un cycle que je commence, hélas, à connaître par cœur…

Découragée, déprimée, au bord du gouffre, mon petit cœur à bout de souffle, je me décide à prendre un rendez-vous avec une psychiatre que l'on m'a conseillée pour parler à quelqu'un de neutre. Je rencontre Myriam, à Saint-Raphaël, elle est douce, chaleureuse et compatissante. Lors de notre premier entretien, j'ai bien du mal à lui expliquer que mes fils ont disparu avec leur père depuis près de six ans maintenant tant je pleure. Ensuite, j'assure que je déteste m'apitoyer sur mon sort, que je ne veux pas de pitié. Myriam sait. Au cours de nos rencontres, je réalise que j'ai au fond de moi, bien caché, un besoin d'approbation, que je quête la permission de recommencer à vivre simplement, sans culpabiliser. Au fil de nos entretiens, je me rends compte que je me condamne moi-même. Elle m'assure que je dois vivre et rester en forme, pour le retour de mes fils. L'extraordinaire espace de liberté qu'elle m'offre me permet enfin de m'exprimer sans crainte. Je sors de son cabinet à la fois légère et soulagée. L'été, avec son rythme fou, passe très vite.

J'ai beaucoup de visiteurs à la ferme et les séances avec les enfants remportent un vrai succès. Les jeunes chevreaux sont magnifiques, ils font des cabrioles partout sur les rochers et grimpent sur le toit de la cabane. Un de mes moments préférés est celui de la fin d'après-midi, quand mon groupe d'enfants est bien soudé et attentif. Je prépare alors le grain pour les chèvres. Je les appelle : « lé ! lé ! lé ! lé ! lé ! » Elles répondent toutes en chœur : « bêêh ! bêêh ! » Moi, je distingue dans ce concert chacune de leur voix, si particulières. Je fais alors entrer les enfants dans le parc, en file indienne, tous très concentrés. Ils ont les bras tendus et les mains jointes en forme de petit bol devant eux… Les chèvres sont tout excitées.

Rapidement, je remplis alors chacun des « bols » avec du grain que les chèvres viennent savourer. Éclats de rire et vive émotion devant le public qui nous regarde impressionné ! Puis quand tout le grain est mangé, nous prenons le temps de faire un grand câlin à chacune, les chèvres sont si affectueuses !

Oui, tout est beau et bien ordonné à la ferme. Hélas, sans mes fils aucun bonheur n'est total. Un matin, je dois faire face à la disparition d'un petit oison né la veille. Il n'est plus dans le nid avec ses parents, Aglaé et Sidonie. Le couple d'oies de Guinée est complètement paniqué et l'appelle sans cesse. Je le cherche partout mais il reste introuvable. Je m'en veux, je craque, je me dis que je ne suis bonne à rien, que je n'ai pas su le protéger. Je me dis que j'aurais dû le prévoir, comme pour les enfants, que je suis une imbécile et que je ne sers à rien… Pourquoi n'ai-je rien vu venir ? Pourquoi lui ai-je fait confiance ? Je revois le camion bleu partir. Je me revois accrochée à la poignée de la porte arrière crier : « À bientôt, dans une semaine. » Je voudrais tant revenir à ce jour, à cette heure, m'agripper de toutes mes forces au hayon du camion pour le retenir, ne plus le lâcher. Je voudrais tellement l'empêcher de rouler et arrêter le temps, pour tout changer.

Tout l'après-midi, une douleur sourde monte dans ma jambe. Bientôt, je n'arrive plus à poser le pied par terre.

Les enfants sont libres.

Je relis la lettre que m'a adressée Manu. S'il affirme qu'ils sont libres, mes fils devraient pouvoir au moins répondre à mon courrier. J'en soupèse chaque terme. Je décide d'envoyer une carte tous les deux jours, à l'adresse de Livet, puisque c'est toujours sa boîte postale et qu'il reçoit bien le courrier de la justice. Nicolas et moi écrivons juste un petit mot avec nos numéros de téléphone. Sait-on jamais ? Peut-être que Manu les leur transmettra ? Peut être même qu'il les laissera m'appeler ? Dans l'attente, Nicolas et moi, nous nous rapprochons. Il semble sortir de la mauvaise passe qu'il a traversée, il est gentil et attentionné. Cet été il commence son premier job, au snack de la piscine à Cap Estérel, c'est une bonne expérience pour lui. Cela va le confronter à la réalité du monde du travail et il pourra ainsi s'acheter le scooter de ses rêves. En plus, il profite de la mer et des copains, je l'ai inscrit à un club de plongée, il adore.

La chaleur de l'été, la fatigue et la tension nerveuse perpétuelle ont raison de moi et de ma nuque. Je souffre d'un torticolis pendant plusieurs jours. C'est en attendant mon tour dans la salle d'attente chez Myriam que la douleur devient insupportable, si violente et aiguë que je cours dans la première pharmacie pour acheter des calmants. Je m'abrutis de cachets et de pommade pendant trois jours. Je suis dans un état lamentable. Impossible, dans ces conditions, de participer au spectacle avec les autres.

Si seulement j'avais des nouvelles des enfants ! La juge m'a raconté qu'elle avait tenté de communiquer avec Fortin. Elle lui a promis l'immunité, s'il ramenait les enfants. Elle semble avoir compris qu'il se joue d'elle pour gagner du temps et qu'il ne se rendra pas. Au lieu de chercher à le localiser, elle discute avec lui, elle tient compte de ses exigences. Des mois de plus de perdus, des mois de torture pour Nicolas et moi. Je me sens comme un chien errant, mendiant un os à ronger et ne recevant que des coups de pieds !

En août, j'envoie à Shahi'yena et à Okwari une dizaine de nouvelles cartes, sous forme de jeu. À l'intérieur, il y a un papillon en carton léger monté sur un ressort et un élastique. Il suffit d'enrouler l'élastique sur lui-même et lorsqu'on le lâche, le papillon se met à tournoyer en l'air, c'est très amusant. J'espère que cela leur plaira. Partout, j'inscris mon numéro de téléphone. Je guette tout le temps mon portable du coin de l'œil. Parfois je crois l'entendre sonner mais c'est juste une impression. Ce soir de septembre, pourtant, il sonne pour de bon.

« Allô ? »

Au bout du fil, la voix d'un jeune garçon, qui me parle avec un léger accent. S'ensuit une conversation incohérente, et pourtant pleine de promesses.

« Salut, moi je m'appelle Mano, je suis manouche, vous, vous êtes une "gadji" ?

– Bonsoir, on ne se connaît pas. Tu m'appelles de la part des enfants ?

– Moi, je vis en maison maintenant, je suis là pour les vendanges.

– Ah oui ! Et tu as vu mes garçons ? Ils ont dix et douze ans, l'aîné a les cheveux clairs et les yeux bleus et le plus jeune est brun avec les yeux noisette. Ils sont venus faire les vendanges par chez toi ? Tu vis où dis-moi ? Tu sais, je m'inquiète beaucoup pour eux, je n'ai pas de nouvelles, depuis qu'ils sont partis avec leur père.

– Oh, je comprends le problème. Moi aussi, mes parents ont divorcé.

– S'il te plaît, dis-moi si tu les as vus, ils vont bien ? Si tu peux leur parler, surtout dis-leur que je les aime et que je les cherche toujours.

– Oui, oui, vous savez je vois passer beaucoup de monde ici, bon je dois raccrocher.

– Entendu, merci beaucoup je peux te rappeler sur le numéro qui s'affiche ?

– Oui, salut madame ! »

Après cette conversation pour le moins étrange, je me pose des questions pendant des jours. Peut-être le jeune Manouche a-t-il rencontré les petits chez lui dans son campement ? En jouant avec une carte papillon, ils ont parlé de moi ? Peut-être Shahi'yena lui a-t-il demandé de me téléphoner en secret ? Sinon, comment expliquer qu'il soit en possession de mon numéro ? Je relate ma conversation téléphonique à M. C. de la dernière brigade en charge des recherches sur Toulouse.

« Donnez-moi le numéro du portable, me dit-il. Je peux trouver le nom et l'adresse de son propriétaire. »

Quelques jours plus tard, il m'explique que le portable l'a mené à une maison située dans la région de Bordeaux. Elle est bâtie sur un terrain privé, et connaît beaucoup de passage, surtout en période de vendanges. Là-bas, personne ne connaît Mano.

De mon côté, je tente de rappeler le jeune garçon. Mais je suis tombée sur une autre voix.

« Il n'y a pas de Mano chez nous, me dit-on sèchement. Vous avez fait une erreur. »

Une erreur ? Oui, sans doute. Il me faut absolument la réparer, aussi je dois continuer à remuer ciel et terre, pour retrouver mes fils. Je dois les sortir de leur enfermement, les soustraire à l'influence de leur père. Mais désormais, il faut que je fasse très vite. Car plus le temps passe, et plus nos retrouvailles risquent d'être difficiles. Qui suis-je désormais pour eux ? Qui suis-je pour prétendre leur donner une meilleure vie ? Ni même pour leur donner quoi que ce soit ? Ils ont dû m'effacer de leur existence pour échapper à la souffrance de leur père, pour se protéger de sa violence. Peut-être ne parlent-ils plus jamais de moi. Peut-être qu'ils m'ont reléguée dans un coin retranché de leur mémoire. Peut-être ont-ils mis leurs souvenirs en sommeil pour ne pas déranger ? Oui, ils m'oublient forcément. Puisque je ne suis plus là.

Où suis-je, d'ailleurs ? En apparence, je suis chez moi, au travail, ou avec Nicolas. En réalité, je vis dans un monde fracassé, aux nuits peuplées de cauchemars. Quand j'arrive à trouver le sommeil, je suis dans un cabinet parfaitement blanc entourée de meubles en verre transparent, face à un dentiste en blouse blanche. Soudain je retire de ma bouche une énorme molaire inférieure gauche et je saigne, le rouge de mon sang éclabousse le blanc de sa chemise. Je lui montre ma dent. Je me rince la bouche plusieurs fois en retirant d'autres morceaux d'os de ma gencive et le sang coule encore. Il ne dit rien, il hausse les épaules.

Je me regarde dans un miroir et je me vois avec des blessures tout autour du cou, des égratignures sur mes épaules, des griffures effilées sur ma poitrine comme des colliers de sang séché.

Je me sens bien triste et seule en ce début d'automne. L'approche de l'hiver, le départ des vacanciers et les adieux des enfants à la ferme rendent le village tout à coup morne et mélancolique.

À quoi bon manger ? À quoi bon résister à la maladie ? J'ai définitivement réalisé hier, en regardant une émission sur les enlèvements parentaux, que sans doute, après tout ce temps avec Manu, les enfants doivent être persuadés que tout le malheur était de ma faute, même si, au moment de partir nous avions tous peur qu'il ne les ramène pas. J'ai définitivement réalisé, aussi, qu'il ne me faut pas seulement ramener leur corps, mais aussi leur esprit.

Mes chers enfants,

Je vous écris comme si je vous parlais, comme si vous pouviez m'entendre.

Hélas ! Nous savions le risque ! Hélas, je lui ai fait confiance ! Je prie fort chaque jour pour que nous soyons délivrés de l'homme qui a détruit ma vie et volé votre enfance. Vous n'avez pas choisi de vivre cette misérable cavale ni de vivre sans maman. Je prie pour votre protection et pour que vous ne deveniez pas des petits délinquants comme c'est souvent l'usage dans ces milieux.

J'ai si mal mes chéris, de votre absence, de ne rien savoir de vous, de ne pas vous voir, ni vous entendre. Je voudrais tellement m'occuper de vous. J'ai encore envoyé une gentille carte à Manu avec mon téléphone puisqu'il m'a écrit que ce serait sa dernière lettre… puisqu'il dit que vous êtes libres, j'espère que vous trouverez ma carte et que vous m'appellerez, si vous le pouvez.

Entendre votre voix à tous les deux serait un choc terrible pour moi, très émouvant mais tellement réconfortant !

Je vous aime.

Maman

Chapitre XIII

Je suis à bord de notre bétaillère verte d'autrefois avec Nicolas à mes côtés. Soudain, un autre camion vient se garer près du nôtre. C'est Shahi'yena qui est au volant ! Avec Okwari ! Je les reconnais, nous nous embrassons chaleureusement. Je prends le visage de Shahi'yena dans mes mains, je l'observe, c'est lui mais il a beaucoup changé. Je lui dis qu'il a bien grandi mais il semble grave et préoccupé. Nous marchons ensemble tous les quatre et je dis aux personnes sur le chemin : « Ce sont ses frères, Nicolas a retrouvé ses petits frères ! Cela faisait cinq ans que je n'avais pas de nouvelles ! » L'ambiance est joyeuse et pleine d'affection. Je demande à Shahi'yena pourquoi il a une cicatrice à un œil. Il nous raconte qu'il y a eu un accident au moment où ils ont dû abattre le chien Dimbo, parce qu'il avait une maladie dangereuse, il devenait fou et il avait déjà mordu des gens. Au moment où ils le supprimaient, un morceau de plomb a ricoché. À cet instant, Shahi'yena s'arrête, porte la main à son visage et enlève son œil de verre de son orbite. Il me montre sa figure, avec un trou béant. Je hurle !

Je me réveille en sursaut, tremblant de tout mon corps.

Je viens de faire un cauchemar, encore un ! Décidément, en ce moment, je ne trouve de repos ni le jour, ni la nuit.

Au petit déjeuner, alors que nous buvons un café ensemble, Nicolas me fait remarquer que je suis particulièrement nerveuse. J'évite la discussion en répondant que j'ai mal dormi, comme d'habitude. Puis j'enchaîne :

« Alors comment cela se passe-t-il avec ton patron ? »

Voilà quelques semaines maintenant que Nicolas travaille au sein d'une petite entreprise de réparation d'appareils électroniques et de pose d'antennes, à Montauroux, tout en préparant un bac pro en alternance.

« Ça va bien, il me donne des réparations à faire pour le moment, mais il a dit qu'il m'emmènerait avec lui pour installer des antennes.

– Bon, il a l'air sérieux, cet homme, tu le vouvoies toujours ?

– Oui mais il dit que je peux le tutoyer car tout le monde se tutoie.

– Parle-moi un peu des autres, ils sont trois, les deux gars que j'ai rencontrés l'autre jour et puis la jeune secrétaire.

– Elle est apprentie comme moi et les deux gars sont employés. L'ambiance est plutôt sympathique, ils rigolent entre eux.

– Et quand est-ce que tu vas me présenter Virginie ? »

Je lui lance l'invitation avec un grand sourire. Il remet le nez dans son bol et avale la dernière gorgée en disant :

« Bientôt, on va voir, quand j'aurai mon scooter. »

Ah, mon Nicolas ! Il grandit, il devient un homme. Son idylle avec Virginie l'a transformé. Son visage même a acquis une certaine maturité. Ses boutons d'acné ont disparu et ce n'est pas seulement grâce à la formidable crème réparatrice que je lui ai procurée ! Il a changé, gagné de l'assurance. Il a aussi reconquis l'estime de lui-même. Il est devenu capable d'aimer. Il commence à m'échapper. Est-ce cette perspective qui me fait vivre des nuits si difficiles ? Ou bien l'absence totale de nouvelles de Shahi'yena et d'Okwari ?

J'en parle beaucoup avec mon amie Isabelle, qui vient régulièrement de la capitale pour passer ses vacances à Cap Estérel. Nous nous sommes liées d'amitié au fil des saisons. Sa fille Emy adore passer des après-midi entiers à la ferme. Isabelle a toujours le mot juste, celui qui dynamise. Très pragmatique, elle sait aussi m'écouter.

Elle me trouve fatiguée.

« C'est vrai, je fais des cauchemars en ce moment.

– Quoi, le camion bleu ?

– Non c'est pire. La dernière fois, j'ai vu deux femmes, dans une immense pièce, comme la salle d'un château. Elles se tenaient devant un grand bureau somptueux. À gauche, il y avait une jolie blonde élégante qui me souriait et à droite, une brune très belle qui me tendait la main. J'étais partagée, je devais choisir entre les deux mais la brune semblait ténébreuse alors que la blonde paraissait hypocrite. Je lisais dans leurs regards qu'une tragédie allait se produire, mais j'étais incapable de m'en aller. Alors, la brune s'est emparée de mon poignet avec violence, et elle m'a tenue prisonnière. Elle ne voulait plus me lâcher. La blonde a agrippé mon autre bras. Je me suis retrouvée écartelée entre les deux femmes. Tu comprends quelque chose à ce rêve, toi ?

– Non, mais ce n'est pas grave ! C'est juste un rêve ! Écoute, si tu venais à Paris pour tes vacances ? Je pense que mon mari peut arranger un rendez-vous avec le préfet. Qu'en penses-tu ?

– Pourquoi pas ? Je dois aussi rencontrer M. Deb, qui s'occupe de mon dossier au cabinet de Claire Brisset, le défenseur des enfants. »

Le souvenir de ce mauvais rêve reste tenace dans mon esprit. Je le raconte à Myriam qui n'a aucun mal à l'interpréter. Elle me révèle que les deux femmes sont des représentations de moi-même : la douce blonde d'un côté et la douloureuse brune de l'autre. Le fait d'être retenue, comme par des liens et empêchée d'agir ou de penser traduit mon impuissance. Ce rêve est exactement le reflet de ce que je vis...

En réaction peut-être à ce que je vis, je décide de changer d'atmosphère. Pour commencer, je m'attaque à la décoration de mon appartement. J'achète une nouvelle housse pour le canapé, des coussins neufs. Je change les rideaux, je modifie la disposition des meubles, je punaise les dessins des enfants aux murs. Sur le réfrigérateur, il y a encore leurs petits personnages aimantés. J'ajoute les petits cartons sur lesquels Shahi'yena dessinait toujours la mer et des poissons. Dans la cuisine, j'accroche le joli petit mouton en laine qu'Okwari a fait à l'école et dans le salon, sur le meuble près de la fenêtre, j'expose les cadeaux qu'ils m'ont offerts pour la fête des mères. Ma mère et Lucien, venus me rendre visite, insistent pour que j'aille plus loin. Pourquoi est-ce que je ne déménage pas le petit bureau des enfants ? Ils ne l'utiliseront plus quand ils reviendront. Il sera bien trop petit pour eux ! À force d'insistance, ils finissent par obtenir gain de cause. Mais je refuse de l'emmener à la décharge. Nous le descendons sous le hangar, dans le jardin. Il les attendra là. Ma mère insiste également pour que je me débarrasse de leurs vêtements. Mais, il m'est impossible de m'en séparer.

Je leur parle de mon projet de me rendre à Paris, pour rencontrer M. Deb. Claire Brisset, le défenseur des enfants, l'a chargé de mener des recherches du côté des sectes et des communautés. J'ai déjà réservé une chambre dans un hôtel. Ma mère m'encourage et m'offre même le billet de train. Alors en ce début d'octobre, mon dossier sous le bras, je prends la direction de la capitale pour une petite semaine...

Je m'installe à l'hôtel, porte de Versailles, dans le quinzième arrondissement. Un logement spacieux, confortable, avec vue sur le jardin intérieur. Le lendemain de mon arrivée, je me rends à l'adresse du défenseur des enfants. À l'entrée de l'immeuble, le gardien me demande mes papiers avant de me faire attendre dans un couloir. Au bout de dix longues minutes, un homme d'une soixantaine d'années, grand et élancé, M. Deb, m'accueille. Nous montons plusieurs étages d'un bâtiment qui me semble immense.

« Oui, nous sommes rattachés au ministère de l'Intérieur, il y a beaucoup de personnel ici », dit-il.

Il m'offre un café tout en me parlant des actions menées par le défenseur des enfants. Puis sortant un dossier cartonné, il me dit :

« Xavier Fortin nous a contactés, lui aussi.

– Ah ! Et pourquoi ?

– Il réclame le droit d'élever ses enfants selon ses principes. Il avance le droit à la différence culturelle et à la liberté de choix de l'éducation. Dans son courrier, il y a des lettres très soignées écrites par les enfants.

– Vous voulez dire des lettres de lui recopiées par les enfants ! J'en ai reçu aussi. Pardonnez-moi, monsieur, mais Xavier Fortin ne peut pas se cacher derrière une idéologie ou un quelconque choix de vie. Ce qu'il a fait est un crime. Aucun concept éducatif ou religieux ne saurait justifier que l'on retire des enfants à leur mère.

– Nous sommes bien d'accord, madame. Il s'agit de comprendre la psychologie de votre ex-mari, pardon, vous n'étiez pas mariés, je crois ?

– Non, pas officiellement. Mais ce n'est pas le propos. J'ai besoin d'aide ! Je n'ai plus aucune piste qui me permettrait de localiser Xavier Fortin, et la juge d'instruction a décidé de renvoyer l'affaire devant le tribunal correctionnel. Il n'y aura plus aucune investigation. Vous n'allez pas me dire que c'est normal ?

– Calmez-vous ! Nous allons examiner tout cela point par point et envisager des solutions. »

Nous discutons toute la matinée, avant de nous interrompre pour une brève pause-déjeuner. Quand je le retrouve, il a l'air grave.

« Madame Martin, me dit-il, je pense que la stratégie adoptée par la juge d'instruction est justifiée. Elle est arrivée au terme de son enquête. Il faut maintenant que l'affaire passe en procès. À partir du moment où une personne est condamnée par un tribunal, un ordre impératif de recherche est délivré. En d'autres termes, l'arrestation de cette personne devient prioritaire pour la police.

– Peut-être, mais sur le terrain il n'y a jamais personne qui cherche effectivement. Alors qu'est-ce que ça changera concrètement ? Je ne tiens pas particulièrement à ce que Xavier Fortin aille en prison. Ce qui m'intéresse c'est de retrouver mes enfants !

– Justement. J'ai pensé à une personne qui pourra peut-être vous aider, il s'agit du directeur de la police judiciaire, M. Fort. Je vais lui demander de vous recevoir… »

Ensuite, M. Deb me parle longuement des recherches qu'il a engagées du côté des communautés plus ou moins marginales et des sectes dans lesquelles Xavier Fortin pourrait, au moins selon lui, se dissimuler avec les enfants. D'une grande délicatesse, il est en réelle empathie avec ma souffrance et lorsque je le quitte, mes remerciements sont sincères. J'ai bien fait de venir à Paris, pour rencontrer cet homme. Son efficacité sera sans doute précieuse, sa détermination me réconforte. Ce n'est pas si souvent le cas !

J'ai deux jours de battement avant le rendez-vous avec M. Fort. J'en profite pour aller au palais de la Découverte voir une exposition sur la communication animale. À l'intérieur du palais, j'assiste aussi à une conférence sur la formation des étoiles et des nébuleuses. Assise dans le planétarium, sous la voûte céleste nocturne, j'oublie tout le reste, tant le spectacle est fabuleux. Le lendemain Daniel me rejoint à l'hôtel. Nous sommes très émus tous les deux de nous retrouver. Je lui raconte tout en détail puis pour nous distraire, nous allons visiter le musée Rodin. L'endroit est éblouissant. Je suis impressionnée par la grâce et la force des sculptures, mais aussi par la beauté des jardins, et la splendeur des expositions extérieures. Au soir, Daniel et moi nous nous séparons. Tristes de nous quitter, mais heureux de cette fabuleuse journée passée ensemble.

Le lendemain, il me faut prendre le RER de bonne heure pour aller à Nanterre, où je n'ai jamais mis les pieds. Nerveuse, mais déterminée, je m'engouffre sous terre. Je ressors sur une grande place pavée, très moderne, entourée d'immeubles aux façades de verre, où se presse une foule de passants. Un monde étranger qui m'intimide. Tout de même, mon joli chapeau sur la tête, maquillée et très bien habillée, je pousse la porte vitrée du bâtiment de la Direction générale des services de la police judiciaire de France.

Quand je me présente, un homme prend mes papiers et fouille mon sac ainsi que mes poches. Puis, il me remet un badge et me dit :

« Quatrième étage au fond du couloir à droite, je vous rendrai vos papiers à la sortie. »

Je monte dans l'ascenseur avec d'autres messieurs qui m'observent de haut en bas comme si j'étais d'une espèce inconnue. Je devine aisément leurs pensées : « Que fait cette femme ici ? Qui est-ce ? »

Dans un grand couloir moquetté de beige, on m'indique le bureau de M. Fort. Avant même que je frappe à la porte, une voix grave lance :

« Entrez, c'est ouvert, j'arrive. »

Je me retrouve dans une immense salle, toute vitrée. Au centre, un large bureau couvert de dossiers. Un homme grand, un peu rond, les cheveux noirs et le visage fatigué me fait signe de m'asseoir, avant de quitter la pièce. L'instant d'après il revient, ferme la porte derrière lui et me tend la main.

« Vous êtes madame Martin ?

– Oui, bonjour, je vous remercie de prendre le temps de me recevoir. »

Il s'assoit confortablement dans son grand fauteuil en cuir. J'ôte mon manteau, et je le pose sur la chaise. Je lui brosse ensuite un rapide état des lieux. Il connaît déjà mon dossier mais il m'écoute attentivement.

« Il faudrait réinscrire Xavier Fortin dans le fichier des personnes recherchées. Et y ajouter mes enfants aussi ! Si on les retrouve alors qu'il n'est pas avec eux, comment seront-ils identifiés ? Si par exemple, ils s'échappent, ou bien s'ils ont un accident de Mobylette ? Personne ne les connaît. S'ils arrivent aux urgences dans un hôpital, ou si leur père a un problème et qu'ils doivent rester seuls ?

– Madame Martin, jusque-là Xavier Fortin est passé entre les mailles du filet. Il est rusé et nous ne pouvons utiliser aucun moyen traditionnel de recherche parce qu'il vit en dehors du système social. Mais je vous assure que cela ne va pas durer. Je vais le faire réinscrire, lui et vos enfants, sur le fichier. Je vous propose de vieillir leurs photos avec notre nouveau logiciel informatique. Je vais également activer une diffusion nationale. Mais pour le reste, écoutez-moi bien, il faut que la juge d'instruction nous donne une commission rogatoire ! »

Je regarde ses mains épaisses et les poches cernant ses yeux noirs. Cet homme a l'air de travailler vingt-quatre heures sur vingt-quatre, ou presque. Il semble entièrement dévoué à sa cause.

« Que dois-je faire pour que la juge vous donne la commission rogatoire ? Lui envoyer un courrier en recommandé ?

– Oui, expliquez-lui, en tout cas, que les recherches ne peuvent aboutir dans les conditions actuelles étant donné que chaque gendarmerie est limitée à sa circonscription et que Fortin est constamment en circulation. Donc, la compétence nationale des services de la police judiciaire de Nanterre est nécessaire. Ensuite, je diligenterai une équipe sur votre affaire et nous prendrons toutes les mesures nécessaires. »

Son discours est clair net et précis, sans faille, calme et serein. J'ai presque envie de l'embrasser pour le remercier. Je ne suis plus seule, j'ai le directeur de la PJ avec moi !

« Vraiment, je vous suis infiniment reconnaissante, monsieur Fort. Vous me rendez espoir.

– C'est bien normal. Voulez-vous boire quelque chose ? Venez, nous allons prendre l'air. »

Je me rhabille et nous gagnons ensemble un café bondé et rempli de fumée. Il m'offre un café, et, en allumant sa cigarette, il me dévisage. Que pense-t-il de moi ? « Quelle femme courageuse » ? Ou bien : « Pauvre femme, elle n'a plus de vie » ? Quoi qu'il en soit, je le questionne sur son métier, sur la fatigue qui marque ses traits. Alors, il me sourit.

« C'est vrai, je n'ai pas de vie privée. Ce que je fais est un vrai sacerdoce ! Mais vous, il faut penser à vous. Ne gâchez pas toutes vos belles années. Il vous va très bien ce chapeau, vous êtes charmante.

– Oh merci, c'est gentil. J'ai fait des efforts pour venir à Paris. Mais ce n'est qu'une façade, à l'intérieur je suis en miettes.

– Vous allez vous reconstruire, gardez courage. Nous allons les retrouver, vous verrez. »

Je le quitte à regret mais avec la parfaite assurance qu'il va faire le maximum. J'ai le sentiment d'avoir gagné le gros lot, d'avoir tiré la meilleure carte, celle du commissaire au grand cœur. Il n'était pas obligé de me dire qu'il pouvait prendre la commission rogatoire et se charger de l'enquête mais il l'a fait ! Je remercie Dieu de m'avoir guidé vers lui. C'est merveilleux !

Je suis tellement contente de moi qu'en sortant du métro, je m'arrête devant l'étal de babioles et de bijoux d'un jeune homme originaire d'Amérique latine. J'observe les colliers un moment. Ce sont des objets finement travaillés faits de belles turquoises. Dans un coffret, une ravissante parure de grenats d'un rouge flamboyant me saute aux yeux.

« Quel est son prix ?

– Pour vous, un prix spécial, parce que vous avez une lumière spéciale dans les yeux.

– Oui, c'est un jour très particulier, il faut le marquer.

– Alors, je vous fais une bonne remise si vous prenez l'ensemble avec les boucles et le bracelet. »

Je repars avec mon trophée et la joie d'avoir aidé ce jeune vendeur sympathique. Paris m'a charmée. Je ne suis plus la femme la plus frustrée du monde. J'ai gravi une montagne, celle de mes doutes.

Chapitre XIV

Dès mon arrivée aux Adrets, je passe à l'action avec force : courrier, fax et appels téléphoniques à la juge d'instruction, Mlle G., avec copie au procureur pour information. Nicolas se réjouit de me voir revenir avec de si bonnes nouvelles. Elle accepte assez rapidement de faire suivre la commission rogatoire à la PJ de Nanterre. Et bientôt, je reçois l'appel d'un policier :

« Bonjour ! dit-il d'une voix jeune, douce et vigoureuse à la fois. Je m'appelle V.D. Je fais partie de l'équipe chargée de votre affaire. Rassurez-vous, nous allons faire le maximum sur cette enquête. Pour nous, derrière chaque dossier, il y a des êtres humains. Je tiens à vous dire que vous n'êtes pas juste un numéro de fichier. Je vous promets que nous prenons à cœur notre travail et que nous allons tout faire pour retrouver vos enfants ! »

Son enthousiasme me galvanise. Enfin ! La police va se donner les moyens d'agir ! Peut-être que je vais enfin voir le bout de cet interminable tunnel, et serrer mes fils dans mes bras ?

À la ferme, tout est calme et tranquille, il me faut juste prévoir un traitement contre l'arthrose pour Caramelle, qui a des raideurs dans les pattes. Arrive le jour de mon entretien d'évaluation. Comme à chaque fin de saison, je dois présenter le bilan global d'activité concernant les stages.

J'ai rendez-vous en tête à tête avec E.E., notre directeur animation. Ce matin-là, il est de mauvaise humeur. E.E. ne cache jamais ses sentiments, au contraire il les étale comme s'il était le seul à en éprouver. Il en fait profiter tout le monde, c'est sa façon d'être généreux. Ce n'est sans doute pas le meilleur jour pour m'entretenir avec lui, mais je n'ai pas le choix. Alors je me lance :

« Les séances pédagogiques ont bien fonctionné cette année encore. Le chiffre d'affaires est plus important que l'an dernier. L'ensemble des retours semble très satisfaisant.

– Effectivement, j'ai vu les chiffres, et le produit est excellent. »

Pourquoi alors a-t-il l'air soucieux ? Je reprends :

« Je voulais te remercier pour les compliments que tu m'as faits devant l'équipe et aussi devant le conseiller de Paris, l'autre jour. Tes éloges sur "mon sens de la pédagogie" et "la création du produit" étaient vraiment valorisants pour moi. Est-ce que tu sais quand je pourrai obtenir un entretien avec B., le directeur du site ?

– Non, je ne sais pas. Mais je pense qu'il n'a guère de temps.

– Alors je vais écrire à la direction, à Paris. Aujourd'hui, la preuve est faite : mon activité est plus que satisfaisante. Non seulement j'ai créé et mis en place les ateliers, cela fonctionne bien, mais en plus cela rapporte un bénéfice direct. Je suis seule à tout gérer de A à Z, depuis les brouettes de fumier jusqu'aux relations avec les clients, j'ai deux fois plus de travail en amont et en aval des activités avec les enfants. Il me faut une vigilance constante et des nerfs très solides. Et je ne reçois aucune contrepartie financière. Ce n'est pas normal !

– Attention Catherine, le produit a été créé sur le site de la société. Il appartient au groupe. En fait, tu ne peux pas en revendiquer la paternité ! Ou alors, il aurait fallu que tu déposes un brevet !

– Mais je n'ai pas l'intention de déposer un brevet ! Je demande juste qu'on me rémunère pour le travail que je fournis en plus !

– Bon, restons-en là pour le moment. Nous verrons tout ça au printemps. Bonnes vacances, Catherine. »

Évidemment, il fallait bien que quelque chose de désagréable m'arrive ! Cette entrevue avec le directeur de l'animation me tourne les sangs. J'ai passé de longs mois à créer et à finaliser un concept, celui de la ferme et des ateliers pour les enfants. Voilà que le groupe veut se l'approprier, sans rien me donner en échange ! Je n'ai pas l'intention de me laisser faire. J'envoie donc un rapport détaillé à Paris. Il contient l'analyse financière, technique et pédagogique de mes cinq dernières années de travail ainsi qu'une projection future avec des propositions d'amélioration et d'élargissement des activités aux groupes scolaires. Je présente également un projet d'extension du concept au sein de la société grâce à la formation de jeunes animateurs. Je conclus en suggérant que l'on m'octroie une rémunération complémentaire, sous forme d'intéressement au chiffre d'affaires par exemple, ou bien d'avantages en nature – comme la jouissance d'un logement comme ceux dont disposent tous les autres chefs de service du site.

Je poste ma lettre et j'attends. Mais les jours passent. Je ne reçois aucune réponse. En fait, je n'en recevrais jamais aucune – mais j'aurais droit à une remontrance de B., le directeur local, pour avoir osé écrire à Paris.

« Mais, monsieur, je vous ai demandé un rendez-vous par trois fois et vous ne me l'avez jamais accordé !

– Madame Martin, cela suffit. Nous vous reverrons au printemps… »

J'avais tenu informé maître A. de ma rencontre avec M. Fort. Lorsqu'il m'appelle ce matin-là, il veut me parler de Jacques. En effet, je dois me préparer au procès qu'il m'intente, devant le tribunal de commerce.

« Il réclame une somme exorbitante, me dit-il, c'est classique. Il a fourni des factures de location de voiture et des notes d'hôtel dans les Cévennes. Mais ne vous inquiétez pas. Passez me voir à mon cabinet. N'oubliez pas le chèque dont vous m'avez parlé… »

Effectivement. Dans le tiroir de mon bureau, j'ai conservé tous les poèmes que Jacques m'a adressés ainsi que ce chèque au dos duquel il a écrit : « Je ne veux pas de votre argent, que seule l'amitié soit entre nous, je suis votre serviteur. J.M. » Vraiment ce n'est pas un homme de parole, c'est le moins que l'on puisse dire…

Maître A., que je rencontre quelques jours plus tard, m'affirme que je n'ai rien à craindre. Il fera état du chèque, mais aussi de la plainte pour menaces et abus de confiance que j'ai déposée contre Jacques. Il se fait fort de gagner l'affaire.

« Sachez que vous n'êtes pas obligée de venir à l'audience,

me dit-il. Je peux vous représenter. Personnellement, je vous le conseille. Inutile de vous infliger cette torture.

– Et pour vos honoraires ? Vous acceptez un paiement échelonné ?

– Ne vous inquiétez pas. Avec la somme que je réclame en dommages et intérêts, il y aura de quoi couvrir mes frais », sourit-il.

Malgré ces deux coups durs, au cours de ces vacances de novembre 2003, je retrouve de l'énergie. J'ai récupéré un petit vélo d'appartement que les voisins voulaient jeter. Je l'installe dans la chambre des enfants, face à la fenêtre. Chaque matin, je pédale de toutes mes forces pendant une vingtaine de minutes, regardant droit devant moi par la fenêtre. Dans ma tête, je me répète :

« Maintenant le temps qui passe ne joue plus contre moi, maintenant chaque jour qui passe me rapproche de vous, chaque instant, chaque minute qui passe raccourcit la distance qui me sépare encore de vous, le temps écoulé ne nous éloigne plus les uns des autres mais il nous ramène les uns vers les autres, plus je pédale et plus je me rapproche de vous mes enfants chéris… »

J'ai aussi repris les cours de danse, trois fois par semaine. Je m'améliore, je suis plus sûre de moi. Valérie, en professeur stimulant, m'invite à venir devant, au premier rang. Bientôt, elle m'encourage à assister au cours supérieur, le mardi soir. C'est difficile au début mais passées quelques semaines, je trouve mon rythme et j'ai le sentiment de reprendre possession de mon corps et de moi-même.

Quant à mes rencontres régulières avec Myriam, à laquelle je confie tout, elles deviennent un point d'appui stable et solide pour moi. Grâce à elle, je me rends compte que je me suis tellement accoutumée à vivre avec ma douleur que je ne peux plus m'en passer. Je me rends compte, aussi, que j'ai intégré un automatisme de défense qui me permet de vivre avec elle. Quand un ami me demande :

« Comment fais-tu pour supporter cette situation et t'occuper, en plus, de la ferme et de Nicolas ? »

Je réponds, laconique :

« Il suffit de ne pas appuyer là où ça fait mal. »

Or, Myriam me fait comprendre que j'entretiens ma souffrance, que je la chéris même, puisque c'est elle qui me justifie en tant que mère bafouée. Je me suis calfeutrée. Soudain, je me rends compte à quel point j'idolâtre mes deux enfants disparus. Shahi'yena et Okwari sont devenus des mythes auxquels je voue un culte sans bornes et totalement déconnecté de la réalité.

De ce jour, réalisant mon erreur, et la vénération disproportionnée que j'avais pour l'amour de mes fils, je commence à m'en dissocier. Je regarde alors ma douleur en face, sans plus m'identifier à elle. Je n'ai plus besoin de l'entretenir comme repère nécessaire à mon existence. C'est comme si, tout à coup, je reprenais les rênes du cheval fou de mon cœur, que je domptais, dont je maîtrisais les incroyables ruades. L'étalon sauvage et fougueux se laisse apprivoiser, ses soubresauts tumultueux s'apaisent. Il n'a plus de raison de fuir au grand galop, ni de se défendre par de violents coups de sabot. Il n'a plus peur.

Plus le malheur est grand, plus il est grand de vivre.

Nicolas et moi sommes en route pour le centre de formation des apprentis de la presqu'île de Giens, près de

Toulon, où il doit passer la semaine. Nous roulons en écoutant une émission de radio qui donne la parole au cinéaste Luc Besson. Je commente longuement sa phrase. Nous arrivons. Le cadre est splendide : le centre est bâti dans un parc, sous de grands pins parasol. Beaucoup de jeunes garçons se retrouvent là pour suivre les cours. Ils sont logés dans une auberge voisine, non loin de la mer. J'ai le temps de boire un café avant de repartir, aussi je visite un peu les locaux. Nicolas me présente l'un de ses professeurs d'atelier. Sans détour, celui-ci me questionne :

« Nous ne comprenons pas vraiment comment votre fils s'est retrouvé ici. Il est d'un niveau bien supérieur à la moyenne de cet établissement. Il aurait dû continuer dans le cycle du secondaire, c'est dommage.

– Alors sans doute réussira-t-il sans problème. Nous avons traversé de grosses difficultés…

– Il m'en a un peu parlé. Mais ce qui me préoccupe pour lui, c'est qu'ici, la population est particulièrement fragilisée. Il y a des jeunes qui sortent du milieu carcéral, d'autres déjà délinquants qui vont y retourner… »

Je termine mon café qui n'avait plus du tout le même goût. Et je m'empresse de mettre mon fils en garde contre d'éventuelles propositions douteuses ou malhonnêtes. Je lui conseille de garder ses distances. Mais je ne peux faire autrement que le laisser là, en l'assurant de toute ma confiance, et sans trop lui montrer mes craintes.

« Ne t'inquiète pas, Mam, tout ira bien », me dit-il, en me saluant d'un geste de la main sur le parking.

Au milieu de la tourmente, tout le monde me répète de ne pas m'inquiéter. Ma mère, mon père, ma grand-mère, les amis, Yves, tous cherchent à me rassurer. Tout comme V.D., l'enquêteur de la police judiciaire de Nanterre. Il prend souvent de mes nouvelles si bien que je lui parle parfois de mes états d'âme, de mon travail et de Nicolas. Bientôt je l'appelle par son prénom, Victor et lui, par le mien.

Il m'interroge au sujet des différentes lettres que j'ai envoyées à Fortin et aux enfants. Il me raconte qu'ils ont retrouvé la filière mais que la piste se perd dans plusieurs boîtes postales. De plus, la juge a fait supprimer l'allocation des Assedic de Xavier Fortin. Ils ne peuvent donc plus suivre cette piste, mais ils ont tout de même interrogé les parents Fortin, sans grand résultat. Ils ont la preuve que son père retire l'argent pour lui mais il ne veut rien dire. Les parents sont intouchables légalement, car en tant que parent, on peut toujours aider son enfant même lorsqu'il est hors la loi. Il n'empêche. En attendant, ils ont tout de même mis leurs téléphones sur écoute, tout comme celui de Françoise H. M. Fort a fait jouer l'article de la loi Perben II qui permet de rouvrir une enquête même après la clôture de l'instruction.

Au cours de l'une de nos longues conversations, je lui confie l'idée qui me trotte dans la tête depuis quelque temps :

« J'ai pensé aux balises électroniques que l'on place sur les baleines ou sur certains ours pour pouvoir les suivre dans leur migration. Je me demande si on ne pourrait pas envisager de suivre le courrier destiné aux enfants avec un système identique ?

– C'est une idée, je vais y réfléchir avec l'équipe. Mais cela me semble compliqué. On va voir.

– Je vous laisse, vous me tenez au courant, n'est-ce pas ? Vous ne m'oubliez pas ! Je compte sur vous Victor.

– Bien entendu, ne vous inquiétez pas, Catherine. »

Je m'inquiète, justement. Comme pour m'apaiser, M. Bert, qui s'occupe des nombreux chats du village Cap Estérel – il y en a plus d'une centaine au total que les vacanciers, au fil des années, ont égarés –, me propose un tout jeune petit minou abandonné par sa mère. Quelle ne fut pas ma surprise lorsque je le découvre ! C'était le frère jumeau de notre petit Ramsès ! Tigré de roux et de blanc avec un regard vert pétillant de vie.

Bien évidemment, je l'adopte immédiatement, voyant en lui un signe de la providence. Ce sosie de Ramsès gambadant chez moi ne présage-t-il pas le retour de mes fils disparus ? Quoi qu'il en soit, je le baptise Michkaya, en souvenir de Michka, la chatte noire et blanche que j'avais laissée en Normandie. À la maison, je le présente à Minette, une vieille chatte brune qui s'est installée chez moi depuis l'hiver dernier. Ce drôle de coquin bouscule quelque peu ses habitudes mais après quelques crachats et autres coups de griffe, elle finit par admettre sa présence. À lui tout seul, Michkaya apporte autant d'effervescence qu'un essaim d'abeilles en transit. Il grimpe partout, rentre dans les armoires et fouille tous les sacs. Il met une joyeuse pagaille dans l'appartement et je l'aime bien. Son passe-temps préféré consiste à courir après certains jouets, en les baladant d'une pièce à l'autre ; un coup de patte à droite, bing, et un à gauche, bang, une glissade sous le lit, slang, et une sortie tout ébouriffé de derrière les coffres. Et il recommence. Je ne me lasse pas de le regarder jouer.

Je lui lance des balles mais il s'amuse mieux avec les noix, à cause du bruit sur le carrelage. Quand il est fatigué de sa gymnastique, il s'acharne sur un nounours, lui prouvant tout son amour avec une passion dévorante ; les quatre griffes plantées dans le dos, la peluche se voit saisie à la gorge avec force petites dents effilées. Je m'empare alors de l'objet et je le tire, je le roule sans jamais que le chaton lâche prise ; je l'arrache et le restitue, égratignant parfois malencontreusement mes mains sur les crocs acérés… Je joue avec lui comme une petite fille solitaire.

Sa présence remplit le vide de mon cœur, il ramène un peu de vie dans la maison. Puis quand Shahi'yena et Okwari reviendront, ils seront si heureux de le trouver, ce parfait sosie de leur chat disparu. Ainsi la boucle sera bouclée…

Après quelques reports d'audiences éprouvant encore ma patience, maître A. m'annonce enfin, au terme du délai des délibérés, le résultat des procès contre Jacques. Le tribunal d'instance me condamne à lui rembourser certains frais. En revanche, le tribunal correctionnel lui inflige une peine pour menaces et insultes.

« Madame Martin, nous avons gagné, votre honneur est lavé, M. Jacques M. a été condamné à un an de sursis et 2 000 euros de dommages et intérêts ! Il a été débouté de tout ce qu'il avait demandé contre vous. »

Victoire ! Je passe le voir à son cabinet, le cœur en joie. Il me raconte comment Jacques s'était trouvé confondu devant les juges. Le président du tribunal l'a totalement écrasé, mettant en évidence sa façon abusive et grossière d'avoir profité de ma détresse. Maître A. s'est bien battu pour moi et la justice a fait son travail. On m'a accordé réparation. C'est une jolie petite victoire ! Je m'empresse de partager la nouvelle avec toute la famille, ravie pour moi. Et ce jour-là au cours de danse, je virevolte, légère comme une plume. En cette fin d'année, le résultat de ces procès enterre avec succès un épisode pénible de cruelle désillusion. Je prends ma revanche sur l'injustice et la lâcheté des hommes. Alors, pour la première fois depuis le départ de mes fils, je décore la maison. Je dispose des guirlandes et des étoiles, je sors la crèche et les santons, que je m'applique à installer à côté de ma jolie fontaine chantante. La musique de l'eau qui ruisselle est un calmant puissant pour mes nerfs. Elle berce mes insomnies, transforme mon impatience en délicate langueur.

Ce Noël, nous sommes seuls, Nicolas et moi. Je lui offre un abonnement à Canal Satellite – c'est à la mode. Il installe le décodeur et la parabole sur le toit avec l'aide d'Antoine, son fidèle camarade, son « poto » comme ils disent entre eux.

« C'est du verlan, maman, c'est mon pote, à l'envers ça devient "poto", comme un poteau, tu comprends ?

– Oui, c'est amusant. Alors on passe la soirée avec un bon film ?

– Oui, viens voir je te montre comment cela fonctionne, il y a beaucoup de choix. »

Trop de choix, en effet. Nous zappons sur cinquante programmes stupides avant d'en trouver un valable. Mais Nicolas est content. C'est tellement important de le voir content ! J'ai préparé un repas qui sort un peu de l'ordinaire et nous mangeons ensemble. Au moment d'enlever le petit Père Noël, la minuscule scie et les sapins de plastique vert qui décorent la bûche, je ne peux m'empêcher de penser à Shahi'yena et à Okwari. Mon cœur se serre dans ma poitrine.

« Allez maman, ne sois pas triste, de toute façon, je vais bientôt passer mon permis.

– Ah oui, et alors ?

– Dès que j'aurai mon permis, je demanderai une petite voiture à Jean-Luc et j'irai les chercher.

– Mais on n'a aucune idée de l'endroit où ils sont ! Et puis tu ne peux pas faire cela tout seul.

– Ne t'inquiète pas. C'est par moi qu'ils reviendront vers toi, tu verras ! »

Une semaine plus tard, nous avons rendez-vous chez ma mère. Ma grand-mère Marie et mon parrain Yves sont venus de Châteauroux. Rose, la mère de Lucien, Jean-Luc, Zabeth, Alex et Robin ainsi que Mauricette, la mère de Zabeth, sont aussi de la fête. Maman nous régale tous avec son merveilleux couscous, l'ambiance est agréable et je suis heureuse d'offrir de jolis cadeaux à chacun. Cette fois je suis aimable et je réussis même à jouer avec Alex et Robin sans avoir les larmes aux yeux. Les revoir suscite chez moi toujours une forte émotion tant ils sont proches de mes fils en âge, mais j'arrive à passer outre. Je suis aussi capable de m'exprimer. Je ne me prive pas de raconter mon voyage à Paris, de parler de l'état des recherches, et de mon angoisse liée au retour éventuel des enfants.

« Cinq années de bourrage de crâne, des conditions de vie difficiles, la perte des repères, tout ça a dû les marquer profondément. Comment vont-ils réagir, quand je les retrouverai ? Comment se comporteront-ils avec moi ? »

Nicolas, qui ne supporte pas de m'entendre parler ainsi, se lève et quitte la pièce précipitamment, non sans lancer :

« Dès que j'aurai mon permis, j'irai les chercher ! »

Mon frère, assis en bout de table, ne dit rien, il m'écoute en passant ses nerfs sur l'armature en fer d'un bouchon de champagne. Il tord et détord la ferraille, la tourne et la retourne, il aplatit et détortille le fer entre ses doigts au fur et à mesure que j'évoque toute ma détresse, la vision de ma vie foutue. Je ne le quitte pas des yeux. Quand je cesse enfin de parler, il laisse trois fils de fer droit comme des I, sur le coin de la table.

« Allons, Cathy, dit doucement ma mère, ne t'inquiète pas comme ça. Quoi que leur père ait pu dire, je suis sûre que Shahi'yena et Okwari ont gardé le souvenir de toi au fond de leur cœur. Intact et beau comme avant ! »

Chapitre XV

Encore un Noël de passé. Celui-là a tout de même été moins triste que les précédents. Ou, plutôt, j'ai pu me comporter à peu près normalement, même si au fond de moi, mon cœur saigne toujours autant. Nicolas et moi quittons la famille avec force embrassades. Ensuite, tout doucement, nous prenons le chemin du retour. Dans la voiture, je pousse mon aîné à s'exprimer. La rage que je sens monter en lui ne me plaît pas. Et, surtout, elle ne peut pas lui faire de bien. Au bout d'un moment, il veut bien admettre que la violence ne sert à rien. Mais il n'en démord pas. Il fera payer à Manu le mal qu'il nous a fait…

Lorsque nous arrivons, l'appartement que j'ai si joyeusement décoré est froid et sombre. Dans un coin, Minette, ma vieille chatte, a l'air particulièrement faible. Elle semble avoir le train arrière paralysé. Je la caresse un moment, je lui offre de la nourriture et de l'eau. L'adorable Michkaya se cache toujours sous le lit d'Okwari. Comme j'ai du temps libre durant ces vacances et que j'arrête de courir après mes garçons – physiquement du moins –, je lis tous les livres de Boris Cyrulnik, que je connais depuis ses débuts, époque où il traitait d'éthologie animale. Je dévore également les ouvrages de Christiane Singer, que j'adore.

Depuis le départ des garçons, la pièce n'a pas changé. J'ai juste déplacé mon bureau pour le mettre devant la fenêtre et bénéficier ainsi de la lumière lorsque j'écris. Mais c'est encore leur chambre. Il m'est toujours impossible de déplacer leurs vêtements de l'armoire. Ils ont gardé leur empreinte, leur parfum. Chaque fois que je l'ouvre, il s'en échappe une bouffée de notre passé. Quand je ferme les yeux et je respire, c'est comme s'ils étaient encore là. Je porte leurs vêtements à mes joues, et c'est comme si je les caressais, comme si je les embrassais. Je me souviens. Leurs rires et leurs voix résonnent en moi, de loin en loin. Si lointains.

Comme leur absence est cruelle, chaque fois que la nuit tombe ! Je me revois au crépuscule, lorsqu'il fallait que j'aille traire la vache et qu'Okwari, à peine âgé de huit mois, ne supportait pas de me voir partir. Il pleurait, il pleurait, il pleurait à fendre l'âme, il pleurait toujours à ce moment-là, jusqu'à ce que je revienne le prendre dans mes bras.

« Là, maman est là, tout va bien mon tout petit, viens contre mon sein, ne pleure plus. »

Alors il tétait encore une fois, goulûment, et il s'endormait, repu. Souvent je leur chantais une berceuse composée par mon amie Viva, que j'aimais bien. Je fredonnais :

« Quand le soir tombe, la flamme se réveille… mais qui donc veille ? Mais qui donc veille sur son sommeil ? »

12 janvier 2003. Okwari a onze ans aujourd'hui. J'ai froid, des frissons parcourent mon dos et mes jambes. J'ai besoin de dire mon chagrin car je pleure sur les onze ans de

mon fils que je ne vois pas, que je n'entends pas, que je ne prends pas dans mes bras, auquel je ne parle pas, avec lequel je ne me promène pas, je ne ris pas, je ne vis pas. Le terrible sentiment que le temps perdu est irrattrapable me glace le sang et je tremble. Je gèle de penser que Manu a gagné, qu'en plus d'avoir volé leur enfance, il a aussi volé leur âme et leur identité.

J'ai peur de passer toute ma vie dans cet enfer, à attendre le retour miraculeux d'enfants qui n'en sont plus. J'ai peur de leur retour aussi parce que je dois me préparer au rejet, à l'agressivité et à la violence peut-être aussi. C'est à cela que je dois m'attendre et non pas à ce qu'ils sautent dans mes bras, je le sais bien. Seulement au moins, s'ils étaient là, je n'aurais plus ce vide qui m'interdit tout, qui me paralyse et me garde prisonnière de la situation. Ce vide qui m'assassine chaque heure davantage.

C'est cela mon état ; je suis un néant, un gouffre froid et amer.

Victor me sort bientôt de la torpeur et de la déprime. En effet, leur service technique vient de mettre au point un nouveau système de localisation. Il me parle de fréquence radio, d'émetteurs et de récepteurs. Je comprends, au ton de sa voix, qu'il a trouvé une solution.

« Tout est au point, Catherine, le chef est d'accord, il a pu accorder le financement, nous allons utiliser de la haute technologie. Dans quelques semaines, tu vas recevoir un paquet, tu en prendras bien soin. Tu m'as bien dit que tu voulais offrir une radiocassette à tes enfants ?

– Oui, mais explique-moi !

– C'est simple, tu vas faire comme d'habitude. Tu envoies une lettre et un colis pour tes fils dans lequel tu vas mettre le radiocassette que nous te fournirons. D'ici, nous le suivrons par satellite.

– C'est fantastique ! Tu pourras voir où il se trouve à distance !

– Exactement. Mais surtout, reste discrète… »

La nouvelle me fait bondir de joie, me transforme littéralement. Après toutes ces années d'angoisse et de doute, me voilà, cette fois c'est certain, à deux doigts de toucher au but. Je suis, pour la première fois depuis longtemps, pleine d'exubérance. À la ferme, je déborde d'énergie. Je nettoie les locaux et les parcs des animaux de fond en comble, je vide les brouettes de fumier en chantant, je réaménage le poulailler du sol au plafond. Je change les lapins de place et je les laisse tous s'accoupler en prévision d'un printemps exceptionnel, rempli de bébés.

Je creuse la mare pour les oies et j'achète plusieurs couples de canards d'ornement, des mandarins, des carolins et des coureurs indiens blancs magnifiques. Je peux les installer confortablement puisque le jour de ma reprise de travail j'ai eu une très agréable surprise. Mon ami Philippe, menuisier et agent technique sur le site, s'est organisé avec son chef Guy pour construire une adorable petite cabane pour eux ! Le petit chalet de bois est un refuge de rêve, l'assurance que ni le renard, ni les fouines ne viendront les croquer ! Je suis aux anges. Quant à Philippe, il est tout fier de me faire ce cadeau.

C'est un nouveau printemps dans lequel j'ai l'impression que les pièces du puzzle de ma vie avancent lentement vers la place qu'elles n'auraient jamais dû quitter. Nicolas gagne lui aussi en stabilité, il est d'humeur moins changeante et sa fonction dans l'entreprise lui donne le rôle qui lui convient. Pour ses dix-huit ans, je lui loue un grand appartement pour toute la durée des vacances à Avoriaz, afin qu'il profite de sa jeunesse et s'amuse avec ses copains. Du bonheur, enfin ! Bien sûr, quand le colis expédié par la police judiciaire de Nanterre arrive chez nous, je lui explique de quoi il s'agit, tout en lui recommandant de garder le secret. Nous sommes très excités par cette aventure, et nous sommes sûrs que cette fois nous avons le moyen infaillible de les localiser. De plus, le procédé est tellement révolutionnaire que même Manu ne peut pas le soupçonner. À la mi-mars, j'envoie donc le colis comme prévu, avec des livres, des billes, un petit piano à piles et la radiocassette « piégée »...

Les vacances de Pâques battent son plein. Je recommence les séances à la ferme. Le directeur de l'animation a changé et je dois reprendre les négociations concernant mon salaire. Le nouveau responsable a une bouille ronde très sympathique, et porte bien son surnom de Pifou. Il réussit à me décrocher une prime qui, étalée sur l'année, me donne un petit complément de salaire. Ce n'est pas grand-chose, mais cela m'encourage à continuer. De plus, je peux enfin bénéficier de deux jours de congés par semaine, ce que j'apprécie. Du côté de l'émetteur parti par la poste, tout va bien : la police le suit à la trace. Nous n'avons qu'un seul souci : la durée d'autonomie de la batterie. Elle sera à plat dans un mois. Passé ce délai, il sera donc impossible de capter le signal. Il faut donc prier pour que le paquet arrive à destination avant.

Mais je suis sûre que tel va bien être le cas. Ce printemps 2003, plein d'espoir de retrouvailles, tous les moineaux et les tourterelles peuplant la petite ferme m'accueillent en gazouillant. Près du pont, au bord de la rivière, j'ai planté un saule pleureur. C'est mon arbre préféré. Avec le groupe des enfants du club, nous faisons la ronde autour de lui et sur l'air du *Pont d'Avignon*, nous fredonnons *La Chanson de la ferme* pour lui souhaiter une longue vie.

« Sur le pont d'la p'tite ferme, on y danse, on y danse, sur le pont, d'la p'tite ferme, on y danse tous en rond ! »

Suit un jeu mimé au cours duquel les participants doivent singer tour à tour un animal.

« Dans la petite ferme il y a des cochons qui font comme ça… »

Les enfants, à quatre pattes se mettent alors à grogner comme des porcs, avant de reprendre le refrain et d'enchaîner :

« Dans la petite ferme, il y a des poules, qui font comme ça… »

Et tous caquettent en battant des bras… Quand tous les animaux ont été passés en revue, je termine la chanson par :

« Et dans la petite ferme il y a… des enfants qui font comme ça… »

Alors tout le monde applaudit. C'est toujours un petit bonheur partagé qui s'envole en sourires.

Ma petite ferme commence à devenir vraiment jolie, l'escalier de l'entrée avec ses marches en marbre est du plus bel effet. J'ai bien fait de récupérer ses dalles, qui partaient à la décharge. L'aménagement de la terrasse sous l'abri est bien plus accueillant ainsi et plus facile à entretenir. Justement mon cher ami André, grand-père à la retraite d'un dynamisme inépuisable, me propose son aide de bricoleur. Ensemble nous construisons un râtelier pour les chèvres. Adossé à leur cabane, il est très réussi avec son petit toit arrondi. André termine également de fixer les gouttières sur l'écurie pendant que je lui confie mon espoir de revoir bientôt mes fils – mais aussi ma crainte de les retrouver après si longtemps.

« Ils m'ont quittée il y a six ans déjà. J'ai tellement peur des retrouvailles !

– Six ans ? Mais alors, ils ne te connaissent plus… »

André ne fait que dire la vérité. Mais cela me fait tout de même très mal.

Cet après-midi-là, parmi tous les visiteurs de la ferme, il y a une maman et les deux petits garçons vietnamiens qu'elle a adoptés. En les regardant tous les trois, je me dis : « Voilà, c'est comme si j'allais adopter deux enfants moi aussi, mes propres enfants mais qui ne sont plus ceux que j'ai quittés il y a six ans. Comment ont-ils grandi ? »

Le colis avance lentement. La balise fonctionne. La pression monte. J'ai du mal à dormir. Et lorsque j'y parviens, je ne cesse de faire d'atroces cauchemars.

Je suis dans un immense camp de réfugiés. Les gens sont les uns sur les autres, dans une désolante précarité et une affreuse insalubrité. L'air empeste la mort. Je cherche Shahi'yena et Okwari. J'inspecte chaque recoin… Soudain un jeune et séduisant journaliste vient vers moi. Il me raconte qu'il revient tout juste d'Afghanistan. Puis il s'interrompt. Je sens qu'il essaie de me dire quelque chose, mais qu'il hésite. Alors je le presse, je le bouscule :

« Parlez, je vous en prie !

– Voilà je ne sais pas si vous les reconnaîtrez mais j'ai l'impression que cette photo dans le journal… »

Il me montre un article paru dans un journal afghan. Là sur le papier chiffonné, je les vois tous les deux au premier plan, les bras levés au ciel en train de crier.

« Mais oui, ce sont bien eux, c'était où ? C'était quand ?

– Il s'agit du camp militaire d'un groupe armé révolutionnaire ! »

L'horreur absolue ! Mes fils engagés dans une guerre sous la bannière d'un tyran !

Au cours des jours qui suivent, alors que la police judiciaire de Nanterre localise le colis du côté de Rouen, je vais de plus en plus mal. Extrêmement tendue, je me contrôle difficilement, je confonds le jour et la nuit. J'ai acheté de nouveaux sédatifs homéopathiques parce que je résiste aux tranquillisants classiques qui ne me font plus d'effet. Malgré cela, je reste à cran. Pour essayer de me détendre, j'imagine Shahi'yena et Okwari à table en train de manger. Pour moi, c'est la plus belle image du monde. Regarder mes fils manger, juste les regarder en train de manger paisiblement. Peut-être que, bientôt, ils seront là, dans ma cuisine, à déguster les plats que je leur aurai préparés. Mais seront-ils paisibles, ou bien violents et injustes avec moi ? J'ai si peur qu'ils me rejettent, qu'ils aient absorbé la haine que leur père me porte ! Leur retour que j'ai tant attendu me semble parfois être une angoisse plus qu'une joie – et pourtant, ce retour, je le désire plus que tout au monde… Alors je tente de me rassurer en me disant qu'il y aura sans doute une période d'adaptation un peu difficile mais qu'ensuite, à force de patience, je parviendrai à les apprivoiser, à regagner leur confiance, à retisser des liens avec eux. Les enfants que je vais revoir ne sont pas les mêmes que ceux que j'ai laissé partir il y a six ans. Ce sont des adolescents. Mes petits loups à moi, ceux que je chéris dans mon cœur, ceux-là ne sont plus. Ils ne seront jamais plus. Mais il y aura tellement de joie, tellement d'amour dans mes yeux que sans l'ombre d'une hésitation, nous nous enlacerons et nous nous réconforterons, tous les quatre enfin réunis.

Le colis est arrivé à la poste de Bernay. À présent, il faut attendre que quelqu'un vienne le chercher. La nuit, je reste allongée sur mon lit, les yeux grands ouverts. Je me remémore les moments heureux. Je parle en imagination à mes fils. Shahi'yena, tu t'en souviens ? Tu avais découpé dans un catalogue tous les plus jolis cadeaux que l'on pouvait offrir à une dame et tu les avais collés ensemble sur une grande feuille ; il y avait un collier de perles fines et une bague, une robe du soir et des escarpins, pleins de petits coussins brodés. Tu m'as donné la feuille en disant : « Voilà moi je t'offre tout ça pour Noël. » C'était un merveilleux cadeau ! Tellement sincère et innocent.

Et toi, Okwari, sache que ton poisson en pâte à sel est toujours à sa place sur la cheminée et qu il me réconforte toujours autant. Je le garde bien au chaud. Vous étiez des enfants si gentils.

Une semaine plus tard, toujours aucune nouvelle du colis. Mais il reste du temps, beaucoup de temps avant que la batterie s'arrête. Toujours pleine d'espoir, je demande à Yves si je peux compter sur lui pour faire le voyage quand il faudra aller chercher les enfants. Égal à lui-même, il me répond immédiatement :

« Je viendrai avec toi, tu le sais bien. »

En attendant le retour de ses petits frères, Nicolas passe beaucoup de temps sur son ordinateur. Il compose des orchestrations musicales avec des mélodies et des rythmes préenregistrés. Ensuite, à l'aide d'un micro, il clame ses textes suivant le tempo. Il m'a fait écouter deux chansons. Elles sont crues, fortes d'une violente douleur. Il parle de Shahi'yena et d'Okwari, et de sa peine si vive. Je l'ai fortement encouragé à continuer de composer. Il ose enfin se raconter et mettre des mots sur ses blessures. Cela me bouleverse.

Les jours passent. En moi, irrépressible, l'angoisse monte. Pour la faire taire, je me noie dans le travail à la ferme. Je fête mes quarante ans en invitant tous mes collègues à un apéritif dînatoire au milieu des animaux. L'ambiance est très amicale, nous mangeons des pizzas et rions ensemble de tous les petits gags que nous imaginons entre les touristes et les animaux. Le soir, mon amie Isabelle m'emmène au restaurant. Nous finissons la soirée au Cubana avec champagne pour tout le monde. Quel anniversaire mémorable ! Je ne dors pas beaucoup, mais cette fois ce n'est pas parce que je pleure toute la nuit. Je ris, je ris à m'en faire exploser les tympans. Et le lendemain, surprise ! Les enfants qui ont appris que c'était mon anniversaire m'offrent mille petits cadeaux, du collier de perles de Laura au petit nounours de Tom en passant par des fleurs et des chocolats.

Que de gentilles attentions ! Ma famille me gâte elle aussi, Nicolas m'offre une minichaîne stéréo. Mes amis chrétiens, que je retrouve tous les dimanches pour une réunion de prière, me font eux aussi souffler les bougies. Devant eux, je remercie le ciel de m'avoir donné une famille de cœur si unie à défaut de la mienne toujours meurtrie…

Cette année-là, Pâques tombe le jour de mes quarante ans. Ce dimanche après-midi, à la ferme, la pluie a tout lavé, l'air mouillé embaume le parfum du jasmin qui court sur la clôture, le pommier, dans le parc des chevaux, est tout fleuri en blanc. Vanille, comme à son habitude, se roule par terre de bonheur dans le sable humide. Déjà le ciel s'éclaircit à l'est, les abeilles reprennent leur butinage, les chèvres sortent de leur abri, tout ébouriffées par la pluie. Les oies en ont bien profité, elles lissent leurs plumes de soie dans leur bain. Comme la douceur de vivre fait battre mon cœur !

Entre nuages sombres et rayons de soleil, un splendide arc-en-ciel apparaît soudain, comme une couronne de lumière par-dessus nos têtes ! Un pied loin dans la mer et l'autre au-delà de la terre, l'arc étire devant nos yeux éblouis, son rose, son vert et son orange acidulé. Nous l'admirons subjugués quand soudain, un second arc vient surplomber le premier plus diffus mais plus large, il étend son vermillon et son fuchsia jusqu'au bleu violacé de notre émoi, béat, sans voix…

J'y vois le signe de l'alliance nouvelle, celle du Christ ressuscité, celle de la mort engloutie d'où renaît l'amour unifié, celui qui est, éternel et inconditionnel. Comme la terre, il nous porte tous, bons et méchants, comme le soleil, il nous réchauffe tous, justes et injustes. Le double arc-en-ciel, en ce jour de Pâques, à l'aube de mes quarante ans, vient comme un signe du destin arrêter le temps, un instant, pour me dire que la vie éternelle est déjà là, dans une authentique présence à soi-même.

« Catherine ? Je suis désolé. Mais ça ne va pas marcher. La batterie est trop faible. Elle va bientôt être vide… »

C'était un bel anniversaire, jusqu'à ce que Victor m'appelle, confirmant les doutes qui me tenaillent depuis quelques jours. Ainsi, c'est fini. Je dois jeter l'espoir aux orties. Le colis ne bougera pas de Bernay, où il est bloqué chez les parents de Xavier Fortin. L'idée qu'ils puissent détenir mon courrier sans le distribuer me révulse.

« On va aller le récupérer, me dit encore Victor. Peut-être qu'à cette occasion on apprendra quelque chose… »

Peut-être, oui. Mais j'en doute. Je me recroqueville sur moi-même, à bout de douleur. Comme pour augmenter encore ma peine, Minette, ma gentille vieille chatte, se meurt. Le lendemain matin, avant de partir travailler, je prends le temps de l'installer au soleil dans son petit panier, et je lui dis adieu sachant qu'elle ne finirait pas la journée.

Quand je suis rentrée le soir, Nicolas l'a recouverte d'un tissu. Il me raconte qu'une dame âgée est venue demander depuis quand Minette était chez nous.

« C'est incroyable, me dit-il, cette dame habitait ici, il y a quinze ans et Minette était sa chatte. Elle a déménagé et n'a pas pu l'emmener. Hier, par hasard, elle a décidé de s'arrêter devant la maison. La chatte, qui pouvait à peine bouger, est sortie de son panier et est allée vers elle, pour se faire caresser. C'est comme si elle lui avait dit au revoir avant de mourir, c'est dingue cette coïncidence ! »

J'enterre Minette au pied d'un arbre derrière la maison, au beau milieu d'un talus de violettes. Voici des violettes pour toi, Minette. Tu as attendu la dernière limite pour quitter la terre, tu as fait tes adieux aux humains que tu as connus, tu as eu l'assurance qu'on t'a aimée, tu as pu abandonner cette vie, sûre que l'on ne t'avait pas oubliée.

Dis-moi Minette, crois-tu que je pourrai faire comme toi ? Juste embrasser mes enfants une dernière fois avant de quitter la terre ?

Chapitre XVI

Victor et son équipe sont rentrés bredouilles de leur expédition chez les parents Fortin. Ils ont bien récupéré le colis et la radiocassette qu'ils ont trouvés dans le garage, avec mon courrier accumulé depuis plus d'un an. Interrogés, le père et la mère de Manu ont confirmé que les lettres transitaient autrefois par l'intermédiaire de Françoise H., mais que celle-ci avait cessé de servir d'intermédiaire au moment où elle s'est sentie surveillée. Pour supprimer tout risque d'être pris, Manu a donc tranché net le dernier lien par lequel nous pouvions remonter jusqu'à lui. Il s'est sans doute caché dans un coin de montagne et a décidé de rompre définitivement tout contact avec l'extérieur. Cette volonté de briser le dernier lien tangible entre mes fils et moi me déchire profondément. Je me sens humiliée, diminuée, saccagée. Victor, sincèrement désolé, me dit :

« Tous ceux qui avaient des contacts avec Xavier Fortin sont désormais hors jeu. Même Gab. D., le relais de SOS papa, n'a plus aucune nouvelle de lui. Nous n'avons plus aucune piste…

– Victor, si même toi, tu es découragé, alors ma vie n'a plus de sens.

– Tu ne dois pas dire ça, Catherine. Tu dois rester forte car un jour ou l'autre, tes enfants auront encore besoin de toi. Et puis tu es jeune et jolie, tu as le droit d'être heureuse et amoureuse aussi. Garde espoir ! »

C'est vrai. Je suis crucifiée à l'idée que depuis un an, Shahi'yena et Okwari n'ont eu aucune des lettres que je leur ai postées. Si je sombre, Manu aura définitivement gagné. Alors je refuse de me laisser aller à la dépression, et je m'en ouvre à Myriam, au cours de l'un de nos entretiens.

« Voyez-vous, j'en ai assez de me taper la tête contre les murs. Je me fais mal et cela ne sert à rien. J'ai fait le deuil des enfants que j'ai laissé partir. J'accepte l'idée qu'ils ne soient plus les miens. Je ne suis pas responsable de leur situation. Vous connaissez *Le Prophète* de Khalil Gibran ? Il dit : "Vos enfants ne sont pas vos enfants, ils sont les fils et les filles de l'appel de la vie à elle-même, les flèches vivantes de l'avenir." »

Myriam me sourit :

« C'est très bien, ce que vous me dites. Vous semblez aller mieux. Je vous trouve rajeunie. Vous paraissez même avoir dix ans de moins ! La première fois que vous êtes entrée dans mon bureau, vous ressembliez à une vieille femme, toute fripée et ratatinée. Maintenant si vous êtes prête, sortez, élargissez le cercle de vos relations, faites-vous de nouveaux amis.

– Oui, je vais le faire. J'ai besoin de changement, de nouvelles rencontres. J'ai envie de m'ouvrir aux autres, de connaître d'autres univers. Mon amour de la vie est plus fort que la mort qui me ronge de l'intérieur. Je vais aller là où ma curiosité m'entraîne. C'est aussi un moyen de résister, vous comprenez ? Il ne s'agit pas de renoncer ou de baisser les bras, c'est seulement que j'ai besoin d'oxygène parce que seule avec moi-même, j'étouffe, je m'asphyxie. J'ai tant d'amour à donner... »

La petite ferme resplendit, le saule pleureur, les pieds dans la rivière, s'épanouit à merveille. Une jeune stagiaire vient apprendre le métier avec moi, elle est agréable et attentive. J'ai remarqué des affiches en ville, au sujet d'une conférence organisée par le groupe local de l'association ATTAC (Association altermondialiste pour la taxation des transactions financières et l'aide aux citoyens) sur les organismes génétiquement modifiés. J'ai bien envie d'y assister. Je convaincs mon parrain Yves de m'accompagner, puisqu'il s'intéresse aussi à l'écologie. C'est une réussite. La conférence est passionnante, tout comme le débat qui suit. À la fin, je fais la connaissance de plusieurs membres du groupe ATTAC et je prends rendez-vous pour participer à leur prochaine réunion.

Dans cet élan de curiosité, je rencontre également des militants pour la protection de l'environnement ainsi que pour le respect des droits de l'homme. Je les rejoins à Cannes pour visionner le film *Un autre monde est possible* à la suite duquel j'écoute le discours de José Bové. Je suis admirative devant tant d'énergie déployée dans l'intérêt de la planète et pour le bien commun.

Comme je me sens concernée, je choisis d'agir à mon échelle, et j'adhère à l'association ATTAC. Entre les réunions préparatoires sur les « consom'acteurs », les services publics et les devoirs écocitoyens, je m'accorde quelques concerts de jazz. Je vais de temps en temps écouter un groupe de jeunes dans une ambiance bon enfant. Un ami de notre petite tribu m'offre une place pour le concert de Marcus Miller à Juan-les-Pins.

À la mi-juin, mon téléphone sonne. Au bout du fil, la voix de Victor.

« On a peut-être une nouvelle piste, me dit-il. Selon certains renseignements qui nous sont parvenus, Xavier Fortin serait peut-être dans une communauté de marginaux du côté de Pau. Nous allons faire une perquisition là-bas. Mais j'ai besoin que tu sois avec nous, parce qu'il a sans doute changé physiquement, et que tu es la seule capable de l'identifier. Tu peux emmener Nicolas, si tu veux. Vous devrez sans doute dormir une nuit à l'hôtel la veille, car nous prévoyons une intervention à l'aube. »

C'est à nouveau le branle-bas de combat pour Nicolas et moi. Tandis que nous nous préparons au voyage, je réalise que, pour la première fois, je vais rencontrer Victor en chair et en os. Est-il aussi charmant que le laisse supposer sa voix ? Au fil du temps, je me suis un peu attachée à lui. Au moment où ma quête semble aboutir, l'amitié que nous avons tissée au téléphone va se trouver tout à coup confrontée à la réalité.

À notre arrivée à la gare de Pau, une voiture noire nous attend. Un homme et une femme en tenues civiles s'avancent vers nous d'un pas rapide.

« Madame Martin ? Bonjour, commissaire Keller, brigade de Pau, voici le capitaine Melin de Paris, nous avons travaillé conjointement avec la PJ de Nanterre. Tout est prêt pour l'intervention. Nous allons vous conduire dans un petit hôtel discret. »

La nuit tombe rapidement, je n'ai pas le temps de me familiariser avec le paysage. Sur le parking de l'hôtel, situé au milieu d'un bourg de quatre maisons, la policière, responsable de l'équipe de la PJ, me présente à ses hommes :

« M. Lebon, M. Douci et M. D. que vous connaissez bien je crois. »

M. D., c'est Victor. Un homme pas très grand, mais très costaud, tout en muscles. Je reste stupéfaite : le décalage entre le son et l'image est surprenant pour moi. Il faut dire que je n'ai pas pu m'empêcher de « fantasmer » son visage en écoutant sa voix rassurante. Ce retour à la réalité me montre à quel point je vis parfois dans mes rêves. Pourtant, quand je lui serre la main, je sens la même chaleur que dans sa voix qui me dit :

« Tout va bien se passer, ne vous inquiétez pas. On se retrouve très tôt demain… »

Quatre heures du matin. Encore tout ensommeillés, Nicolas et moi montons à l'arrière d'une voiture. Quatre autres véhicules nous suivent. Je prends la main de Nicolas et lui dis un mot gentil. Il m'étonne, car malgré l'heure matinale, il observe avec une incroyable attention ce qui se passe autour de nous, fasciné par l'organisation, les armes, la précision des gestes et des regards. Il est au centre d'une véritable action policière, ce n'est pas un film, c'est réel. Et en plus toute cette mécanique se met en mouvement pour nous !

Une heure plus tard, nous nous arrêtons devant le portail d'une grande enceinte murée. Tout est très calme. Sans bruit, les policiers sortent des voitures et se déploient autour des bâtiments. Victor s'approche de moi.

« Nicolas et toi, vous allez rester près de moi. Juste derrière. D'accord ?

– D'accord.

– Allez ! On y va ! »

D'un coup, tout s'accélère. Entourés de gendarmes, nous pénétrons dans le hall de l'entrée avant de gravir un large escalier. Les gendarmes ouvrent ensuite les portes des chambres à coucher. J'aperçois des couples dans leur lit, stupéfaits. Chaque enfant est dégagé de ses draps pour que je voie son visage. Et à chaque fois, je sens une onde d'espoir monter en moi – il a les cheveux de Shahi'yena, il a la stature d'Okwari, est-ce que, peut-être ? – avant de retomber. Non, ce n'est pas mon fils, ni celui-là, ni cet autre. Le bébé, ce n'est pas la peine, ce garçonnet non plus… Nous allons de pièce en pièce, explorant toute l'immense maison. Une course effrénée, au milieu de voix furieuses. Les membres de la communauté s'insurgent, protestent, font entendre leur colère, demandent des explications. À la fin, tout à la fin, quand chaque chambre, chaque lit, chaque pièce, chaque coin du bâtiment a été inspecté, je dois me rendre à l'évidence. Ils ne sont pas là.

« Viens, on va dans l'autre aile. »

Victor m'entraîne. Je le suis, le souffle court. Nous parcourons encore plusieurs chambres. Nous réveillons une bonne dizaine de personnes. En vain. Ni Shahi'yena ni Okwari ni Manu ne sont ici. C'est raté…

Le jour se lève sur notre déception. Les gendarmes expliquent leur présence sur les lieux et présentent leurs excuses à toute la communauté. Je suis désolée pour tous ces gens que nous avons tirés de leur sommeil. Mais ils ne sont pas rancuniers. Après m'avoir fait découvrir leur magnifique demeure joliment ordonnée et méticuleusement propre, et le kiosque en bois bâti au milieu d'un somptueux jardin, ils m'offrent un thé et me racontent qu'ils vivent un peu comme au Moyen Âge.

« Nos productions nous permettent de survivre en totale autarcie. Elles nous nourrissent et sont pour partie vendues sur les marchés. »

Comme je leur raconte mon histoire, ils font preuve d'une grande compassion, me confient qu'ils sont chrétiens, et qu'il ne leur viendrait pas à l'idée de protéger une personne hors la loi. Peu à peu, le courant passe entre nous, même si les hommes, avec leurs barbes et leurs longs cheveux noirs, me rappellent étrangement Manu…

Dix heures. Les policiers, Nicolas et moi-même nous retrouvons dans un café, pour prendre un petit déjeuner.

« Pas trop déçue ? me demande Victor.

– Si bien sûr. Mais il fallait le faire, maintenant on sait qu'ils ne sont pas là. Tu vois, c'est un endroit bien trop propre et rigoureux pour que Manu s'y cache. Ce sont des marginaux gentils et disciplinés, il faut plutôt chercher du côté des marginaux rebelles et asociaux… »

Nous nous quittons devant la petite gare morne et grise. Avant de reprendre le train, je remercie vivement tous les gendarmes et les policiers qui se sont mobilisés, hélas pour rien. Victor me serre les mains vigoureusement comme pour me dire : « Tiens bon. » Je lui lance, en souriant :

« Au revoir, à bientôt, merci beaucoup, à bientôt... »

Un immense blanc, un vide absolu, un trou noir qui absorbe toute parcelle de lumière. Shahi'yena a treize ans. Il a treize ans sans moi.

Je ne vois pas d'issue à mon désarroi.

Mais les animaux m'appellent, ils ont besoin de moi. Je dois être fidèle au poste et sourire aux visiteurs et à leurs enfants. Je me force à faire semblant d'aller bien. Je deviens très astucieuse pour dissimuler ma peine. Mais parfois je suis fatiguée de donner le change. Ce n'est pas de leur faute. Mais je suis si déprimée...

« Ça ne va pas, Catherine ?

– Non, ça ne va pas.

– Mais qu'est-ce qui ne va pas ? »

Qu'est-ce qui ne va pas ? Eh bien, mes fils ont disparu voilà presque sept ans. Je n'ai plus aucune nouvelle d'eux. Je ne sais pas s'ils sont vivants ou morts, j'ignore à quoi ressemblent leurs visages. Quoi d'autre ? Rien. Mais je sens bien que mon malheur, toujours le même, finit par lasser. Mon histoire devient banale. Tous s'y sont habitués. Ils ne me questionnent même plus. Pire. Quand je leur parle de mes fils, ils m'écoutent poliment, et s'esquivent le plus vite possible. Leur déni me tue, encore plus violemment que la douleur elle-même. Et, parfois, j'ai la sensation d'être devenue une pestiférée.

Heureusement, en ce tout début d'année 2004, je reçois un appel téléphonique d'Alain Boulay, le président de l'APEV. Un homme profondément bon, qui a lui-même terriblement souffert de la perte de son enfant, et qui sait par quel enfer je passe. Nous nous entretenons longuement de l'état actuel des recherches – qui, malgré toute la bonne volonté de Victor et de ses collègues, en sont de nouveau au point mort.

« L'APEV travaille avec d'anciens policiers à la retraite qui seraient peut-être capables de faire avancer votre dossier, me dit-il. Mais dans un premier temps, est-ce que vous seriez d'accord pour que la photo de vos deux garçons soit ajoutée à celles des autres enfants disparus, sur notre affiche ?

– La grande affiche que l'on voit dans les bureaux de poste ?

– Oui, elle est aussi dans les gares, les aéroports, les gendarmeries.

– Ce serait formidable !

– Alors c'est d'accord. Je vais programmer cela pour le mois de mai. Vous pourrez nous rejoindre lors de l'assemblée générale si vous le désirez. Vous rencontrerez nos bénévoles et des parents qui sont dans des situations similaires à la vôtre.

– Oui, peut-être, pourquoi pas ? En tout cas, je vous remercie d'avoir pensé à moi. »

Quelques semaines plus tard, je reçois la fameuse affiche, portant les photos de mes deux fils. Autour d'eux, les visages d'autres enfants disparus. Désormais, les portraits de Shahi'yena et d'Okwari sont diffusés partout en France et en Europe. Revers de la médaille. Je ne peux plus entrer dans une poste, une gare, un aéroport sans poser mes yeux sur leurs bouilles rondes. Mais tant mieux. Plus on les verra, moins on les oubliera. L'oubli, c'est ce qu'il y a de pire, quand un enfant manque à l'appel... Alors je me décide à me rendre à Paris, et à assister à l'assemblée générale de l'APEV. Je suis accueillie et entourée de beaucoup d'attentions. Les bénévoles de l'association sont des personnes admirables et profondément humaines. Mais la douleur de tous les parents qui m'entourent me bouleverse tellement que je peux à peine respirer.

Après le discours d'ouverture, la parole est donnée aux adhérents. Des larmes plein les yeux, j'écoute la maman d'une fillette assassinée, puis une femme toujours dans l'attente du procès qui doit lui rendre justice, à défaut de lui rendre son enfant. Les lenteurs et les lacunes du système judiciaires sont longuement évoquées. Je me croyais seule à en pâtir. Je découvre que nous sommes des dizaines, pour ne pas dire des centaines dans le même cas ! De nouveau, je me pose la question qui me hante depuis sept longues années. Comment faire de la disparition de Shahi'yena et d'Okwari une affaire publique, nationale, comment obtenir que le maximum de Français connaissent leurs prénoms, leurs visages au point de les reconnaître, où qu'ils soient ? L'affiche de l'APEV est un grand pas. À mes yeux, pourtant, ce n'est pas encore suffisant. Je décide donc de lancer un nouvel appel aux médias. Puis, à l'occasion d'un stage de théâtre me vient une autre idée. Et si je racontais mon drame à travers une pièce, qui voyagerait dans tout le pays, et porterait mon message de ville en ville ? Les spectateurs, atteints au cœur, repartiraient avec un tract sur lequel la photo de mes fils, en gros plan, les empêcherait d'oublier...

Cette pièce, je commence à l'écrire. Les aléas de l'existence m'empêcheront de la terminer, et de la faire jouer. Il n'empêche. Elle est toujours quelque part, dans mon esprit. Un jour peut-être, j'arriverai à me faire entendre.

« Madame Martin ?

– Oui...

– Alain Boulay, à l'appareil. Pardon de vous déranger. Je vous appelle parce que nous avons reçu une lettre de votre ex-mari. Il y a également un mot de vos enfants.

– Vraiment ? Où a-t-elle été postée ?

– On dirait qu'elle vient du Maroc.

– Du Maroc ? Il faut prévenir tout de suite la police judiciaire de Nanterre. Vous l'avez ouverte ?

– Oui. Elle est adressée à l'association. Votre ancien compagnon a réagi à l'affiche. Il demande que nous les laissions tranquilles. Je vous la réexpédie, vous pourrez la lire tranquillement vous-même.

– D'accord, je l'attends. Merci ! »

Cette lettre me parvient en avril 2004. Elle porte bien le cachet de la poste marocaine. Mais je ne crois pas que Manu se soit réfugié dans ce pays. Il aura simplement fait poster la missive par l'un ou l'autre de ses amis, pour brouiller les pistes. Reste à savoir ce qu'elle contient exactement. J'essaie de m'y préparer, me doutant bien qu'il ne s'agit pas d'un mot tendre. Puis, enfin, je me décide à l'ouvrir, en présence de Nicolas.

L'écriture des enfants me saute aux yeux. Une écriture hésitante de tout petits, alors qu'ils sont âgés de quatorze et douze ans et demi. Lentement, je commence à déchiffrer. Mon cœur s'arrête presque de battre tellement il se serre. Car les deux lettres de mes fils disent en substance, et avec le vocabulaire d'un adulte, que les affiches de l'APEV sont mensongères, et qu'ils n'ont pas été enlevés par leur père.

> *C'est notre choix de vivre avec lui, poursuivent-ils. Nous sommes très heureux. Nous voulons qu'on arrête de dire des conneries et qu'on retire ces affiches.*

Il y a de la colère dans ces phrases. Je suis totalement désespérée quand je souffle à Nicolas :

« C'est encore pire que ce que je pensais ! »

Il s'empare alors des deux feuilles de papier et les parcours à son tour.

« Ce ne sont pas eux qui ont écrit ça, lance-t-il. Ils l'ont seulement recopié. Ce n'est pas le langage de leur âge. »

Peut-être. Mais moi, ce qui me blesse le plus, c'est la phrase de Shahi'yena qui dit « cela fait sept ans que je vis avec mon père ». Parce que justement, il avait sept ans quand il est parti. Je réalise avec cette lettre qu'il s'est écoulé autant de temps depuis notre séparation que de temps vécu ensemble auparavant.

Chapitre XVII

L'été est revenu, et avec lui son flot de touristes. J'ai repris les séances pédagogiques à la ferme. En revanche, ma petite prime a disparu. Le nouveau directeur d'exploitation ne voit pas la nécessité de continuer à me l'accorder. Lorsqu'il me l'annonce, la colère monte en moi sans que je puisse la freiner :

« Vous rendez-vous compte que je fais cinquante kilomètres par jour pour venir travailler ? Vous pourriez au moins m'accorder le remboursement de mes frais d'essence ! Sinon, donnez-moi un logement, comme les autres chefs de service, ou bien un pourcentage sur le chiffre d'affaires. J'ai créé cette activité, mais elle ne figure pas dans les tâches initiales prévues par mon contrat. Je peux arrêter dès demain si je le souhaite ! Les séances à la ferme apportent un vrai plus dans l'animation du village. Pourquoi faites-vous tout pour me décourager ? »

Il m'accorde finalement une compensation ponctuelle pour mes frais de déplacement. Mais j'ai vraiment le sentiment que l'on se moque de moi. Visiblement, il est hors de question de me proposer un salaire convenable alors que, de mon côté, je m'investis pleinement ! Malgré mes récriminations, je reste mise devant le fait accompli et je m'en accommode comme je peux durant cet été interminable. Jour après jour, j'attends des nouvelles de la « piste marocaine » mais là encore, je suis déçue…

Par bonheur, il y a Adam, un ancien chef de produit dans un laboratoire de recherche biochimique qui a désormais choisi la mer comme compagne. Il navigue sur son voilier tout autour de la Méditerranée et m'emmène avec lui en septembre, pour une escapade de quelques jours. C'est troublant de se sentir à la fois frêle et fragile sur l'immensité bleue, et en même temps si fort et si puissant quand le vent gonfle les voiles et que le bateau file à toute vitesse. On a l'impression durant ces instants d'être le maître de son destin. Il n'y a plus que la mer, le soleil, et le goût de sel qui imprègne ma peau… J'aurais aimé que Nicolas se joigne à notre expédition mais il passe son permis de conduire. Il va en avoir besoin, puisqu'il a réussi son BEP et va préparer son bac professionnel en électronique à Marseille à la rentrée prochaine. Je dois lui louer une chambre dans une cité pour étudiants, prévoir de lui acheter un minimum de meubles et d'ustensiles de cuisine. Ce sera son premier appartement, sans doute le partagera-t-il avec un colocataire. De nouveaux frais en perspective, et mon salaire qui n'évolue toujours pas…

Octobre. Enfin ! Les choses bougent au niveau des médias. J'ouvre ma porte à un journaliste travaillant pour un magazine féminin, mais aussi pour *Le Parisien*. Il m'interviewe avec beaucoup de délicatesse et prend quelques photos de moi tenant mes deux peluches, symboles fétiches de mes fils disparus, serrées dans mes bras.

Quelques semaines après la parution de son article, il m'annonce qu'une certaine Mme Chevy a téléphoné à la rédaction du journal. Elle affirme avoir croisé les enfants tout près de chez elle, en Bretagne.

« Oui, oui, me dit-elle quand je lui téléphone. Je suis sûre de les avoir vus sur un marché ! Ils vivent dans une roulotte et vendent des dessins aux passants. Ils leur parlent beaucoup des joies de la vie dans la nature ! Leur père était là. Il avait l'air très méfiant... »

Bien sûr, cette femme a pu se tromper. Mais son témoignage me trouble. Il correspond tellement à ce que j'imagine de la vie de mes fils ! Or, comment décider les policiers à se rendre en Bretagne sur la foi d'indices aussi ténus ? Je raconte toute l'histoire à mon ami Adam. Et je conclus :

« Vraiment, c'est intenable. Si j'en avais les moyens, j'irais moi-même sur place ! »

La réponse d'Adam ne se fait pas attendre.

« Qu'à cela ne tienne ! Je t'y emmène, si tu veux. J'ai du temps, et une bonne voiture. »

Voilà comment, dès le début de mes congés de novembre, je prends la route avec Adam pour un périple de quatre mille cinq cents kilomètres ! Dès notre arrivée à Saint-Brieuc, le lundi matin, nous avons rendez-vous avec un journaliste de *Ouest France*. Ensemble nous lançons un appel à témoins. L'après-midi, nous investissons les locaux de toutes les gendarmeries du secteur, affiches à l'appui, dans le but de faire bouger les forces de l'ordre. La brigade de recherche centralisant les informations met un temps fou avant de retrouver le mandat d'arrêt. Heureusement, Victor dépêche le SRPJ de Rennes qui s'occupe de diffuser une alerte de contrôle avec signalement de toute roulotte à cheval. Les témoins affluent alors au téléphone, mais nous nous rendons compte rapidement que circuler en roulotte à cheval en Bretagne n'a rien d'extraordinaire. C'est même une pratique plutôt répandue dans la région… Il n'empêche. Arrivée à Pontivy, je suis invitée à participer à une émission de radio qui relance les recherches.

Alors que, suivant la dernière piste connue, nous inspectons minutieusement chaque chemin du côté de Saint-Gelven, je m'arrête devant une maison, au hasard. Avec mon affiche à la main, je frappe pour demander si quelqu'un reconnaît mes fils sur la photo. Quel n'est pas mon étonnement de voir là, devant moi, ma gentille Tonia, rencontrée voilà de longues, très longues années à Frayssinous !

« Katia ? C'est toi ?

– Mais oui !

– Mais qu'est-ce que tu fais là ?

– Je cherche mes fils. Manu est parti avec eux, il y a sept ans !

– Mais c'est incroyable ! »

Tonia et son compagnon Marco sont abasourdis. Mais passée la première surprise, ils entreprennent de téléphoner à tous leurs amis « roulottiers » pour se renseigner. Quelqu'un a-t-il vu Manu et les enfants récemment ? Pour ma part, je suis tellement émue de les retrouver que mon cœur oscille entre joie et angoisse. Nous passons toute la soirée à évoquer nos souvenirs communs et à nous donner des nouvelles de Laurent, de Yann, de Jacquie et de leurs enfants qui ont grandi et lorsque nous nous quittons elle me promet d'essayer de m'aider à retrouver mes fils...

Deux jours plus tard, Adam et moi nous retrouvons Tonia sur le marché de Rostremer. Mais, déception. Personne de sa connaissance n'a croisé Manu dernièrement. En revanche, dans le seul café-tabac du village, trois personnes le reconnaissent sur la photo ! Après avoir recoupé les différents témoignages que me communique Victor, qui centralise toujours les recherches des gendarmes, nous parvenons à retracer une partie du parcours probable de Manu. En août, il était à Saint-Gelven, en octobre, dans le secteur de Dinan où réside la sœur de Manu. Enfin, le 7 novembre, on l'a aperçu au sud de Saint-Brieuc et le 12, il y a six jours seulement, à Saint-Gildas-de-Rhuys.

Nous fonçons donc vers le sud de la Bretagne pour alerter les gendarmes, et nous nous dirigeons ensuite vers les bords de la Loire, qu'il pourrait vouloir rejoindre. Nous sommes convaincus qu'ils sont là, tou proches, que nous allons enfin y arriver. Hélas, sur le terrain, cela s'avère bien plus compliqué que ce que nous imaginions. Il y a en effet des centaines de traverses, de bois, de prés ouverts, de taillis, des millions de cachettes possibles...

Je frappe à la porte de la brigade de recherche et d'intervention (BRI) de Nantes. Le commandant nous accueille dans son grand bureau. Il n'était encore au courant de rien. Mais il réagit très vite et lance la diffusion d'un message d'alerte sur sa zone géographique. La radio locale, de son côté, diffuse un appel à témoins. Je me retrouve assaillie par les journalistes ! Je dois faire face aux flashs des photographes et raconter toute l'histoire en cinq minutes. C'est cruel, très pressé, très oppressant. Mais je n'ai pas le temps de m'apitoyer sur mon sort. Le commandant de la BRI de Nantes nous envoie au nord de Guérande, où une roulotte a été signalée la veille. Il me dit qu'il demande un hélicoptère pour aller la survoler. Un hélicoptère ?

Arrivés sur place, nous nous retrouvons à cinq voitures et un hélicoptère pour cerner le périmètre. Au bout d'une heure nous trouvons bien une roulotte mais ce n'est pas la bonne. Ses propriétaires, des Anglais, tombent des nues en nous apercevant, nous et l'armada policière qui nous entoure… Après leur avoir présenté mes excuses, je leur demande d'où ils viennent. J'apprends ainsi qu'ils ne se trouvaient pas à Saint-Gildas le 12 novembre. Je m'accroche à ce détail pour espérer encore.

Mais la tension nerveuse a été si violente que je m'effondre au retour, dans l'un des bureaux de la gendarmerie…

Ce n'est pourtant pas terminé. Pas encore. Un policier appartenant à la brigade des mineurs de Vannes nous lance sur une autre piste, celle d'un certain M. O., venu réclamer un carnet de circulation en demandant s'il pouvait aussi y inscrire des enfants. Le procureur, averti, décide de faire surveiller la propriété de cet homme. Une roulotte a en effet été aperçue non loin de chez lui, à Assérac. La police pense qu'il a peut-être des liens avec Xavier Fortin. Mais, vérification faite, tel ne semble pas être le cas.

Voilà. Encore une fois, toutes les portes se sont refermées. Épuisés, au plus fort du découragement, Adam et moi nous nous apprêtons à rentrer quand le hasard met sur notre route une rencontre improbable. Alors que nous prenons le café dans un bistrot, je croise en effet mon ancienne amie Viva, qui vient acheter son pain.

« Ah, tu es là ! me dit-elle. On n'entend parler que de toi dans le pays ! On s'est même fait arrêter par les gendarmes à cause de toi, ils ont pris Jeff pour Manu.

– Oh, je suis désolée ! Vous êtes stationnés dans le coin ?

– Oui, tu n'as qu'à venir, c'est près de la rivière. »

Jeff et Viva, depuis Frayssinous, vivent toujours dans leur roulotte. Ils l'ont agrandie au fur et à mesure que la famille s'est élargie. Nous les rejoignons au campement avec des fruits et des croissants. C'est un choc pour moi de les revoir tous les deux. Ils ont vieilli et semblent fatigués. Pourtant, ils continuent d'écrire des chansons pour enfants. Ils ont même fait un disque, c'est formidable ! Un autre couple arrive : M. et Mme O.

« Je te reconnais, me dis M. O. Ta photo était dans le journal. Je sais que les flics surveillent ma maison. Mais je n'ai rien à me reprocher. »

M. O. dit-il vrai ? C'est possible. Mais tout de même. Il m'intrigue. Il n'a pas l'air très sûr de lui quand il affirme qu'il n'a pas vu Manu. Viva nous invite cordialement à déjeuner. En lavant la vaisselle, je lui raconte l'enfer que je traverse depuis sept ans. Elle est surprise car elle pensait que je m'étais remariée et que j'avais eu d'autres enfants. Un discours qui me fait bondir.

« Mais comment as-tu pu penser ça ? Comment est-ce que j'aurais pu fonder une autre famille, alors que mes fils m'ont été volés ? »

Gênée, elle se détourne. Puis elle avance :

« En tout cas, je ne crois pas que Manu soit en roulotte en Bretagne… »

Silence. J'ai l'impression qu'elle sait quelque chose qu'elle ne veut pas me dire.

« Tu sais, maintenant, la situation est cristallisée, à cause des actions en justice, lance-t-elle encore.

– Mais qu'est-ce que tu racontes ? Si la situation est figée, c'est parce que Manu refuse de se rendre ! Il a détruit mon existence et celle de nos fils ! Pourtant, avant de le quitter, j'ai fait tant d'efforts ! Mais c'était impossible de continuer à vivre avec lui. Nous étions dans la misère, et il ne voulait rien faire pour en sortir !

– J'aurais tellement voulu m'installer quelque part, et cultiver mon propre jardin ! Je me sens isolée et impuissante ! Toi, tu es forte. Tu es partie. Moi, je ne peux pas ! »

Maintenant, elle pleure dans mes bras. Et moi je suis bouleversée de l'entendre prononcer les mots qui étaient les miens voilà dix ans.

« Tu sais… »

Elle hésite. Puis finalement, elle avoue :

« Manu nous a écrit, au début. Et Gaël, mon fils aîné, correspondait avec Shahi'yena. Il y a trois ans, il lui a envoyé un cadeau, un attrape-rêve qu'il a confectionné lui-même. C'est la dernière fois que nous avons eu de leurs nouvelles.

– Un attrape-rêve ? Il est là ? Je peux le voir s'il te plaît ? Et la lettre, il veut bien me la montrer ? »

Nous allons voir son fils, dans sa roulotte. Déception. Il ne sait plus où se trouve la lettre. Par contre, accroché sur la paroi, j'aperçois l'attrape-rêve. Il est noir, cerclé de noir, la toile tissée de fil noir et décorée de plumes noires. C'est un objet que Shahi'yena a fait de ses mains, c'est un objet qu'il a envoyé à son ami. Pour moi, c'est magique. C'est comme une récompense. Et peut-être que, finalement, nous avons fait tout ce voyage pour le retrouver et avec lui un signe, une parcelle de vie.

Nous quittons la famille en emportant un de leurs disques. Au milieu de toutes ces émotions, au moment de lui faire mes adieux, je dis à Viva :

« Rien n'est jamais cristallisé dans la vie. Au contraire, tout est en perpétuel mouvement, en transformation. Pour toi comme pour moi, rien n'est figé, tout est en constante évolution. Je ne souhaite pas que Manu aille en prison. S'il me donnait un rendez-vous, j'irais seule sans la police. »

Cet attrape-rêve offert à un autre me laisse le sentiment amer de n'être pas digne du moindre cadeau. Durant le voyage de retour avec Adam, je me demande comment Manu a-t-il pu faire écrire à son fils une lettre à un inconnu et rien à sa mère. Nous sommes tristes et affligés. Adam s'est montré merveilleux de calme, de douceur et de patience. Sans doute, je n'aurais pas pu résister sans lui. Je lui en serai éternellement reconnaissante.

À peine arrivée chez moi, je raconte à Nicolas notre épopée en Bretagne, la mansuétude des gens et la diligence des gendarmes. Je lui parle des rencontres inattendues avec les anciens amis de Frayssinous. À la réflexion, peut-être devrions nous tenter de nouer un dialogue serein par l'intermédiaire de Gab. D., le relais SOS papa en Normandie ? Ou par toute autre personne qui saura convaincre Manu de venir à un rendez-vous sans peur de la police ? Lors d'une soirée à la maison avec Adam et mes amis, C. et C., j'évoque l'idée de faire appel à un médiateur.

« Ah, mais moi, je pourrais me charger de cela ! dit C. Si tu veux, je peux prendre contact avec Gab. D., les parents

Fortin et même Françoise H. ! Je suis certain d'arriver à quelque chose ! »

Il paraît si sûr de lui que nous approuvons sa démarche. Je lui écris alors une lettre, demandant à Françoise H. de bien vouloir négocier.

« Je vais l'appeler ! » dit-il.

Quelques jours plus tard, il me rapporte la conversation qu'il vient d'avoir avec Gab. D.

« Tu te rends compte ! Il est bien en contact avec Manu ! Il m'a dit, textuellement : “Les enfants réclament leur mère !” »

À ces mots, je hurle de bonheur ! C. a bien travaillé. Il va réussir à mettre sur pied une entrevue avec Manu ! Reste à mettre au point un nouveau voyage pour le rencontrer, à l'endroit où il se trouve. Dans ce but, nous nous réunissons à nouveau.

« Alors voilà, dit C. J'ai fait le compte de l'argent nécessaire à la réussite de notre entreprise. J'ai besoin de 8 000 euros, qui couvriront mes frais, et me tiendront lieu de rémunération ! »

Huit mille euros ? Je tombe des nues. C. m'a prise pour un poisson facile à ferrer. Il a bien pris soin de brandir l'appât au bout de l'hameçon, a fait en sorte de se rendre indispensable et au dernier moment, a tenté de m'extorquer de l'argent en utilisant mon chagrin et ma détresse. Bouleversée, je lui dis :

« Tu t'es trompé. Il n'y a pas d'argent à prendre dans cette histoire. Et moi je me suis trompée sur toi, je pensais que tu étais mon ami. »

Quelques jours plus tard, mon père téléphone à Gab. D. Celui-ci n'a aucune nouvelle des enfants, ni de Manu et aucun rendez-vous n'est prévu avec lui. Il a bien parlé avec

C. mais uniquement pour lui expliquer que si je voulais revoir mes fils un jour, il fallait que je retire ma plainte, et que je fasse en sorte que le mandat d'arrêt soit levé.

Bien sûr, il est hors de question que j'obéisse. Je lui écris tout de même pour lui dire que je réfléchirai à ses demandes si je peux joindre mes fils directement. Je joins à ma missive un petit mot destiné aux enfants.

Je n'ai jamais reçu de réponse.

Décembre 2004. Le feu dans notre cheminée crépite doucement. Durant l'hiver, Nicolas et moi aimons bien manger là, dans le salon, en écoutant chanter le bois parfumé de sève chaude. Ensemble, nous sommes forts. Rien ne pourra jamais nous séparer. Notre amour réciproque nous réchauffe et nous permet de continuer à vivre et à espérer même si nous n'habitons plus tout le temps ensemble. Nicolas a une nouvelle vie, à Marseille. Il côtoie un milieu d'étudiants en faculté, il rencontre de nouveaux amis. Il est totalement autonome grâce à la petite Polo que mon frère lui a offerte et il en est ravi. Nous évoquons tout cela tranquillement, doucement – même si je le presse de faire un peu plus attention à son argent, qu'il dilapide un peu facilement à mon avis…

Quelques coups discrets à la porte. C'est Rosette, ma voisine.

« Dis Cathy, il n'est pas à toi le petit chat roux ?

– Si, c'est Michkaya, pourquoi ?

– C'est vraiment triste, un lendemain de Noël en plus, mais je crois bien qu'il s'est fait écraser sur la route, juste devant chez moi. »

C'est bien mon chat qui gît là, au détour du virage. Et pour moi, la même histoire se répète, au même moment. Quel drame annonce cette fois la mort de mon chat ? Est-il arrivé un accident à Shahi'yena ou à Okwari ? Ou bien est-ce un mauvais présage, pour le procès de Françoise H. et de Xavier Fortin, qui doit se dérouler dans dix jours maintenant ?

7 janvier 2005. Lorsque nous arrivons au tribunal de grande instance de Draguignan, Nicolas, Adam, mon père, Christiane, Yves et moi, des journalistes et une équipe de France 3 se bousculent dans la salle des pas perdus. Décidément, mon affaire commence à intéresser les médias. Je réponds à quelques questions. Je demande, encore une fois, à tout témoin éventuel de prendre contact avec les autorités policières. Ensuite, j'entre dans la salle d'audience. Elle est déjà comble, mais Françoise H. n'est pas là. Viendra-t-elle ? Ou bien se fera-t-elle porter pâle, comme elle l'a fait lors de la première audience ? Mon avocat, maître A., et moi nous interrogeons. Enfin, la voilà – petite femme aux cheveux gris, vêtue d'un manteau informe, coiffée sans soin. Malheureusement, elle est sans avocat. Va-t-on la juger tout de même ? Il semble que oui...

« Le tribunal ! »

La présidente et ses deux assesseurs entrent dans la salle, et s'installent derrière leurs bureaux. De mon côté, je m'assieds au premier rang, fébrile, aux côtés de maître A. qui tente du mieux qu'il le peut de me calmer.

« Affaire Fortin ! » appelle l'huissier.

Xavier n'est pas là, bien sûr. Il sera jugé par défaut. La présidente énumère les faits qui lui sont reprochés. Ensuite, elle passe aux actes de complicité notoires, avérés et revendiqués par Françoise H. depuis plusieurs années. Celle-ci est assise sur le banc des prévenus. Faute d'avocat, elle se lève pour s'expliquer elle-même.

« Tout ce que j'ai fait, dit-elle, c'est pour le bien des enfants Fortin.

– Peut-être, lui dit la présidente, d'un ton dur. Mais vous avez tout de même choisi d'aider délibérément Xavier Fortin en sachant qu'il était hors la loi ! Et puis vous n'avez pas autorité pour juger si les enfants Fortin sont mieux avec leur père qu'avec leur mère !

– Euh… Oui, c'est vrai, concède Françoise H. Les deux parents sont nécessaires… Mais tout de même. Il m'a semblé que Xavier Fortin était plus à même d'élever ses fils… »

Elle continue, sur le même mode. Bien malgré moi, sur mon banc, j'ai les jambes qui tremblent. Pourquoi est-ce que la présidente ne me demande rien ? Pourquoi est-ce que je dois rester là, à écouter les inepties d'une femme qui a contribué à me priver de mes fils pendant de si longues années ? Françoise H. ment effrontément. Faut-il que je la laisse faire ? Pour finir, mon avocat obtient tout de même que l'on me donne la parole. Je rétablis donc la vérité, du mieux que je peux, et dans le temps qui m'est imparti. Pour conclure, je rappelle que Françoise H m'a fait croire nombre de fois qu'elle allait organiser une médiation, et que ce n'était que supercherie… Prenant la relève, le substitut du procureur, puis mon avocat, maître A., terminent ma démonstration. Alors, acculée dans ses derniers retranchements, Françoise H. dévoile enfin son vrai visage.

« Tout ce qui s'est passé est la faute de Catherine Martin, dit-elle, en se tournant vers moi. Elle a maltraité ses fils. Elle ne tient absolument pas à eux. D'ailleurs, elle ne leur a pas écrit une seule lettre, au cours des premiers mois ayant suivi leur soi-disant enlèvement ! Je lui souhaite de mieux aimer ses enfants que l'argent ! »

À ces mots exécrables, je suffoque prise d'un étranglement furibond. Un cri sort de moi, se perd dans une toux affreuse qui ébranle le prétoire.

« Madame Martin, me lance alors la présidente, je vous remercie de ne pas perturber les débats. Si vous ne supportez pas que la prévenue se défende, sortez ! »

Mais c'est déjà fini. La parole est au substitut du procureur, qui demande sept mois de prison et une amende de 6 000 euros à l'encontre de Françoise H. Le tribunal se retire ensuite pour délibérer…

Plus tard, le jugement est rendu. Xavier Fortin est condamné au maximum de la peine, soit deux ans de prison fermes et 20 000 euros de dommages et intérêt. Françoise H, jugée coupable de complicité d'enlèvement, écope de trois mois ferme et de 6 000 euros d'amende.

Bien sûr, ces condamnations ne me rendent pas mes fils. Cependant elles sont une reconnaissance de notre douleur, à Nicolas et à moi. Elles symbolisent le prix à payer pour le mal que l'on nous a fait. Hélas, si seulement cela pouvait servir à relancer les recherches… Ce serait tellement plus utile !

Dans cet espoir, et pour sortir du marasme, je décide de préparer une fête digne de ce nom pour les vingt ans de Nicolas. Je prévois de réserver la soirée du 20 février à la villa Ramsès, une propriété privée décorée dans le style de l'Égypte ancienne, située sur les hauteurs de Saint-Aygulf, et dominant la baie. On peut y manger pour un prix modique et profiter de la boîte de nuit pour danser. J'invite cinquante personnes, amis, collègues, famille, tous mélangés. Je prévois un énorme gâteau à quatre étages que je commande à un ami pâtissier et du champagne de qualité. Mais je réserve ma surprise pour le dessert.

Alors que tous, regroupés selon les affinités, discutent joyeusement, je distribue à chaque table les photocopies du texte d'une chanson remaniée. À mon signal, tous en chœur nous entonnons, sur la musique de Brassens, « Elle est à toi cette chanson, toi Nicolas qui sans façon… » pendant cinq longues minutes, tous jouent le jeu des paroles transformées, s'interrompant parfois pour pouffer de rire entre deux refrains. Nicolas est littéralement pétrifié d'émotion, il rit et il rougit. C'est dans un grand bravo que nous allumons les bougies sur les gâteaux, Nicolas souffle ses vingt printemps et le champagne coule à flots. Il est si heureux, mon fils ! En le regardant, je m'efforce de ne pas trop penser à Shahi'yena et à Okwari, aujourd'hui respectivement âgés de quatorze ans et demi et treize ans. Où sont les enfants que j'ai quittés ? Je vais retrouver des adolescents. Quel est le son de leurs voix ? Elles ont sans doute mué.

Ma mère et Lucien doivent partir précipitamment pour Châteauroux. Une funeste nouvelle vient noircir le tableau de cet anniversaire, jusque-là si joyeux. Ma grand-mère Marie est décédée dans la nuit. Je vais lui rendre un dernier hommage. Elle me disait qu'elle ne voulait pas partir avant que j'aie retrouvé mes fils. Elle a pourtant quitté la terre, avant que Shahi'yena et Okwari soient enfin revenus. J'ai une peine incommensurable. Oh, ma chère grand-mère, pourquoi m'as-tu abandonnée, toi, le dernier pilier de la famille ? Comment vais-je continuer à vivre sans entendre tes encouragements : « Résiste, réagis, continue, le jour où tu les reverras, tu retrouveras la paix du cœur. » Tous mes points d'appuis se sont dérobés, les uns après les autres, me laissant seule. À quoi pourrai-je encore me raccrocher ? Je désespérais d'espérer encore. À quoi pourrai-je encore rêver ? À quelque amour fugace sans espoir de lendemain ? Peut-être que Victor ou Vanessa de SOS enfants disparus ou Alain Boulay de l'APEV pourraient-ils encore me soutenir ? Peut-être quelque achat compulsif pour combler le manque ? Non, tout n'est qu'illusion. Je suis dans une impasse. En vérité, c'est moi qui suis condamnée. Je suis prisonnière de la situation. Je n'aurai pas droit à la paix tant que je ne les aurai pas retrouvés. Je me sens minable, mon corps me le rappelle à chaque instant. Je tombe malade. Je me fais des entorses. Je me fracasse les côtes en tombant sur un rocher. Vanille s'est emballée, et manquant de force pour le retenir, je me projette de plein fouet sur cette unique pierre au milieu du chemin, me transperçant la poitrine. Par moments de violentes brûlures me tordent l'estomac ou les intestins. Je souffre de crampes paralysant ma nuque et mes épaules. Pour finir, je m'évanouis au milieu de la ferme un dimanche après-midi... Des collègues me conduisent chez le médecin. J'ai sept de tension.

Au cours de ma convalescence, je fais un rêve à la fois doux et amer. Nous sommes à la montagne, Nicolas et moi. Nous dévalons les pentes enneigées en ski. Nous rejoignons un chalet niché au milieu des sapins. Un homme dont je ne vois pas le visage nous ouvre la porte, sa présence est douce. Nous déchaussons nos skis et nous rangeons nos chaussures dans l'entrée. Comme je m'applique à éviter de tout salir, il me dit :

« Ah si tout le monde faisait comme toi, ce serait bien ! »

Je pense donc que d'autres femmes sont venues chez lui avant moi.

« Oui, dit-il, mais aucune n'a pensé comme toi. »

Pour me donner une paire de chaussons, il se glisse doucement derrière moi, me frôle dans une caresse furtive avant que je me redresse, un peu gênée. Il enfile délicatement les pantoufles à mes pieds, je lui offre mon sourire.

Dans la maison, il règne une bonne odeur de pain chaud et de feu de bois. Les enfants jouent dans le salon. Tout est parfait.

Je me suis reconstruit une famille unie avec une âme sœur tendre, forte et sereine, cet homme que j'aurais tant aimé. Cet homme que je n'ai pas rencontré.

J'ai tellement besoin d'amour ! Je suis tellement frustrée !

Chapitre XVIII

Voilà neuf ans maintenant que je n'ai pas vu mes fils. Neuf ans que je me débats dans un interminable cauchemar. Neuf ans, mais je ne suis toujours pas résignée. Comment, d'ailleurs, pourrais-je l'être ? Chaque jour qui passe augmente ma peine. Je les cherche dans chaque visage d'adolescent que je croise. Je les cherche, mais je ne les trouve jamais. Aussi, en ce mois de mai 2005, quand le téléphone sonne et qu'un journaliste de M6 prénommé Vlad me propose de participer à un reportage pour l'émission *Affaires de famille*, je rebondis. Bien sûr, étaler ma douleur m'est toujours pénible. Mais au stade où j'en suis, je ne vois pas d'autre solution. Nicolas est de mon avis. Il y voit l'occasion d'agir enfin lui-même pour ses frères. Alors, j'accepte à condition que les photos de mes fils et celle de Manu soient diffusées.

Cinq jours d'un tournage très complet sont prévus, depuis mon domicile jusqu'à la Normandie en passant par Montpellier et Gignac. Pour commencer, Vlad et son équipe me retrouvent à la ferme. Malgré leur gentillesse, le caméraman et le preneur de son ne parviennent pas à me mettre en confiance. Je reste sur la défensive, extrêmement tendue. Je me dérobe. Plus ils insistent, plus je suis rétive. Pour quelles raisons devrais-je leur ouvrir le jardin secret que j'ai eu tant de mal à protéger ? De quel droit viendraient-ils saccager la dignité que j'avais mis tant d'années à reconstruire ? Nicolas tente de me rassurer. Il plaisante avec l'équipe, pose des questions, s'exerce à conduire l'une des voitures de location. Peu à peu, je me détends – au moins jusqu'à ce que nous partions, tous ensemble, chez Françoise H.

C'est la première fois que je la revois depuis le procès et sa condamnation, dont elle a d'ailleurs fait appel. Notre rencontre est carrément explosive. Je perds le contrôle devant son extraordinaire effronterie. Je pleure une bonne partie de la nuit, seule dans ma chambre d'hôtel.

Nous prenons la route le lendemain pour Bernay. Nicolas et moi frappons à la porte des parents de Manu. Nous passons le portail devant lequel j'ai déjà tant pleuré.

C'est la première fois que je revois les parents de Manu depuis que je l'ai quitté. Mme Fortin, en nous offrant le café, dit avec fierté :

« Nous n'avons plus de nouvelles maintenant mais au début, quand ils étaient dans le Gers, nous avions une lettre chaque semaine, on s'écrivait en direct ! »

Interloquée, je lui demande de répéter sa phrase :

« En 1998, ils vous écrivaient de la ferme de Boulogne-sur-Gesse ?

– Oui ! Les enfants nous envoyaient de jolis dessins ! Ça a duré plus d'un an !

– Pendant plus d'un an vous avez eu des nouvelles et vous ne m'avez rien dit ? Vous auriez pu au moins me prévenir, vous ne pensez pas ?

– C'est-à-dire qu'on ne pouvait pas à cause du mandat d'arrêt, c'était dangereux… »

La rencontre avec Gab. D., dans sa ferme, une vingtaine de kilomètres plus loin, s'avère encore plus pénible. Pour lui, je dois « réhabiliter Manu et Françoise devant la justice » en retirant ma plainte, sinon Manu ne me laissera jamais revoir les enfants. Nicolas vit très durement l'entrevue, tant ses arguments sont cinglants. Il finit par craquer et par s'éloigner de nous pour pleurer. Quand je réussis à lui parler, il répète sans cesse :

« C'est foutu, on ne les reverra jamais plus, maman, c'est foutu… »

Je tente de le rassurer, du mieux que je le peux. Mais je ne suis pas loin de partager son avis. Ce reportage n'est pas seulement éprouvant. Il est aussi désespérant. Je me demande si je vais aller jusqu'au bout. À quoi cela va-t-il servir ? Manu est si bien entouré. Il sait si bien se cacher. Puis maintenant, les enfants sont grands. S'ils le voulaient, ils pourraient me rejoindre, tout seuls. S'ils ne le font pas, c'est sans doute qu'ils m'ont oubliée…

« Allons, Catherine, ça va aller, me dit Vlad, qui sent mon désarroi. Il faut que vous teniez. Je suis sûr que la diffusion de l'émission va faire bouger les choses. »

Je l'espère. Au moins, la souffrance que j'éprouve n'aura pas été inutile. Mais Dieu, que j'ai mal ! Et ce n'est pas terminé, loin de là. Le lendemain, Vlad et son équipe nous emmènent sur les lieux où nous vivions, Manu, les enfants et moi. Une bonne idée pour le reportage. Un calvaire pour moi… Le chemin est envahi d'arbres et de ronces. Nous forçons le passage, nous enjambons des barbelés. Nous arrivons enfin à la roulotte, et c'est un désastre. Tout est détruit, vandalisé, les portes et les fenêtres des caravanes et des camions ont été fracturées. Partout des couvertures, des pulls, des casseroles éparpillés sur le terrain – un spectacle désolant pour moi qui reconnaît chaque objet avec tout ce qu'il contient de souvenirs. Je suis tellement émue que lorsque Vlad me questionne, je manque de mots.

« Catherine, me dit-il, est-ce que tu peux au moins nous raconter dans quelles conditions tu es partie ? »

Je voudrais bien lui répondre, mais je tremble comme une feuille. Puis, pour finir, dans un grand cri tout droit sorti de mon inconscient, je lance :

« J'avais peur, oui, j'avais terriblement peur de lui ! »

Voilà. Après l'interview de mon avocat et celle de mon père, qui peut enfin dire tout ce qu'il a sur le cœur, le reportage est terminé. Je devrais me rendre à Paris, pour participer au plateau – on me donne vingt-cinq minutes d'antenne, ce qui est exceptionnel. J'espère que tout cela servira à quelque chose. J'espère, au moins, que les enfants, où qu'ils soient, verront mon visage et qu'ils entendront mes mots.

26 mai. *Affaires de famille* est diffusée ce soir, juste après la journée internationale de l'enfant, durant laquelle, au siège de l'APEV, j'ai pu témoigner sur l'antenne de France Inter. La police judiciaire de Nanterre, alertée, a prévu des effectifs supplémentaires pour réceptionner les appels téléphoniques qui ne manqueront pas d'arriver, les

filtrer, les trier et vérifier les témoignages. La diffusion du reportage à la télévision déclenche un véritable tremblement de terre. Pendant les dix jours qui suivent, mon téléphone n'arrête pas de sonner.

Le témoignage d'une jeune fille me touche particulièrement. Elle a partagé un squat un été avec d'autres jeunes dans le Gers, elle y a croisé Manu et les enfants quelque temps. Elle me parle longuement d'eux – et c'est précieux, car ce sont les premières nouvelles concrètes que j'ai depuis longtemps, la preuve que mes enfants sont toujours vivants… Malheureusement, son témoignage, comme les autres d'ailleurs, fait état de rencontres trop anciennes pour que les policiers puissent les utiliser. Encore un coup d'épée dans l'eau, encore un échec. Combien y en aura-t-il encore avant que je les retrouve – si un jour, ils sont retrouvés ?

Septembre 2005. Coup de théâtre. Françoise H. vient de voir sa peine réduite en appel. Elle avait été condamnée à trois mois d'emprisonnement fermes. La cour ne lui inflige plus que douze mois d'emprisonnement avec sursis. Parce que les prisons sont pleines ? Je ne m'attarde pas à me le demander. Je suis trop excitée par une autre nouvelle, bien plus importante à mes yeux. Xavier Fortin, dit « Paco », a été signalé avec les enfants dans une vieille voiture, du côté d'Alès, dans les Cévennes. Les gendarmes de Génolhac, prévenus, ont par la suite découvert la voiture, pneus crevés, près d'une maison très isolée dans la montagne.

À l'intérieur de la bâtisse, il y a des matelas, des vêtements, des chaussures, de la nourriture moisie et de la vaisselle sale, une guitare et un calendrier qui s'arrête fin mai, juste après la diffusion de l'émission de M6. Un voisin, interrogé, explique que les locataires, un certain Pascal Fraille et ses deux fils, Léo et Lucas sont partis à l'enterrement d'un proche parent et qu'il garde leurs animaux jusqu'à leur retour. Effectivement à l'extérieur, dans des parcs clôturés, il y a un âne, quelques chèvres et des poules. Peut-être Manu et les enfants reviendront-ils dans cette masure ? Quoi qu'il en soit, je suis déconcertée. Manu s'est installé dans une maison ! Ce qu'il m'a toujours refusé à moi en tant qu'épouse et mère de ses enfants, il l'a fait avec une autre femme ! Mieux encore. Il a officiellement loué les lieux ! Quelque temps plus tard, en effet, les gendarmes interceptent une lettre destinée au propriétaire de la bâtisse, dans laquelle il explique que « des problèmes familiaux l'obligent à quitter les lieux mais qu'il a l'intention de revenir parce qu'il s'y est beaucoup investi ». Sans doute s'est-il lassé de la vie sur la route sans jamais pouvoir élever une poule, ni planter un chou. Peut-être a-t-il changé ?

En octobre, le commandant de la brigade de Génolhac m'informe que ses hommes ont de sérieuses raisons de penser que Fortin se cache dans les environs. Toutes les équipes sont en alerte, les gardes forestiers, les facteurs, les marchands de tabac, même les femmes de gendarmes sont réquisitionnées. De nouveau, l'espoir grandit en moi. Je suis rivée à mon téléphone. De nouveau des pensées effroyables m'envahissent. Moi, je suis sûre de reconnaître mes fils quand je les reverrai. Mais eux ? N'ont-ils pas oublié mon visage ? Comment vont-ils réagir la première fois que nous serons face à face ? D'ailleurs, serons-nous un jour face à face ? Voudront-ils même me rencontrer ? Je recommande aux gendarmes de ne pas brusquer les garçons, si jamais ils les retrouvent. Ils acquiescent intelligemment.

Hélas. Après avoir investi une petite communauté, dans laquelle ils soupçonnaient Xavier Fortin et les enfants de s'être cachés, les gendarmes se rendent compte qu'une fois de plus il est trop tard…

Ainsi, Fortin nous a encore échappé. Sans doute a-t-il été prévenu que j'avais lancé un appel au secours médiatique, par l'intermédiaire d'*Affaires de famille*. Je recueille par la suite nombre de témoignages de voisins les ayant connus, lui et les enfants. L'un d'eux, celui d'une vieille dame, me touche particulièrement.

« J'ai bien connu vos enfants, me dit-elle. Je leur ai même confié mes chèvres, pendant un séjour à l'hôpital. Je leur ai appris à faire le fromage. Je les aimais beaucoup. L'aîné était souvent en conflit avec son père. Il était rebelle et lui répondait sèchement… »

Shahi'yena a commencé à se révolter. C'est plutôt bon signe. Même si ce n'est pas réjouissant.

Mais je n'ai pas le temps de m'apitoyer sur mon sort. Ce samedi de repos, un collègue m'appelle en catastrophe de la ferme. Caramelle a eu un accident, c'est grave ! Je file immédiatement sur place.

Je vois ma pauvre Caramelle, les quatre fers en l'air, coincée sous la clôture des cochons, la tête prise dans le grillage, au bord de l'arrêt cardiaque. Ils sont dix autour d'elle mais personne n'arrive à la relever. Ils ont dégagé les morceaux de bois et les fils de fer, mais la ponette est trop choquée, elle est en sueur. Depuis combien de temps est-elle dans cet état-là ? Je m'approche d'elle, je la rassure, je lui parle. Je l'apaise mais il faut absolument qu'elle se relève alors je la prépare, je la stimule et lui prends les deux pattes latérales. D'un geste, je la fais basculer sur le dos dans le sens de la pente et là, ses appuis bien positionnés, je la pousse, je la pousse encore. Et voilà ! Ça y est, elle s'est levée. Elle tremble encore mais nous sommes soulagés. Je lui frictionne tout le corps avec un bouchon de foin, puis, petit à petit elle se remet à manger.

Un de ses yeux est très abîmé, il lui faudra des soins quatre fois par jour pendant dix jours. Mais c'est moindre mal…

C'est peu après cet incident que je fais un rêve déterminant, dont aujourd'hui encore je me rappelle les moindres détails. J'entre dans une cahute de pêcheur, adossée à la falaise, construite en simples planches clouées, avec trois côtés ouverts sur la mer par de grandes vitres claires, elle domine toute la baie ensoleillée. Je regarde l'horizon. Bientôt, une légère houle brouille la ligne droite de la surface, au loin. La mer devient grosse, elle s'agite, au large. Puis, dans la minute, c'est un gigantesque mur d'eau en furie qui avance et s'approche dangereusement. Il n'y a aucun bruit. L'énorme vague se déroule avec force et puissance, de plus en plus menaçante, elle est sur la plage, si terrible et imposante. Ma mère est avec moi dans la cabane. Nous nous blottissons toutes les deux contre le mur du fond, paralysées et terrifiées par ce qui va arriver. Je vois l'eau monter inexorablement, dans la seconde elle va nous submerger, pulvériser la cabane en mille morceaux et nous projeter sur les rochers pour nous engloutir à jamais. Je hurle de terreur… Mais elle encercle la cabane, passe par-dessus le toit sans qu'aucune vitre se brise. Nous sommes entièrement recouvertes, dans une bulle d'air sous la mer. L'eau commence à se retirer lentement, elle redescend sur les flancs escarpés de la falaise, reprend sa place, adoucie. Je me retrouve dehors, libre, escaladant les rochers, agile comme une gazelle. Je saute entre les débris de bois et d'algues éparpillés. J'ai vaincu la peur de la mort, dans ce baptême géant, même un tsunami ne peut m'ébranler… Je suis protégée, mon âme est à jamais ancrée dans l'espérance.

Ce qui ne nous tue pas nous rend plus fort. Moi, je suis devenue invincible.

C'est un Noël très particulier, en ce mois de décembre 2005, puisque j'ai décidé de m'installer dans la chambre des enfants. Je n'en peux plus de dormir sur un canapé-lit dans le couloir du salon, comme si j'étais une valise sur le quai d'une gare, en transit dans un éternel *no man's land*. Mon cœur a besoin d'un asile.

Le lendemain, je passe à l'action. Nicolas et moi, nous démontons les lits jumeaux des garçons puis nous déplaçons des petits meubles encombrants. Je vide l'armoire de tous les vêtements que je gardais comme des reliques depuis neuf ans. Cela me fait de la peine, je pleure parce que je les revois habillés avec certains pulls, ou certains pyjamas. Mais je me dis que, s'ils reviennent, ils auront de toute façon besoin de place pour ranger des vêtements à leur taille. Je change ensuite les rideaux de la chambre, je mets un joli patchwork sur le lit où l'ours et le lion dorment près de moi. M'installer dans cette chambre ne signifie pas que je n'attends plus les enfants – on pourra toujours réinstaller deux lits séparés, quand ils reviendront. Cela signifie, seulement, que je m'accorde enfin le droit d'avoir un endroit à moi.

Quelque chose en moi s'est transformé. Pour la première fois depuis neuf ans, en effet, je ne profite pas de mes vacances pour partir à leur poursuite, ou à la recherche de secours. Je ne bouge pas de chez moi, pourtant je fais un immense voyage dans mon esprit. Je visite de nouveaux pays, j'accoste sur de nouveaux rivages inconnus jusqu'alors. J'ouvre l'horizon, je perce la toile de fond qui limitait mon décor. Je me sens plus forte, avec l'assurance de mon amour de la vie pour unique richesse.

Sans doute mes nouveaux amis de l'église de la Madeleine y sont-ils pour quelque chose, tant les réunions de prière sont vivifiantes avec eux. Sans doute le fait d'avoir refusé la condamnation à la solitude éternelle que me destinait le pasteur de mon ancienne assemblée aussi ! Je partage en effet une tendre amitié avec Michel, qui vit de la gestion de son magasin de produits biologiques. Nos rêves pourraient-ils se rejoindre et s'unifier ?

Le 6 juin 2006, je marque d'une pierre blanche le dixième anniversaire de mon départ de Saint-Grégoire. Il y a dix ans jour pour jour, je quittais Manu, l'esclavage et ma galère normande. Je l'ai fait pour sauver l'avenir de mes trois fils dont j'avais la responsabilité, je n'en ai sauvé qu'un. Mais celui-là me comble. Il vient en effet d'avoir son bac, et j'en pleure de joie.

Voilà mon Nicolas bachelier ! C'est formidable. Déjà, il veut aller à Paris, pour entrer dans une école préparant au BTS audiovisuel. Il s'est inscrit tout seul, sans me le dire – et le plus fort c'est qu'il le réussit !

Le 23 septembre 2006, après un dernier repas pris ensemble, il prend la route pour Paris. Il est accompagné de Michel qui va l'aider à emménager dans son nouvel appartement. J'avais le cœur gros. Je lui ai souhaité bonne chance. J'ai ajouté : « C'est bien, il faut que tu voles de tes propres ailes. » Va, mon fils, la vie t'appelle. Il a quitté le nid, mon petit. Rapidement, l'idée de me retrouver seule aux Adrets, dans mes murs de lamentations, devient insupportable. Alors, le cœur déchiré, je me décide à m'installer avec Michel dans un petit appartement de Saint-Raphaël.

Michel est très affectueux. Il m'entoure de tendresse et de bienveillance. Néanmoins je souffre terriblement quand je dois vider la maison des Adrets. Je dois faire les cartons, ranger les livres de contes, trier les dessins d'école et les jouets. Je garde certains objets, en pensant qu'ils serviront de support à la mémoire des enfants quand ils les reverront. Je me sépare, à regret, de beaucoup de choses. Au bout du compte, après de nombreuses crises de larmes, j'emporte les deux cartables, les deux peluches, un grand sac de jouets, et un coffre de voitures et de Lego. Ensuite, je prépare un poster que mon amie Ève, du service social, place dans le panneau d'affichage de la mairie. On peut y lire un résumé de mon histoire, ma nouvelle adresse et mon numéro de téléphone. Je laisse également un mot dans la boîte aux lettres pour les nouveaux locataires. Si les enfants reviennent aux Adrets, ils pourront ainsi facilement retrouver ma trace…

C'est ainsi que je pars, en pleurant – mais avec le besoin impérieux de tourner une page de mon existence. Malgré ma peine lorsque je ferme définitivement la porte de l'appartement, je me veux forte, solide. Je veux aller de l'avant. Mais mon corps se révolte. Une forte douleur irradie sous mon sein gauche, gagne le cœur et mon épaule se bloque. J'ai du mal à respirer. Un médecin ostéopathe me soigne et, surtout, me fait parler.

« Vous êtes particulièrement tendue et déshydratée, conclut-il. Mais à mon avis, votre douleur n'est pas d'origine cardiaque. »

Et pourtant ! J'ai mal au cœur, réellement, physiquement, mais surtout moralement. Mal au point de ne plus pouvoir lever le bras gauche, ni de m'en servir pour conduire. Un mal facile à interpréter. Je m'en veux encore d'avoir laissé partir mes enfants. Je m'en veux de ne pas avoir su les retrouver. Je m'en veux, aussi, d'avoir quitté l'appartement que nous avons partagé. Je me vois comme une mauvaise mère. Je retourne le couteau dans la plaie, pour la faire saigner encore.

L'année 2007, ma nouvelle vie est un tourbillon. Ma société accepte enfin un compromis au sujet des animations à la ferme. Le directeur m'accorde un contrat de prestataire, en plus de mon emploi régulier. J'ai désormais une double casquette : celle de responsable de la ferme, et celle de directrice de l'association La clé des champs, qui organise les activités pédagogiques avec les enfants. Pleine d'énergie, je crée une plaquette de présentation que je distribue dans les écoles et les instituts médico-psychologiques. Je fais également imprimer une carte postale souvenir de la ferme qui s'appelle désormais « La ferme de Katia ». Ensuite, aidée de quelques amis, de Michel et de Philippe, je m'attelle à la création d'un potager, prêt pour le printemps... Je me consacre entièrement à mon travail, sans relâche et avec un total dévouement. Je me plie en quatre pour mener de front l'entretien de la ferme et celui du jardin, les séances pédagogiques avec les enfants et les comptes de l'association. La vente des légumes du potager et l'organisation d'ateliers pour les groupes venant des centres aérés ne me laissent plus un seul jour de congé. Je suis partout, tout le temps sur la brèche, dans une effervescence permanente – mais avec la joie éblouissante de vivre et de partager enfin mes passions... Mon bonheur est là, quand je me donne. Mon épanouissement se réalise dans ces instants où, m'oubliant moi-même, je deviens transparente. Je ne suis plus qu'un transmetteur, un simple outil de réconciliation, un passeur des temps modernes qui relie les gens à la saveur de vraies valeurs : cueillir sur pied une tomate et la savourer, conduire les chèvres dans le pré et les regarder grimper aux arbres pour attraper les plus hautes branches. Que ce soit dans le respect du vivant ou l'amour de l'autre, je suis dans mon élément, je fais corps avec lui, en parfaite abnégation et en totale harmonie. Je suis entrée dans la réalisation de mes rêves : « La ferme de Katia » connaît un tel succès que le monde afflue de partout. Les animaux en liberté dans le parc clôturé offrent un spectacle ravissant pour les yeux et pour les cœurs. Le jardin bordé de tournesols géants est un enchantement. La terre généreuse est une ode au travail récompensé. Toutes générations confondues, chacun s'en retourne avec sa part de félicité gagnée – et l'absence de mes enfants en est un peu moins cruelle.

Mon bonheur ne dure qu'une année. Au début de la saison suivante, quand je demande la prolongation du contrat de l'association, la nouvelle direction du site me la refuse sans raison. Je me vois dans l'obligation d'arrêter les activités et le jardin. Mes ailes se brisent en plein vol. Dans l'ambiance morose qui s'installe ensuite, ma relation avec Michel se dégrade, jusqu'à nous conduire à la séparation. Malgré une lettre à M. Sarkozy, notre nouveau président de la République, je n'ai toujours aucune nouvelle des enfants.

Je me retrouve seule, sans Nicolas, sans Michel, sans mes activités et mes relations à la ferme, sans plus rien qui me rattache à l'existence que les animaux et les amis. Quoi d'étonnant, alors, si je sombre dans une profonde dépression ? Le monde s'écroule autour de moi. Mon corps lui-même se délite à son tour. Pleine de fièvre, des spasmes secouant mon ventre, je dois rester alitée pendant près d'une semaine, sans rien pouvoir avaler. Mais dans ma détresse, pourtant, pointe une lueur qui vient du fond de ma nuit. À la faveur de belles lectures d'enseignements, je reprends peu à peu espoir. Mon véritable patron n'est pas la société pour laquelle je travaille et qui vient de me crucifier. Mon patron à moi est bien plus puissant, c'est le Maître du temps, et des quatre éléments, c'est l'alpha et l'oméga, le Roi des rois, le Prince de paix, le pur Esprit…

Qui suis-je dans ce monde de brutes ? Je m'étais tellement identifiée à mon rôle de fermière des temps modernes qu'aujourd'hui je ne sais plus très bien quelle est ma véritable identité.

Dans ce désert-là, je me réfugie dans l'écriture puisque c'est ma seule amie. Écrire ou mourir. Mais qu'y a-t-il entre cette feuille blanche et moi ? Si ce n'est la magie de la voir se griser au fil de la plume, du bout de mes doigts ? Quand on est seul, on enlève le voile des illusions et on se voit nu comme un ver. Quand on est seul, on relit l'histoire de Job et les lamentations de Jérémie. On parle à son chat de la physique quantique et des distorsions de l'espace-temps. Quand on est seul, tu vois, tout va bien, parce que la pensée des écrivains nourrit ton chagrin et tu apprends que les idées sont vivantes. Tu touches l'éther de la vie elle-même et tu devines que tu es bien plus, en vérité, que le corps physique que tu habites.

Le pire, ce n'est pas d'être seul, le pire c'est de n'avoir personne à aimer.

TROISIÈME PARTIE

Chapitre XIX

En juin 2008, je me rends à Paris pour voir Nicolas et son amie Sandra, avec qui il vit une union stable et réconfortante. Il est désormais complètement autonome, grâce à son poste de technicien commercial au sein d'une entreprise de vidéosurveillance.

Nicolas m'accompagne pour la première fois à la réunion annuelle de l'APEV. Nous sommes accueillis dans la grande salle de la mairie d'Issy-les-Moulineaux par des bénévoles chaleureux et le parfum délicat des viennoiseries encore tièdes. Je présente mon fils à M. Boulay et à son épouse. Nous écoutons l'exposé des projets réalisés et ceux à venir. Mais l'atmosphère est sombre, tendue, en dépit des accolades et de la sollicitude. Toutes les personnes ici présentes ont perdu un enfant. Tous, nous sommes confrontés aux mêmes problèmes : lenteur judiciaire, manque de contacts et d'information, voire désintérêt total des autorités. Nous nous sentons comme des brebis galeuses, exclues du troupeau par peur de la contamination, alors que nous sommes les preuves vivantes d'un dysfonctionnement de l'appareil social. Je suis entourée par les parents du petit Jonathan, retrouvé violé et noyé dans un lac, et par ceux de la petite Marion, dont on ne sait rien depuis des années. De l'autre côté, des malheureux dont l'adolescent a fugué, dont on a récupéré le sac, les chaussures, et le téléphone portable en miettes. Puis ceux, encore, qui ont vu revenir dans leur village l'assassin de leur fille, après un passage dans un hôpital psychiatrique, et les autres, tous les autres, qui ne peuvent pas encore ouvrir la bouche de peur de vomir leur rancœur avec leurs mots. Tous meurtris par la cruauté des hommes.

Quand la pression devient insupportable, le réflexe de survie, chez moi, actionne la touche *Escape* et l'esprit s'enfuit. Je déambule dans la salle où de petits groupes se forment pour discuter. On me présente à plusieurs personnes influentes mais « je » n'est plus là. « Je » se disloque dans l'air. Se démantibulant lentement, morceau après morceau, insidieusement, mon âme compatit à la douleur ambiante.

Je me retrouve bientôt avec une tasse de café à la main, debout dans un cercle de femmes. Cette ronde me fait chavirer. « Je » décolle au-dessus de la bulle formée par les cœurs saignants de mes quatre compagnes de torture. Chacune raconte où en sont ses recherches, ses angoisses et son impuissance. La spirale foudroyante de leurs voix déchirées me fait définitivement perdre pied. Emportée par la tornade de leurs larmes si semblables aux miennes, je quitte la terre. Leurs tremblements toquent à mes tempes, je frissonne comme elles, leur déroute fait tressaillir la tasse dans mes mains. Je suis décomposée comme elles et je pourrais prononcer les mêmes paroles : cinq femmes, un seul cri ; cent femmes, le même cri.

Vite, une cigarette, pour souffler, juste pour respirer un autre air, même empoisonné, pourvu qu'il m'anesthésie un peu. Là, dans ce cercle, je comprends combien nous sommes, toutes les cinq, fragmentées à l'intérieur, tout aussi désagrégées par notre drame. Je me reconnais dans chacune d'elles comme si chacune incarnait une parcelle de mon histoire…

Une jolie brune aux yeux verts, très soignée, un brin sexy, nous explique qu'elle est amoureuse de son détective privé. Tout en lissant les bas de soie sur ses mollets, elle nous confie :

« Vous comprenez, il est si charmant, si généreux et puis il me donne tellement de plaisir. Le sexe agit vraiment comme une drogue. Je ne peux plus me passer de ses caresses, je suis folle de lui à un point inimaginable. Seulement je me sens aussi extrêmement coupable. Nous n'avons plus de piste depuis le Liban. Je m'en veux tellement qu'à chaque fois que je fais l'amour avec lui, il faut que je me fasse du mal. Alors je prends une lame de rasoir et je me taillade le corps n'importe où, pourvu que ça saigne. Quand le sang coule, je me calme. Je me fais souffrir, je deviens masochiste. C'est normal, vous croyez ? De toute façon, si je ne le fais pas je deviens hystérique. On me menace de m'interner. Alors…

– Mais non, tu n'es pas folle, c'est un passage parce que tu as perdu tes repères », répond la voix grave de Mamadou.

La cinquantaine tout en rondeur, dans sa large robe à volants, cette belle femme au visage comme l'ébène, lisse et brillant, sourit étrangement :

« Moi, poursuit-elle, j'ai cessé de me torturer. J'ai compris qu'il y avait bien plus de solidarité chez les manchots empereurs que chez les hommes. Vous avez vu comme ils se soutiennent jusqu'au péril de leur vie ? Chez les animaux, la survie de l'espèce est toujours préservée au détriment de l'intérêt individuel. C'est aussi pour cela que nous, les femmes qui portons la vie depuis la nuit des temps, savons que nous transmettons bien plus que du lait quand nous donnons le sein à un bébé. Nous lui donnons l'amour de la vie. Celui qui ne reçoit pas d'amour ne peut pas s'aimer lui-même, il ne peut aimer personne. Chacun aime comme il a été aimé. Il n'y a rien d'autre dans notre vie que ce qu'on nous a transmis à travers le lait de notre nourrice.

– D'accord ! coupe la troisième femme, une intellectuelle qui ôte une paire de lunettes de son nez. Mais il y a aussi l'éducation, les valeurs morales et le contexte social qui jouent un rôle important !

– Bien entendu, justement dans la culture des peuples africains, réplique Mamadou, les enfants sont élevés par tous les adultes du clan. Bien sûr, le petit reste attaché à sa mère. Mais dès qu'il est autonome, il devient un individu à part entière. Personne ne le considère comme un objet appartenant à quelqu'un en particulier parce que tous se sentent responsables de lui et de son devenir. La prise en charge est collective. L'enfant prend l'affection là où il la trouve. Alors dites-moi, pourquoi certains prennent-ils par la force et la violence ce qu'ils pourraient très bien obtenir par la tendresse ? »

Ensemble, nous dodelinons de la tête, en soupirant… L'intellectuelle un peu stricte dans son tailleur gris souris retire de nouveau ses lunettes pour nous expliquer le calvaire qu'elle doit affronter chaque jour pour continuer son travail malgré ses tourments. Elle s'oblige à des efforts surhumains pour éviter les interférences entre sa vie privée et sa vie professionnelle. Pour elle, c'est une barbarie, mais elle doit le supporter car elle a de lourdes responsabilités financières.

« Tous mes collègues sont au courant pour ma fille, depuis quatre ans, mais si jamais on aborde le sujet, ils ouvrent immédiatement leur parapluie ! “On n'ose pas te demander des nouvelles pour ne pas remuer le couteau dans la plaie”, me disent-ils. Mais moi, c'est de ne pas en parler qui me crève le cœur ! Comment peuvent-ils me parler du temps qu'il fera demain alors qu'il gèle constamment dans ma vie ? Qu'est-ce que j'en ai à faire, du dernier film, alors que je suis dans un cauchemar permanent ? Ma douleur les effraie, ils me fuient comme une pestiférée et leur attitude me blesse et m'isole. Pourtant je ne suis pas juste une machine à statistiques ! Et eux, non plus !

– Oui, c'est ça ! Les autres se protègent de notre malheur, lance alors une blonde échevelée en dénouant son écharpe d'un geste brusque. Ou bien c'est nous qui sommes à l'agonie parce que la douleur du manque est insupportable ! Je vais vous dire, moi, ce que je compte faire pour rester vivante. Je vais commencer une grève de la faim devant le palais de justice pour ameuter les médias. Mon fils a disparu depuis sept ans, et aujourd'hui, le juge d'instruction veut classer son dossier ! Mais vous serez là pour me soutenir, n'est-ce pas ? C'est une bonne idée, non ? Je compte bien que les gendarmes viennent me déloger devant les caméras ! Je ne fais pas partie de la jet-set, je n'ai pas de relation bien placée au gouvernement, j'ai écrit partout, mais tout le monde s'en fout, personne ne fait rien ! »

Elle resserre fortement les manches de son gilet autour de sa taille. Puis elle ajoute, frénétique :

« Je n'ai plus rien à perdre, j'ai failli me tuer en voiture dans un virage, la semaine dernière. La carrosserie a pris le choc, j'ai juste quelques bleus, et je suis encore là. Alors je vais me battre jusqu'au bout !

– Tu as raison, tu es une guerrière toi, tu relèves le défi, rétorque la brune aux yeux verts. Moi, je vois bien la montagne à gravir devant moi, par contre j'ai plutôt l'impression d'être condamnée comme Sisyphe à devoir constamment repousser mon boulet jusqu'au sommet et à le voir chaque fois redescendre, et rouler jusqu'en bas. Je me demande combien de fois vais-je devoir recommencer et recommencer encore. »

Un silence. Elle se tourne vers moi, me regarde droit dans les yeux !

« Et toi ? Tu ne dis rien ? Que vas-tu faire pour rester vivante ? » me demande-t-elle.

Je leur fais alors part de mon vœu de silence et de solitude :

« J'ai décidé de partir à pied, traverser le Sahara. J'ai tout essayé mais maintenant, après dix ans, je renonce à combattre, c'est trop tard. Je quitte les rivages mondains car j'y ai échoué misérablement. J'emporterai seulement de quoi écrire. Ma plume est ma seule arme désormais. J'accepte la réalité de ma vie telle qu'elle est, je lâche la bataille du dehors, je cherche la paix à l'intérieur de moi. Pour moi, rester vivante sans amour n'a pas de sens. Alors je cherche la source intérieure, en essayant d'atteindre l'unification de mon être. Je crois que dans la solitude de mon chemin de sagesse, je peux aller à la rencontre de la plénitude. »

Je leur montre le billet d'avion dans mon sac.

« C'est ton choix, d'accord. Mais tu nous donneras des nouvelles quand même ?

– Peut-être ! Mais avant de partir et de vous quitter, je voudrais vous dire une chose. Regardez. Nous sommes cinq, comme les cinq doigts d'une main. Toi, Mamadou, tu es le pouce, tu as tes racines dans la terre, matrice du monde, tu donnes le goût à la vie. Toi, la blonde, tu es l'index de la volonté avec l'énergie du feu, tu montres la direction à suivre. Toi, l'intellectuelle, tu es le majeur, tu regardes de haut pour discerner une juste vision. Toi, la brune, tu es l'annulaire, l'aimante, tu vibres même avec le souffle divin. Et moi, petit auriculaire, j'ouvre les oreilles de notre entendement. Nous allons suivre chacune notre route, mais je sens que nous nous reverrons. Nous sommes comme les cinq doigts d'une main… »

La réunion s'achève. Nous nous disons au revoir. Je rentre en compagnie de Nicolas qui est très ému par les marques de sympathie qu'il a reçues des uns et des autres, tous différents de nous et pourtant tous semblables à nous dans la détresse. Pour ma part, je garde le sentiment étrange qu'un lien indéfinissable s'est tissé entre moi et mes quatre compagnes.

De retour à Saint-Raphaël, je réintègre sans joie mon poste de gardienne de zoo. Je tente de résister à mon mal de vivre, en me persuadant que mon rôle permet à des vacanciers de côtoyer des animaux sympathiques. Mais le cœur n'y est plus. Je m'ennuie. Je ne fais plus que le strict minimum et passe une bonne partie de mon temps à regarder les animaux brouter paisiblement. Comme il n'y a plus d'animation, il y a moins de fréquentation. Ma déprime se ressent sûrement.

Au milieu de cet été, le 4 août 2008, Shahi'yena a dix-huit ans. Mon fils a dix-huit ans. Quel est son visage ? La majorité légale lui permet de quitter son père s'il le veut mais je pense qu'il ne veut pas laisser son frère seul derrière lui. Peut-être, tout de même, qu'il va se manifester, me faire un signe…

Le soir de cet anniversaire, mon amie Joëlle dîne chez moi. Nous regardons le ciel, tout en parlant des enfants. Tout à coup, foudroyant la nuit, deux étoiles filantes suivies d'une longue traînée blanche traversent l'espace devant nous ! Nous émettons alors ensemble le vœu du retour de mes petits loups, dans une puissante prière à l'Univers.

Plus tard dans la nuit, au moment où je m'apprête à fermer les volets de ma chambre, j'entends le hululement d'une chouette. Tiens, comment est-ce possible, nous sommes en ville, que viendrait faire une chouette dans cet endroit ? C'est étrange, il y a beaucoup d'oiseaux nocturnes ici mais jamais de chouette d'habitude. Pourtant le chant de la messagère me confirme qu'elle est bien là, juste dans l'arbre sur ma droite. Je ne peux rien voir dans le noir épais de la nuit mais soudain, je perçois le froissement léger de deux grandes ailes déployées qui planent devant ma fenêtre et se posent délicatement dans la haie, sur ma gauche. La magie de cet instant ! La mythologie amérindienne présente en effet la chouette comme le symbole d'un passage vers une transformation inattendue de la situation. Je veux croire que, cette nuit, elle est venue me dire :

« Oui, tes fils pensent à toi, ils t'espèrent, eux aussi... »

La chouette annonçait bien un changement, mais pas celui que j'attendais. À la fin du mois de septembre, en effet, mon responsable vient me voir un matin à la ferme.

« Catherine, me dit-il de but en blanc, je suis désolé de te l'apprendre mais j'ai une mauvaise nouvelle. La direction a décidé de supprimer la petite ferme. Ils veulent que les animaux soient partis et que les locaux soient vides pour la fermeture du site. Dans un mois.

– Pardon ? Supprimer la ferme ? Mais pourquoi ?

– Je pense qu'ils veulent faire des économies... »

Le sol se dérobe sous moi. C'est une catastrophe ! J'en tombe assise sur ma chaise, écrasée sous le poids de l'annonce.

Je ne me suis pas demandé tout de suite ce qu'il allait advenir de moi. J'ai regardé tous les animaux de ma grande famille, constituée depuis neuf ans. Je les ai vus éparpillés aux quatre vents, tout mon travail réduit à néant. Tout mon investissement définitivement anéanti. J'ai vu toute ma patience assidue, ma constante persévérance, tout mon amour jetés aux orties ! La décision est prise. Elle est irrévocable. Les réclamations et les pétitions des uns et des autres n'y changent rien. Le pot de terre contre le pot de fer se brise.

Je ne me révolte pas. Je ne dis rien. Je m'organise pour placer les animaux en lieu sûr, chez des gens sérieux. Au fur et à mesure de leurs départs, je nettoie toutes les cabanes pour laisser les lieux parfaitement propres. Le dernier jour, alors que je donne les poules à des amis, pressée et nerveuse, je me coince malencontreusement le pouce gauche dans la portière de ma voiture.

Je crie si fort pendant la minute où je tente de dégager ma main que tout le village m'entend hurler à la mort. Ce jour-là, je laisse sortir de moi toute la peine que j'endure. Devoir me séparer de tous mes animaux et devoir renoncer à ma petite ferme est le pire qui puisse m'arriver... Toute mon œuvre est jetée à la poubelle ! Totalement dépouillée de tout ce qui me rattachait encore à la vie, je me dis que je n'ai plus aucune raison d'être au monde. J'ai été niée en tant que mère. J'ai été niée en tant qu'éducatrice. Je viens maintenant d'être niée en tant que responsable de ferme pédagogique. Je ne suis plus rien.

À ce stade, constatant la gravité des dégâts psychologiques causés par ce nouveau désastre, Myriam me conseille une thérapie avec un professionnel.

« Il s'agit d'entrer en relation avec votre enfant intérieur, la petite fille qui a été blessée depuis votre plus tendre enfance », me dit-elle.

En effet j'ai besoin de réparation. Quoiqu'il me semble très curieux d'aller à la rencontre de la petite fille que j'ai été, j'entreprends tout de même ce travail, et bien m'en prend, car c'est une formidable expérience. Dans une sorte de semi-hypnose j'entre en contact pour la première fois avec l'enfant que j'ai été. À partir du moment où je réussis à lui parler, tout change. Elle met sa main dans la mienne, et c'est le début de ma guérison. La Katia adulte prend désormais soin de la petite Katia, sans plus jamais la délaisser.

L'idée d'un livre – écrire pour ne pas mourir – commence alors à germer en moi. Je décide de réunir l'ensemble de mes notes accumulées depuis la disparition des enfants en un seul volume. Je ressens un besoin urgent d'accoucher du passé. Je désire donner naissance à un pont jeté par-dessus le vide de l'absence. J'ai la volonté de le construire pour atteindre un jour peut-être l'autre rive, celle où j'aurai retrouvé mes fils et l'autre partie de moi-même. C'est Deleuze qui a dit : « Résister, c'est créer. Créer, c'est résister. »

C'est fait, la ferme est totalement vidée et nettoyée. J'ai devant moi six semaines de congés, quel luxe ! Pour ne pas rester sur une déception professionnelle, je m'offre la formation en zoothérapie que je voulais suivre depuis longtemps.

Dans ce travail, il s'agit d'utiliser l'animal domestique comme objet transitionnel dans la relation avec les patients : handicapés moteurs ou mentaux, personnes fragilisées ou en situation d'exclusion, etc. Je m'inscris auprès d'un organisme agréé à Colmar. Ces quinze jours en Alsace m'entraînent dans un véritable voyage initiatique.

L'hospitalité de mes amis Bruno et Nathalie, et la générosité de cœur de toutes les personnes que je rencontre m'apportent une certaine sérénité. La richesse intellectuelle des échanges avec les formateurs me stimule. Je recommence à croire en l'avenir et en mes capacités à monter mon propre projet professionnel…

Le dimanche matin, nous nous rendons ensemble au culte dans une assemblée chrétienne. Non seulement les louanges sont magnifiques mais par la grâce de Dieu, elles me font entrer en béatitude, dans la présence du Seigneur. Le sermon est tout aussi remarquable. Le pasteur décrit tout le processus de la sanctification : l'épuration, la déculpabilisation, le pardon, et surtout l'acceptation de se laisser dépouiller de sa « vieille nature » et donc de lâcher l'orgueil, l'attachement au matériel, le pouvoir sur autrui. Après cette cérémonie, je ne peux me retenir de confier à mes amis :

« Personnellement, j'ai un problème avec le pardon vis-à-vis du père de mes fils. Je ne nourris plus de haine envers lui, mais je n'arrive pas à lui pardonner vraiment. Ce qu'il a fait est trop cruel.

– Il ne s'agit pas pour toi de l'aimer, me répondent-ils. Mais seulement de pardonner le mal qu'il t'a fait. »

Cette question ne cesse de me tarauder. Pardonner au père de mes fils, cela ne veut-il pas dire que je renonce à eux ? Puis, un soir, alors que je suis plongée dans la lecture de *La Quatrième Dimension* de Yonggi Cho, mon regard s'attarde sur la colombe dessinée sur la couverture du livre. Tout en effleurant ses ailes blanches du bout des doigts, je demande à l'Éternel la grâce de trouver le chemin du pardon, afin d'accéder à la paix. Aussi incroyable que cela paraisse, le miracle se produit. Je suis saisie :

« Manu, ce que tu as fait est inacceptable, monstrueux et criminel envers moi mais surtout envers tes fils et aussi envers Nicolas. Mais je te pardonne, afin que tu aies une seconde chance ! »

Mes larmes coulent sur la colombe du livre. Je pense à mes fils. J'ai pardonné, enfin. Mon esprit s'ouvre alors : cela ne signifie pas pour autant que tu abandonnes tes enfants ! La révélation est gigantesque pour moi. Je viens de découvrir ce qui me bloquait : je lui pardonne son acte, mais ça ne veut pas dire que je renonce à l'amour de mes fils ni que je les laisse à leur sort ! Enfin, en Dieu seul mon âme trouve la paix !

Le 29 janvier, je viens de rentrer d'Alsace. Exactement huit jours après que j'ai pardonné à Manu, mon téléphone sonne.

« Madame Martin, c'est Alain Boulay de l'APEV. Je viens d'avoir le procureur de Foix au téléphone. Il semble que Xavier Fortin ait été localisé là-bas, en Ariège. La police prévoit une intervention demain matin, à l'aube. »

Je n'en crois pas mes oreilles. Et pourtant ! À dix heures précises, le lendemain, le procureur Leroy m'appelle. Xavier Fortin, qui vivait sous le pseudonyme de Pierre Duchêne, a bien été interpellé. Il a fini par reconnaître sa véritable identité. Il a reconnu, aussi, avoir enlevé les enfants.

« Vous l'avez arrêté ? Vous êtes sûr que c'est lui ? On l'a trouvé ? Mais alors ça veut dire que c'est fini ! C'est vraiment fini ! On les a retrouvés ! Comment vont les enfants, dans quel état sont-ils ? »

Chapitre XX

Au bout du fil, le procureur me répond, d'une voix tendue :

« Calmez-vous, madame Martin. Je comprends votre joie et je suis très heureux pour vous. Mais voyez-vous, quand nous avons interpellé Xavier Fortin chez lui, à Massat, les enfants n'y étaient pas.

– Quoi ? Mais où sont-ils ? Pourquoi ne sont-ils pas ensemble ? Se sont-ils disputés avec lui ? Ou bien les a-t-il laissés dans un campement ?

– Nous n'en savons rien. Les gendarmes sont en train de l'interroger. Il est en possession d'un téléphone portable. Nous pensons qu'il peut les joindre par ce biais. Pouvez-vous venir à Foix ?

– Oui bien sûr ! Je prends la route ce matin avec mon parrain. Je serai là dans l'après-midi… »

Durant ce trajet en voiture, j'apprends que Xavier Fortin a finalement contacté les enfants, qui se trouvent en Corse. Il leur demande de revenir à Foix d'urgence. Mais que faisaient-ils en Corse ? Pourquoi ont-ils quitté leur père ?

Laissant ces questions sans réponse, je téléphone à toute la famille pour les prévenir. Ça y est enfin. C'est fini ! On a retrouvé Shahi'yena et Okwari !

Foix. Mon parrain et moi, nous fonçons au palais de justice, où le procureur, un homme plein de tact, nous reçoit dans son grand bureau. Il nous explique qu'une personne travaillant pour une association d'insertion a reconnu les enfants sur l'affiche de l'APEV.

« À présent, me dit-il, il faut attendre le retour de vos fils. Je vais retenir la presse le plus longtemps possible, je vous appelle demain. »

Yves et moi, nous nous installons dans un hôtel à la sortie de la ville. Je suis sur des charbons ardents. Heureusement, je ne suis pas seule et A.B. me téléphone régulièrement pour me préparer au choc des retrouvailles. Incapable de fermer l'œil, je passe la nuit à me demander comment les choses vont se passer. Le lendemain, les yeux battus, mais le cœur plein d'espoir, j'apprends que mes fils sont en route, dans la voiture d'un ami. Ils arrivent ! Nous sommes vendredi soir. J'appelle Nicolas, pour lui demander de nous rejoindre à l'hôtel. Il vient avec Sandra dès le lendemain.

Le samedi, je suis très anxieuse alors que Nicolas semble tranquille. L'attente est de plus en plus angoissante. D'heure en heure, le procureur me tient au courant de la progression de la voiture de mes fils. D'heure en heure, j'écoute les conseils des uns et des autres sur le comportement que je dois adopter face à eux. Là, je vois combien il était dérisoire de vouloir stigmatiser le moment de nos retrouvailles car je ne suis plus dans mon état normal. Enfin, vers vingt-deux heures, on m'annonce qu'ils viennent d'arriver à la gendarmerie. Mais on me demande de patienter avant de venir à leur rencontre avec Nicolas. Patienter, pourquoi ? Attendre encore, attendre sans s'énerver. Je tourne en rond, je fume cigarette sur cigarette. Qu'est-ce que je vais leur dire ? Quels vont être leurs premiers mots ?

« Madame Martin ? »

Il est vingt-trois heures trente.

« C'est bon, madame Martin, me dit un policier, vous pouvez venir avec Nicolas. »

Le poste de police de Foix est situé à trois kilomètres. C'est une petite brigade, dont les hommes se présentent les uns après les autres et nous serrent la main. Ils nous font entrer dans une petite pièce et nous offrent à boire. Le procureur est là, lui aussi.

« Ils sont comment, mes garçons ? »

Pour toute réponse, il grimace. Je sens qu'il n'ose pas me donner son sentiment.

« Ah ! Ils sont beaux, me dit-il, et en bonne santé. » Mes fils sont là, dans ce bâtiment, à l'étage au-dessus et je dois encore attendre. Cette fois, je suis à bout, je trépigne d'impatience et d'angoisse.

« Madame Martin, me dit alors un policier, vous allez les voir. Nous les préparons à cette rencontre, car ils viennent juste d'apprendre que vous étiez là, avec Nicolas. »

Ainsi, ils sont rentrés de Corse sans savoir que je les attends. Au moins, je sais qu'ils vont bien et qu'ils sont en bonne santé. Comme je ne suis toujours pas autorisée à les rejoindre, j'entame une conversation avec l'ami qui les a ramenés en voiture.

« Vous les connaissez depuis longtemps ? Que faisiez-vous en Corse ?

– Oui ça fait bien deux ans qu'on se connaît. On est voisins, avec Léo et Manu, enfin je veux dire avec vos fils. On avait un plan pour travailler là-bas dans la taille des fruitiers. Et puis on a passé les fêtes. »

Un silence, puis il ajoute :

« Vous savez, ils parlaient parfois de chercher à vous revoir. Ils disaient : on le fera quand Manu, enfin je veux dire Okwari, aura dix-huit ans. Parce que comme ça, la DDASS ne pourra plus nous enfermer. »

La DDASS, les enfermer ? Je soupire. Qu'est-ce que Manu leur a mis dans la tête ? Cette fois, j'en ai assez. Je suis au bord de la crise de nerfs. Il faut que je les rencontre…

« Madame, nous pensons que vous allez être surprise ! »

Le procureur et le capitaine me rejoignent dans la pièce. Ils me mettent en garde.

« Ne prêtez pas attention à ce qu'ils vont vous dire. C'est un premier contact. Vous êtes tous sous le choc. Encore un peu de patience, ils veulent rencontrer Nicolas en premier. »

Une heure du matin. Enfin ! Nous montons à l'étage. J'attends dans un bureau pendant que Nicolas se dirige vers le fond du couloir. Dix minutes plus tard, il en ressort. La porte est aussitôt refermée. Nicolas est livide. Il a une expression bizarre, que je ne lui connais pas.

« Vas-y, me dit-il. Ils t'attendent. »

Attrapant mon sac et mon manteau, je marche jusqu'à la porte derrière laquelle ils sont. Mes enfants jolis… Ils sont là, juste derrière. Ils sont là tout près, je vais les prendre dans mes bras et les couvrir de baisers…

Un policier m'ouvre. Je les vois. Okwari est devant moi. Un petit rictus gêné sur le visage, il ose à peine me regarder.

Au fond de la salle, Shahi'yena me tourne le dos, se cachant le visage dans ses mains. Les bras m'en tombent et tout glisse au sol, le sac, les clés, le manteau.

« Okwari, c'est toi, c'est bien toi, regarde-moi ! »

Je le prends par les épaules, je le serre contre moi. Son corps est grand et fort. Shahi'yena s'approche et il répond :

« Oui c'est bien nous, maman. »

Maman. Ce mot résonne dans ma tête comme dix mille cloches soudainement réveillées ensemble. Comme je tremble, ils me prennent par la main et me disent :

« Viens t'asseoir par là. »

À présent, nous sommes tous les trois face à face, assis sur des chaises, genoux contre genoux. Alors je leur dis en les fixant dans les yeux :

« Je vous ai cherchés tout le temps. J'ai énormément souffert !

– Nous aussi on a beaucoup souffert », répond Shahi'yena.

Je prends leurs mains dans les miennes, je les touche et les caresse. Elles sont épaisses et rugueuses, ce sont des mains d'hommes, des mains de travailleurs. Je demande :

« Qu'avez-vous fait pendant tout ce temps ?

– Ça fait déjà deux ou trois ans qu'on est autonomes. On fait des chantiers de maçonnerie dans les maisons, on se débrouille, tu vois. Et toi, tu as une ferme, il paraît ?

– Oui, j'ai apporté une carte postale pour vous la montrer. C'était très joli, malheureusement, ma direction a décidé de la supprimer. Mais peut-être que nous en referons une ensemble, maintenant ? Vous savez, c'est une fausse idée de croire que vous seriez placés dans un foyer. C'est moi qui vous aurais récupérés. D'ailleurs vous voyez bien que personne ne vous oblige à rien !

– Peut-être… Mais d'abord, et même si cela risque de te choquer, tu dois savoir que nous sommes très reconnaissants envers notre père. Nous lui devons tout et nous sommes très fiers de l'éducation qu'il nous a donnée. Aussi, nous te demandons de retirer ta plainte parce qu'il ne doit pas faire de prison.

– Ah ! »

Un couperet est tombé, comme la lame d'une guillotine sur ma nuque offerte. Je les regarde et je les trouve tellement beaux, mes fils ! Je leur souris. Je suis émerveillée par leur présence. Leurs gestes, leur sourire me ravissent au plus haut point. Leurs yeux n'ont pas changé. Je pense que tout est possible maintenant. Lentement, détachant bien chacun de mes mots, je leur dis :

« Il n'y a pas de problème. Je n'ai aucun désir de vengeance. Je lui ai pardonné. Tout ce qui compte pour moi, c'est vous. Nous avons tellement de temps à rattraper ! Je vais voir ce qu'il est possible de faire, pour la plainte. Mais, de toute façon, Manu sera jugé.

– Mais tu dois t'en occuper ! Il faut que tu en parles au juge !

– Madame Martin ? »

Un policier intervient dans la pièce. Il me demande de le suivre. J'inscris mon numéro de téléphone au dos de la carte représentant la ferme, je note celui de Shahi'yena.

« C'est formidable, je peux vous appeler maintenant. On se reverra demain, d'accord ? Vous êtes fatigués du voyage, il faut aller dormir. Reposez-vous bien, à demain… »

Je reprends mes affaires pour sortir mais je n'ai pas envie de les quitter, Nicolas me tire vers la sortie mais moi, je résiste encore un instant, ne les lâchant pas des yeux. Puis, dans le couloir, je parle de retirer ma plainte, et tous me répondent :

« Madame Martin, vous verrez ça demain. »

Me voilà dans le hall d'entrée, où je retrouve Nicolas.

« Ils ont été gentils avec moi, et avec toi, Nicolas, comment ça s'est passé ?

– Très bien. Mais quel choc de les voir comme ça ! Ils ont tellement changé !

– Oui c'est très impressionnant. Tu as remarqué que Shahi'yena est plus petit qu'Okwari, et tu as entendu comment ils s'appellent entre eux ?

– Oui, ils ont adopté des faux prénoms. Mais ce qui me choque, c'est qu'Okwari s'appelle Manu, comme s'il était la copie conforme de son père ! »

Je salue les gendarmes et les remercie d'avoir veillé si tard. Je suis déboussolée.

Le lendemain, au déjeuner, la nourriture et le café n'ont absolument aucun goût. Yves et Sandra nous soutiennent chacun à leur façon, du mieux qu'ils peuvent, avec toute leur affection. Vers quatorze heures trente, nous les retrouvons, avec l'ami qui les a ramenés de Corse, sur la place du centre-ville de Foix. Le soleil brille. Nous faisons les présentations, un rien embarrassés. Moi, je les regarde. Mes deux fils sont calmes, reposés, quoiqu'ils fument beaucoup trop. C'est un instant de grâce, le temps a suspendu son vol. Nous nous regardons à la lumière du jour pour la première fois. Néanmoins, il y a des impératifs.

« On doit faire des photos pour demander un permis de visite pour la prison, me dit Shahi'yena. On doit retourner au commissariat et faire des courses pour notre père. »

Nous les accompagnons jusqu'à un Photomaton. Je m'amuse beaucoup à les regarder se coiffer et arranger leurs vêtements. Je fume beaucoup trop mais un large sourire reste constamment accroché à mes lèvres. Le plus merveilleux est de les voir tous les trois ensemble, mes trois garçons, se parler, se donner des tapes dans le dos et rire, on dirait qu'ils ne se sont jamais quittés. Leur complicité est instantanée.

Vers dix-neuf heures, Shahi'yena et Okwari viennent de sortir de la maison d'arrêt où ils ont reçu l'autorisation exceptionnelle de rendre visite à leur père. Nous nous retrouvons dans un café. À peine assis à mes côtés, ils m'agressent tous les deux, chacun leur tour, avec une violence incroyable.

« Tu nous as menti ! Non seulement tu as porté plainte, mais tu demandes 20 000 euros de dommages et intérêts ! C'est quoi ça ? Tu dois nous dire la vérité ! »

J'essaie de garder mon calme pour répondre à toutes leurs questions mais c'est une véritable tempête qui s'abat sur moi pendant plus d'une heure. Yves et Nicolas tentent de les raisonner, mais ils sont extrêmement colériques et hargneux. Moi, je ne comprends pas très bien ce qu'il m'arrive. Je me contente de murmurer que je vais voir ce que je peux faire, après en avoir discuté avec mon avocat… quand je serai rentrée chez moi.

Arrivée à l'hôtel, je m'enferme dans la douche, je m'assois dans un coin et je laisse l'eau couler sur moi pendant plus d'une heure. Je ne bouge plus. Je suis prostrée. Je ne ressens rien. J'entends seulement le bruit de l'eau, loin, très loin.

Lundi, sur les conseils de mon parrain, je vais chez un médecin pour lui demander de me prescrire des calmants.

« Je viens de retrouver mes fils. Cela faisait onze ans que je ne les avais pas vus. Je suis très nerveuse. Il faut que vous me donniez quelque chose pour m'aider à dormir.

– Vous n'avez pas vu vos fils depuis onze ans ? Mais pourquoi n'ont-ils pas cherché à vous joindre avant ? Ils étaient grands ! » me répond-il sottement.

Il a dit le mot de trop. Cette réflexion me blesse profondément. Elle me vexe et m'accuse comme si j'étais responsable. Je me lève d'un bond. Je l'invective et déverse ma rage sur lui. Ensuite, je m'excuse auprès de sa secrétaire en pleurant toutes les larmes de mon corps. Yves était là pour me rassurer.

Le 3 février 2009, les journaux et les télévisions annoncent que la police a arrêté Xavier Fortin, l'homme qui a enlevé ses deux fils voilà onze ans. Les journalistes se mettent à la poursuite des deux adolescents, les traquant jusque dans leur cabane perdue au bout d'une piste de montagne. Nicolas décide de rester avec ses frères jusqu'à la fin de la semaine. Ils ont tant de choses à se raconter. Nous organisons un dernier repas tous ensemble avant que je ne reprenne la route avec Yves et Sandra. Nous nous rejoignons bien à l'écart de Foix, à cause de la presse qui nous harcèle. Nous nous asseyons à une table ronde, où nous arrivons enfin à parler de musique, de chevaux, de la formation en attelage qu'Okwari a suivie, de leurs rencontres, de leurs goûts préférés, des choses de la vie… Shahi'yena me confie :

« Le plus dur, c'était de mentir tout le temps aux gens. »

Au moment de les quitter, je les serre fort dans mes bras et je leur dis à chacun séparément :

« Je t'aime mon fils, quoi qu'il arrive, je t'aime ! »

Ils me sourient. Alors, je les laisse avec Nicolas, leur grand frère, tellement heureux de prendre enfin la place qu'il voulait assumer depuis si longtemps… Je rentre à contrecœur mais je suis épuisée de ce que j'appelle les « turbulences ».

Sur le chemin du retour, je m'arrête chez ma mère. Je suis tellement bouleversée que je panique dès que je suis seule. Le choc de ces retrouvailles a été dix millions de fois plus violent que tout ce que j'avais imaginé. Aussi ma mère décide de m'accompagner chez moi, et d'y rester une semaine. Un soir, devant notre bol de soupe, je lui déclare :

« Tu comprends ? Maintenant que je les ai retrouvés, je me rends compte que je les ai vraiment perdus ! »

Mon père, Christiane et Olivier viennent nous retrouver. Yves et moi leur racontons alors tous les détails des retrouvailles. Je leur dis aussi que je dois voir mon avocat et faire une déclaration à la presse :

« Les médias se sont emparés de l'événement comme si Fortin était un héros. Il a déclaré qu'il a agi pour *protéger* ses fils et que ce sont eux qui l'ont *supplié de les garder* ! »

Il faut que je réagisse, que je rétablisse la vérité… De plus, les enfants ont signé un contrat avec *Paris Match*.

Chapitre XXI

Nous nous téléphonons chaque jour. Le procureur a demandé une expertise psychologique. Après cela, Nicolas emmènera ses frères chez lui, à Cassis.

Je suis heureuse. Aujourd'hui, après tant d'attentes et de turbulences, Nicolas, Sandra, Shahi'yena et Okwari arrivent chez moi à Saint-Raphaël. C'est Nicolas qui les ramène à moi. De mon côté, j'ai fait passer aux médias une déclaration sobre, dans laquelle j'indique que mes fils m'ont appelée *Maman* tous les deux, qu'ils sont conscients de n'avoir entendu qu'un seul son de cloche pendant onze ans, et qu'ils sont heureux de sortir de la clandestinité. Néanmoins, pour l'instant, ils n'ont qu'un seul objectif : sortir leur père de prison.

Le jour de leur arrivée, j'ai préparé une moussaka. J'ai également prévu du champagne et des gâteaux. Je suis aux anges. L'atmosphère est détendue, ils sont tranquilles, ils sont curieux et disponibles. Je sors l'album de photos de leur petite enfance en Normandie et aux Adrets, Nicolas commente les images en rajoutant plein de souvenirs. Puis je vais chercher leurs cartables, je sors leurs cahiers. Okwari est stupéfait :

« Non, ce n'est pas possible, ce n'est pas mon écriture ?

– Si, lui montre Nicolas, regarde, il y a ton nom et l'année 1997, tu étais en troisième section de maternelle. »

Alors je lui demande pourquoi ça l'étonne et il dit seulement :

« Oh, c'est parce que je n'aime pas écrire. »

Le soir venu, Nicolas et Sandra s'en retournent à leur vie de couple et les enfants restent avec moi. Je leur montre le poisson en pâte à sel et des objets du passé, ils reconnaissent le tapis en peau de vache qui était dans leur chambre, aux Adrets, celui sur lequel ils ont joué des heures durant. Mais globalement, ni les photos ni les jouets ne les émeuvent vraiment. Quelque chose est figé en eux, comme s'ils avaient occulté les souvenirs de notre histoire commune. Moi qui croyais que les objets conservés depuis tant d'années nous permettraient de retrouver le chemin de notre ancienne complicité…

Néanmoins, nous discutons beaucoup, nous faisons connaissance et je les trouve passionnants, évidemment. Nous cuisinons ensemble, ils mangent comme quatre et cela fait plaisir à voir. Je leur installe des lits dans la chambre d'amis et cette première nuit est un miracle. Comme je ne peux pas fermer l'œil, je me relève pour les regarder dormir.

Je vois mes deux fils couchés là, dans la chambre à côté, c'est merveilleux et c'est bien réel !

Comme ils sont très curieux de spiritualité, je les invite à assister au culte du dimanche. J'ai l'immense joie de les présenter à tous mes frères et sœurs de l'assemblée et de clamer ma reconnaissance à l'Éternel, sans oublier de dire que c'est une victoire collective et que je remercie tous ceux qui ont prié pour nous. Tout le monde les trouve beaux et charmants. Je décide de les emmener au bord de la mer, visiter la côte. Nous nous arrêtons devant « le Gisant », une falaise sur la route d'Anthéor.

« Vous voulez grimper jusqu'à la grotte ? Il y a un point de vue magnifique.

– Ah oui ! On adore l'escalade. »

Au bout d'un quart d'heure de montée, nous nous asseyons dans la petite grotte qui domine la baie. La mer s'étire à perte de vue devant nous, le soleil fait des étincelles argentées sur les reflets bleutés, tout est parfait. Les garçons décident de grimper encore plus haut. Assise face à l'immensité, je les écoute jouer. Ils s'amusent à hurler, à se répondre comme l'écho, ils poussent des appels si fort que la montagne tremble sous mes pieds. Ils crient leur liberté. Je retrouve alors la sensation de sérénité que j'ai connue autrefois, quand les enfants jouaient ensemble près de moi. J'ai envie de chanter. Je me mets à fredonner cette douce mélodie, ce chant primal que j'aimais tant. Il émane de moi, tout naturellement, il s'envole au firmament pour dire à la vie combien je la remercie.

« Hé ho, maman, tu nous as entendus ? On s'est bien défoulés, c'est beau là-haut.

– Oui ! Venez, je voudrais vous chanter quelque chose.

– Tu as une jolie voix… mais le soleil s'en va déjà.

– Alors redescendons, allons boire un chocolat sur la plage… »

Ce furent cinq jours de félicité et d'incroyable intensité dans les moments partagés. Surtout quand je leur ai coupé les cheveux au soleil sur la terrasse, et aussi quand ils m'ont raconté toutes les péripéties qui leur étaient arrivées, et aussi quand je leur ai offert les gourmettes en or que j'avais gardées pour eux, et aussi quand nous sommes allés aux Adrets, voir mon père, Christiane et Olivier, et aussi quand nous avons regardé *Le Peuple migrateur* le soir, et aussi quand nous avons rempli les formulaires pour la demande de carte d'identité, et aussi quand nous sommes allés acheter des vêtements et des sacs de voyage, et quand j'ai dû reprendre Shahi'yena sur certains comportements déplacés. Tout était du bonheur pour moi, surtout quand Shahi'yena m'a offert un brin de mimosa. Tout était parfait jusqu'au moment où Françoise H. leur a téléphoné, pour leur dire qu'il fallait préparer le procès.

J'ai bien tenté de leur expliquer que ce n'était pas leur procès, qu'ils n'étaient pas responsables des choix de leur père, que c'était lui qui avait dérogé à la loi et non pas eux. Ils ne m'entendaient pas. Leur relation avec leur père est fusionnelle. Ce sont avant tout de bons petits soldats, et Françoise H. est là pour le leur rappeler. Ils me quittent donc précipitamment, sans que j'aie le temps de leur expliquer que j'ai choisi de maintenir ma constitution de partie civile, pour 1 euro symbolique, afin que mon avocat puisse rétablir la vérité dans le prétoire, si nécessaire. Il est bien normal que les deux parties s'expriment.

Nous avons prévu de nous revoir à la fin de la semaine suivante, le 24 février, pour fêter les vingt-quatre ans de Nicolas, à Cassis. Ce rendez-vous est aussi l'occasion pour eux de rencontrer leur grand-mère maternelle et Lucien.

Tout se passe bien, je suis radieuse, nous prenons des photos.

« Tu nous en donnes une ? me demandent-ils. Les journalistes nous l'achèteront un bon prix. »

Je sais, bien sûr, que mes fils ont négocié avec *Paris Match* l'exclusivité de leur interview. Je leur ai déjà dit que je ne trouvais pas cela très joli, mais j'avais respecté leur choix. Cette fois, je réagis vivement, et je leur demande :

« Dites-moi combien cela vaut-il, la photo de l'amour de sa mère retrouvée ? Combien cela vaut-il la photo du bonheur ? Voyez-vous, cela n'a pas de prix en vérité ! »

C'est à la fin du repas que la discussion devient vraiment orageuse. Nous parlons de l'école quand Shahi'yena s'énerve tout à coup.

« De toute façon, lance-t-il, aux Adrets, on était malheureux. Moi j'étais maigre et tout le temps malade. Tu nous as traumatisés en nous mettant à l'école et dans un appartement ! »

La violence que je subis à cet instant est sans commune mesure. Je suis pratiquement traitée de tortionnaire, par mon propre fils !

« Mais qu'est-ce que tu racontes ? Tu n'étais pas maigre, tu étais mince, menu, mais tu étais en parfaite santé. Et vous étiez très heureux d'avoir chacun votre lit. Vous aimiez beaucoup l'école et vous étiez très bons élèves ! Si tu te souviens d'une maladie, c'est de l'otite que tu as eue après l'épisode de février 1997, quand je vous ai récupérés avec les gendarmes, la première fois que tu avais pris des bonbons sans payer. Si tu te souviens de cela, tu te souviens aussi que vous ne vouliez plus partir avec votre père après cet enlèvement. Tu te souviens donc aussi que c'est moi, qui vous ai encouragés à entretenir une relation avec lui, et que vous y êtes retournés ensuite avec un téléphone portable... »

Mais j'ai beau argumenter, rien n'y fait. Quand je les reconduis à la gare, une distance s'est installée entre nous. Ils se sont construits sur des mensonges et dans le mensonge. Ils ont vécu avec une épée de Damoclès au-dessus de la tête, dans la peur du gendarme. On leur a répété que s'ils voulaient éviter que leur père aille en prison et eux en foyer, ils devaient dire que leur mère était morte d'une tumeur au cerveau. Ils ont dû survivre dans l'acceptation forcée de la vision de leur père, cet homme exceptionnel qui, au moins selon lui, se serait « sacrifié pour les sauver ».

Ils n'ont aucun sens critique, ils ne pensent pas par eux-mêmes, ils sont totalement imprégnés du discours de Xavier Fortin, leur héros...

Alors me revient en mémoire l'image de mes poneys, Vanille et Caramelle, lorsque je les ai lâchés pour la première fois. Comme leur terrain jouxtait le parcours de golf, je devais les attacher. J'avais des chaînes de vingt-cinq mètres de long que je déplaçais au fur et à mesure que la pâture s'épuisait. Quand, à l'automne 2006, le projet de clôture se réalise enfin, la ferme se trouve agrandie de un hectare de parc sécurisé, moitié garrigue rocailleuse et moitié prairie.

Dès lors, je n'ai plus besoin d'attacher les poneys – mais je suis stupéfaite de ce qui arrive. Contre toute attente, Vanille et Caramelle restent tout l'après-midi au même endroit, dans un rayon précis de vingt-cinq mètres, exactement comme s'ils étaient encore enchaînés ! Le conditionnement les a rendus incapables de s'apercevoir par eux-mêmes qu'ils n'ont plus d'entraves.

Il leur faut presque huit jours et toute mon insistance pour qu'ils se défassent de cinq années de conditionnement… Combien faudra-t-il de temps à mes deux fils, avant qu'ils se rendent compte des onze ans d'enchaînement liés au passé ? Sans doute est-il rassurant que le périmètre autorisé soit balayé. Ils se sont construits avec ces repères-là et le nouveau monde est perçu comme douteux ou dangereux.

J'ai encore l'occasion, pendant le week-end du 8 mars, de leur montrer que la vie est belle et enrichissante, et que l'amour de la nature n'est pas réservé aux marginaux ni incompatible avec la société conventionnelle qu'ils ont appris à mépriser. Nous allons tout d'abord à l'Escarène, pour la réunion du groupe « Entomos ». Je suis si heureuse de présenter mes fils à mes amis ! Les enfants rencontrent de véritables scientifiques, ils échangent leurs connaissances avec des spécialistes et se confrontent à des biologistes professionnels. Le soir, de retour à Saint-Raphaël, mon parrain nous a invités au restaurant avec sa fille Valérie, « ma petite sœur » préférée. À table, je dois faire remarquer à mon fils qu'il est impoli de se nettoyer les ongles avec son couteau. Comme il ne comprend pas, je lui dis :

« Écoute, ce n'est pas élégant, tu vois ? »

Valérie renchérit avec un sourire :

« Oui, ce n'est pas grave, cela fait partie du rôle des mamans qui apprennent le savoir-vivre à leurs enfants. »

Le lendemain, mon père nous invite à les rejoindre pour un pique-nique au lac de Lavelan où le poney-club des Adrets, « La Carriole », avec les copains d'Olivier, doit se retrouver. Mais dans la voiture, la tension monte entre nous trois, parce qu'ils veulent savoir si je compte me rendre au procès, et si ma famille sera présente. Alors je craque.

« Et pourquoi est-ce que je n'aurais pas le droit d'exprimer mon chagrin, après les onze années de torture que j'ai vécues ? Je ne suis pas morte, voyez-vous, je suis bien vivante et j'étais vivante pendant ces onze années. Vous n'avez aucune idée de la souffrance que j'ai endurée, ma douleur n'existe pas pour vous pourtant elle est bien réelle ! »

Des larmes montent à mes yeux. Une fois arrivée au lac, je me gare et je coupe le moteur de la voiture.

« Écoutez-moi, je vais vous expliquer ; c'est vous qui ne devriez pas assister à ce procès. C'est une affaire entre la justice et Manu. Vous n'êtes pas accusés. Vous êtes victimes, comme moi. Je n'irai pas au tribunal parce que moi, je suis dans une démarche de reconstruction avec vous, et cela ne souffre pas de se retrouver face à face dans un procès. De toute façon, le mal est fait. Ce n'est pas une peine de prison qui y changera quoi que ce soit. Je ne le supporterai pas. Pour moi qui ai vécu onze ans de galère séparée de vous, il faudrait qu'il passe onze ans de sa vie séparé de tout ! Mais je ne suis pas dans une démarche de vengeance. Tout ce qui m'intéresse, c'est de retrouver une relation normale avec vous. Voilà pourquoi j'ai décidé de ne pas me rendre à l'audience. Quant à ma famille, elle fera ce que bon lui semblera. »

Alors ils s'apaisent, certains que je ne viendrais pas au tribunal...

Après le pique-nique, les amis de « La Carriole » leur prêtent un cheval chacun et je les regarde galoper autour du lac. Ils font une superbe balade dans l'Estérel avec les autres jeunes et Olivier jusqu'au village. Ils sont très heureux. Shahi'yena engage une discussion houleuse avec son grand-père mais tout le monde se quitte gentiment. Ils se sont tout de même rendu compte que les miens ne sont pas si monstrueux que ce qu'ils croyaient.

Début mars. Le procès de Xavier Fortin a lieu dans une semaine. Shahi'yena et Okwari donnent plusieurs interviews à la télévision, essayant d'orienter l'opinion publique en faveur de leur père et d'influencer, s'il est possible, le verdict. Comme dans leurs déclarations à *Paris Match*, ils racontent que c'était leur choix de rester avec Fortin, et que je suis une bourgeoise parce que je sors de chez le coiffeur ! L'affaire est surmédiatisée. Cela m'éprouve énormément car tout le monde les trouve resplendissants, certains allant jusqu'à me dire :

« Il les a nourris, de quoi te plains-tu ? »

Peu nombreux sont ceux qui décodent les images. Seuls mes proches et ceux qui sont habitués à ce genre de problématique comprennent que les enfants sont emprisonnés dans un discours rabâché pendant onze ans. De mon côté, je prends contact avec des associations, luttant contre l'aliénation parentale. Je souhaite en effet qu'à l'occasion du procès, nous organisions une conférence de presse pour dénoncer le manque de moyens et l'inertie des services publics. Je pense à tous ceux qui cherchent encore leurs enfants et qui souffrent. Mais faute de salle disponible à Draguignan, la réunion n'a finalement pas lieu…

17 mars 2009. Sous les flashs des photographes, Xavier Fortin entre dans le box des accusés du tribunal correctionnel de Draguignan. Je ne suis pas dans la salle. Certains de mes proches en sont déçus, mais ils comprennent ce choix que j'ai eu tant de mal à faire, partagée que je suis entre mon désir de reconstruction avec mes fils et l'envie de démontrer à Fortin que la loi est la même pour tous. Je pense encore que la justice des hommes lui infligera la leçon qu'il mérite. C'est mon avocat, maître A., qui prend les coups à ma place pendant l'audience. Le soir venu, il m'appelle, éreinté.

« Fortin avait trois avocats, dix témoins de sa bonne foi, plus ses deux fils particulièrement hargneux. Le défilé des témoins a été très long et très outrageant pour vous. Il a fallu que j'intervienne plusieurs fois pour rétablir la vérité. La présidente s'est montrée très sévère et intransigeante, elle a même remis les garçons à leur place. Elle leur a dit : "Alors pour vous liberté égale mensonge", puis elle a demandé à Fortin pourquoi il se cachait encore derrière ses fils, au lieu d'assumer ses choix. Nous aurons le verdict dans une heure, je vous rappelle. »

De leur côté, Anne et les amis présents sur les lieux viennent m'en raconter un peu plus.

« Les enfants et les avocats ont fait du chantage ! me disent-ils. Ils ont déclaré : “Si notre père ne sort pas libre du tribunal, nous ne renouerons jamais de relation avec notre mère.”

– Et la présidente, qu’est-ce qu’elle a répondu ?

– Elle s’est montrée très ferme. Elle a fait en sorte que Xavier Fortin avoue qu’il avait prémédité l’enlèvement et organisé la séquestration, en coupant un à un tous les liens avec toi. Elle lui a aussi fait reconnaître qu’il n’avait pas les diplômes qu’il prétendait posséder et que les enfants n’avaient aucune validation de leurs soi-disant acquis scolaires. »

Maigre réconfort, car, selon Yves, de graves accusations contre moi, mais aussi contre mon père, ont été proférées.

« Tu as bien fait de ne pas venir, me dit de son côté Nicolas. Tu n’aurais pas pu le supporter. C’était vraiment ignoble. »

Le point fort a été marqué selon Anne lors de la lecture des expertises psychologiques des enfants, réalisées à Foix. Elles mentionnent leur « fascination du père », « le discours récité, exactement semblable » ainsi que la fragilité nerveuse de Shahi’yena. C.Q.F.D…

Une sonnerie de téléphone. Je décroche. Au bout du fil, maître A.

« Madame Martin, me dit-il, je suis choqué. Xavier Fortin a été condamné à vingt-quatre mois d’emprisonnement, dont vingt-deux avec sursis. Comme il est incarcéré depuis un mois et demi, il va sortir ce soir. Je crois que les juges ont voulu préserver les chances de reconstruction des enfants avec vous… Madame Martin ?

– Mais vous vous rendez compte de ce que cela signifie pour tous ceux qui cherchent encore leurs enfants ? C'est une honte ! Alors on peut enlever ses enfants, les séquestrer et leur faire vivre n'importe quoi pendant des années, il suffit juste de raconter sa salade et le tour est joué, on ressort libre ? C'est un scandale, ils auraient pu au minimum lui imposer quelques mois d'enfermement… Mais il est vrai que les enfants m'en auraient voulu. Je vous remercie, maître. »

Une déception ? Un coup de massue, oui ! J'allume la télévision. Je les vois, tous les trois, sur l'écran, sortant du palais de justice sous les flashs des photographes. Face aux caméras, Shahi'yena déclare tout excité :

« C'est certain, *la maman* a dû beaucoup souffrir, mais voilà n'y a pas de perdant, pas de gagnant. En tout cas, maman, ton avocat a été super. On est très contents, maman je t'aime ! »

Comment puis-je accepter que l'on m'assassine pendant cinq heures dans un tribunal et que l'on vienne ensuite me dire *je t'aime* ? Je comprends bien qu'il était vital pour eux de sortir leur père de prison. Je les ai laissé aller jusqu'au bout de leur rôle de petit soldat puisqu'ils ne pouvaient pas faire autrement. Je le sais, ils me l'ont dit. Mais les méthodes employées se sont révélées très dures à supporter. Je me sens insultée. Ce procès a été le mien, alors que je ne leur ai jamais fait aucun mal.

Comment pourrais-je leur en vouloir ? Ils ont appris à vivre divisés en deux. Pour le monde, ils étaient Léo et Lucas ou d'autres pseudonymes. Leur mère était décédée, leur père gentil et protecteur. En réalité, ils savaient bien que c'était faux. Or, il leur était interdit de dire la vérité. Lorsque j'ai demandé à Shahi'yena s'il pensait à moi parfois, il m'a répondu sans hésitation :

« Je ne t'imaginais même pas.

– Ah bon, pourquoi ?

– Il valait mieux pas... »

Quoi d'étonnant, alors, dans leur comportement au moment du procès ? Une partie d'eux a été annihilée, étouffée dans l'œuf, éteinte.

Certes, tout est allé trop vite. C'est aussi un choc très violent pour eux. Mais j'attends néanmoins des excuses. Je veux, au moins, qu'ils réalisent la gravité de l'humiliation qu'ils m'ont infligée à travers le procès. Alors je refuse de les voir. Eux, confortés par leur victoire, deviennent agressifs. Ils insultent ma famille dans des messages odieux. Évidemment, non seulement ils ont menti pendant onze ans, se moquant de la police et du système, mais en plus dans l'enceinte même du tribunal, il a suffi qu'ils en rajoutent encore un peu plus et ça a marché ! Ils ont gagné ! Quelle leçon de morale ! Maintenant, ils sont les rois du monde ! Ils passent à la télévision et voyagent en première classe ! De l'état de clandestin ignoré, ils sont passés à celui de vedette nationale ! Ils ne se rendent pas compte que c'est grâce à ma ténacité et à ma persévérance !

Mais ce n'est sûrement pas à moi d'accepter leurs conditions, ni leur hypocrisie. Si ce n'est pas moi qui leur montre que leur attitude est intolérable, qui le fera ? Désormais j'attends un minimum de respect et d'écoute. Sinon rien ne sera possible entre nous.

Nicolas et moi partons ensemble pour Paris. Nous avons accepté de témoigner dans l'émission de Mireille Dumas. C'est important pour Nicolas car c'est la première fois qu'il va s'exprimer en public et pouvoir un peu se libérer du fardeau qui a pesé sur ses jeunes épaules. Personnellement, j'ai besoin de dire ma douleur de mère, mais par-dessus tout, j'ai un immense besoin de reconnaissance.

Or, ce 20 mars, trois jours après l'audience, je suis abattue, mortifiée par le constat terrible que ce procès a gâché tous mes espoirs de renouer des liens avec eux. Mais je comprends bien, aussi, que les juges, en libérant Fortin, ont délivré aussi les enfants du poids de la culpabilité que leur père leur a fait porter injustement. Alors je me dis que peut-être, avec le temps… Néanmoins durant l'enregistrement sur le plateau de Mireille Dumas, et pendant les dix jours suivants, c'est l'amertume qui m'habite. J'en ai le goût dans la bouche, l'odeur sur les mains et le poids sur le cœur. Mon chagrin n'a pas de nom, il m'oblige encore une fois à renoncer. Il me faut abandonner tous mes désirs de combler mes frustrations de mère, toute ma soif de reconnaissance et toutes mes espérances de refonder une famille.

C'est seulement après ces dix jours terriblement difficiles que j'ai consenti à parler aux médias.

Tout d'abord, j'ai reçu une journaliste de RTL. Puis ils sont tous venus me demander une interview. Pendant trois jours sans interruption, j'ai vu défiler chez moi les télévisions et la presse écrite, sans compter les appels de l'AFP, de *Var Matin* et de *Libération*. Tous voulaient entendre la voix de la mère. Tous m'ont écoutée et tous, en tant que parents, ont été bouleversés et compatissants. J'ai même parlé en direct par téléphone sur une radio québécoise, et reçu une femme qui travaillait pour un magazine féminin anglais.

C'est ainsi que je me suis déchargée de toute la pression accumulée, en expliquant la complexité de ma situation. Voilà, *in fine*, ce que je disais :

« Ce que j'ai gagné aujourd'hui, c'est que je ne les cherche plus. Je commence à réintégrer la partie de mon cerveau qui était constamment monopolisée par l'inquiétude. Meme si les retrouvailles ne sont pas à la hauteur de ce que j'espérais, du moins je sais où ils sont. Mes enfants ne sont plus contraints de se cacher ni de mentir, ils n'ont plus à craindre la police ou les services sociaux, ils vont reprendre leurs véritables noms, c'est déjà beaucoup. Ils vont désormais être confrontés à la "vraie vie" et même si je n'ai pas encore récolté tous les fruits de mon acharnement à les retrouver, au moins j'ai fait ma part, j'ai mené le bon combat jusqu'à la victoire. C'est à eux maintenant de faire leur chemin et de grandir. »

Voilà. Je ne cherche plus. C'est fini, j'ai trouvé. Je peux les joindre par téléphone quand je veux. Une sensation étrange, terriblement nouvelle. J'ai quarante-cinq ans. Comment vais-je me défaire maintenant des schémas mentaux greffés en moi par un traumatisme nourri pendant onze années ? J'aimerais croire comme dans la mythologie chinoise que la naissance de l'écriture enfermera les dragons dans des lettres figées, en les rendant prévisibles et limités.

La dernière fois que j'ai vu mes garçons, le 15 avril dernier, ils devaient passer quelques jours à la maison. Les tensions générées par mes déclarations dans la presse étaient retombées et Shahi'yena m'avait fait ses excuses pour ses insultes envers la famille. Comme mon anniversaire approchait, j'ai prévu une fête chez moi pour clore en beauté la fin des « turbulences ». J'ai imaginé qu'ils seraient là et je m'en suis réjouie à l'avance.

Ils ont manqué le train du soir. Ensuite, ils m'ont reproché de ne pas vouloir aller les chercher à Aix-en-Provence à vingt et une heures. Je leur ai proposé de les attendre jusqu'à vingt-trois heures, heure d'arrivée du dernier train à Saint-Raphaël. Mais ils m'ont lancé, au téléphone :

« Tu ne t'es pas occupée de nous pendant onze ans et pour une fois qu'on te demande quelque chose, tu refuses ! »

Pour finir, ils sont arrivés le lendemain. Sentant combien leur rancœur envers moi est encore forte, je les rejoins à la gare. Je veux qu'ils acceptent un contrat de respect et de non-violence avant de les laisser entrer chez moi. Mon ami et voisin Félix m'accompagne en tant que témoin de notre accord.

Okwari garde les bagages pendant que Shahi'yena vadrouille en ville. J'ai le temps de discuter presque une heure avec lui. Il est préoccupé par sa demande d'émancipation mais je le rassure en lui disant que je n'y ferai pas obstacle. En tant que tuteur légal, je ne m'opposerai même pas à ce qu'il vive en Ariège du moment que nous restons en contact. Je lui demande s'il a réfléchi aux formations professionnelles dont nous avons parlé et s'il a des projets. Shahi'yena arrive alors en trombe. Il sort à peine d'une altercation avec des inconnus. Il est très agité.

J'ai apporté leurs cartes d'identité toutes neuves, ainsi que la gourmette que j'ai fait agrandir pour Shahi'yena. Contrairement à son frère qui l'a tout de suite mise à son poignet, lui me montre son bras gauche dénudé.

« Quand je serai prêt, je la porterai là, à ce bras, du côté du cœur », me dit-il.

Enfin adouci, il accepte le pacte de paix. Je les emmène donc chez moi et je prépare du thé. Mais Shahi'yena ne tient pas en place, et finit par dire qu'il est fatigué et qu'il veut se reposer dans la chambre où il s'enferme... Je m'assois avec Okwari dans le salon et nous parlons tranquillement. Durant une longue demi-heure, il m'interroge sur les pratiques de magie. Il est persuadé que tous les pieds-noirs – comme les membres de ma famille – ont des habitudes culturelles tournant autour de la magie noire. Je lui réponds que pour moi qui suis chrétienne, la sorcellerie c'est jouer avec le feu et que c'est extrêmement dangereux.

« Ça y est ! Regarde ! J'ai trouvé les livres ! »

Shahi'yena surgit de la chambre en vociférant.

« Elle pratique le satanisme ! hurle-t-il. Elle doit faire partie d'une secte du diable ! »

Il pose une pile de livres sur le sol et commence à les montrer à son frère. Il ouvre d'abord un livret contenant les quatre Évangiles et en lit un passage. J'éclate de rire :

« Ceci est extrait de la Bible, vois-tu, cela ne parle que de l'amour du prochain ! »

Alors il le repose et en ouvre un autre, les poésies de Rimbaud. Il lit à haute voix deux vers pris au hasard.

« Tu vois ça, c'est vraiment satanique ! »

Je ris de plus belle.

« Si tu savais qui est Rimbaud, tu saurais que c'est l'un de nos plus grands poètes ! »

Mais il est très sérieux et se met en colère parce que je trouve son attitude comique. Je me rends alors dans la chambre. Tout est sens dessus dessous ! Il a fouillé et sorti les lettres, les documents, il a sorti les objets des meubles et les a tous dispersés dans la pièce. Sur le lit, une étrange composition faite de petites pyramides…

« Mais qu'est-ce que tu as ? Que cherches-tu à la fin ? Si tu vois des monstres, dis-toi bien que c'est en toi qu'ils habitent ! Ce sont tes propres peurs à l'intérieur de toi !

– Mais ce n'est pas toi, c'est à cause de cette putain de chambre et de cette putain de maison !

– Là tu dépasses les bornes ! C'est ma maison ici !

– Mais ce n'est pas ta faute, c'est à cause d'elle sur la photo ! crie-t-il en me montrant un cliché de ma mère. Il y a des poupées vaudoues, des objets maléfiques…

– Maintenant tu arrêtes, tu te calmes et tu t'assois ! »

Il se dresse devant moi les bras croisés, me tenant tête, provocant le duel.

« Tu n'as pas respecté notre contrat ! Reprends ton sac ! Pars ! Immédiatement ! »

Mais il crie, plus fort que moi encore. Je hurle, moi aussi. Notre affrontement dure cinq très longues et très éprouvantes minutes. Puis, sèchement, je lui ordonne :

« Maintenant tu te tais et tu t'assois ! »

Jusqu'à ce qu'enfin, il m'obéisse…

« Tu exagères ! »

Okwari, qui nous a observés sans rien dire, se jette à son tour dans la mêlée.

« Tu te rends compte, me dit-il. Tu lui as même donné une tape sur le bras !

– Et alors ? C'est normal, c'est lui qui m'a provoquée et je n'ai aucun problème avec ça, il doit apprendre à me respecter ! »

J'ouvre grand la porte d'entrée et je fais circuler l'air dans la maison. Je tremble encore quand nous nous asseyons tous les trois sur la terrasse. Shahi'yena, calmé, me fixe droit dans les yeux et prend mes mains dans les siennes. Il insiste pour que je lui raconte des événements passés, notre départ de Normandie. Je me prête au jeu. Le bleu de son regard d'aigle scrute le fond de mes pupilles, il cherche la vérité. Quand, lassée de ses doutes, je finis par lui dire :

« Écoute, si tu ne me crois pas, tu n'as qu'à demander à ton père ! »

Il me répond, à ma grande stupéfaction :

« Je ne peux pas, je ne suis pas assez proche de lui pour lui parler comme je parle avec toi… »

Après cela ils sont sortis pour se défouler dehors. Je les ai attendus jusqu'à vingt et une heures. Yves est arrivé avec des pizzas. Nous avons mangé ensemble puis subitement, mes fils ont déclaré :

« Changement de programme, on va dormir chez des copains !

– Des copains ici ? Vous ne connaissez personne !

– Si, je les ai rencontrés à la gare, ne t'inquiète pas, on revient demain !

– Bon, au revoir, à demain. »

Nous nous sommes embrassés sur le parking. Ils n'ont pas voulu que nous les raccompagnions. J'ai compris, par la suite, qu'ils étaient repartis avec leur père et Françoise H., qui les attendaient. Le lendemain, ils ne sont pas revenus. Plus tard, Nicolas m'a raconté que, sur la route de Montpellier, ils s'étaient fait voler leurs sacs avec toutes leurs affaires, les cartes d'identité et la jolie gourmette en or de Shahi'yena.

Tout ce qui les reliait matériellement à moi a disparu.

Depuis, Nicolas a bien tenté de leur dire que je n'étais pas une sorcière mais ils n'ont plus voulu revenir chez moi sous prétexte que l'endroit doit être habité par quelque démon.

Épilogue

Quelques jours plus tard, beaucoup de mes amis, des proches, ma famille, des collègues de travail se sont joints à moi et ont rempli la maison de fleurs, de nourriture et de cadeaux. Nous étions une trentaine avec les enfants. Un grand buffet était dressé sur les tables, dans le jardin, des épis de maïs et des côtelettes d'agneau grillaient sur le barbecue. David et Dorian nous ont joué leur composition au balafon et à la guitare. Tout le monde était heureux. Quand on me demandait des nouvelles des enfants, je répondais :

« C'est malheureux, ils ne savent plus m'aimer, ils ont tellement appris à me désaimer... Mais j'ai passé cinq jours merveilleux avec eux la première fois qu'ils sont venus ici.

– Maintenant que tu les as retrouvés, tu vas commencer à vivre pour toi !

– Oui ! Je sais que la mère en moi est intacte, inattaquable, au-dessus de la vilenie. L'amour en moi est inébranlable. Même si les enfants ne sont pas prêts à une relation avec moi, je les aime quand même. Le véritable amour n'emprisonne pas, il est éternel et inconditionnel ! »

Un peu plus tard, mon ami Toussaint, qui m'a rendu mon honneur :

« C'est vrai, me dit-il, tu n'as pas encore récolté les fruits de ton long et difficile combat. Mais c'est toi qui as obtenu la victoire ! Il fallait bien sortir d'abord tes fils de la trappe pour qu'ils puissent ensuite se construire eux-mêmes. Tu verras, la vie leur apprendra les valeurs qu'ils n'ont pas. »

Puisse-t-il dire vrai. Quoi qu'il en soit, j'ai gagné mon étoile. Depuis que j'ai pris conscience de la fonction de mère universelle en moi, je suis en paix avec moi-même et avec le reste du monde. La mère que je suis et que j'ai toujours été n'a rien à se reprocher… Ainsi, je suis guérie. Ma sécurité affective est totale.

J'ai repris le travail à Cap Estérel, dans de nouvelles fonctions au sein du relais d'informations touristiques, et aussi à la création d'un potager pour une activité jardinage avec les enfants. J'en suis heureuse, et tous mes collègues m'ont accueillie très chaleureusement. En juin, lorsque mon portrait dans *Libération* est paru, avec le titre « Orpheline de ses fils », je me suis intéressée aux commentaires sur le forum de discussion sur Internet. J'ai relevé, parmi les différentes remarques, celle d'une femme qui citait le jugement de Salomon.

Devant les deux mères qui se disputaient le nouveau-né resté vivant, Salomon trancha :

« Puisque c'est ainsi, coupons-le en deux parties égales pour que vous en ayez chacune la moitié.

– Non, pitié, non ! cria alors la vraie mère. Laissez-lui l'enfant. Je préfère y renoncer plutôt que de le voir mourir ! »

Salomon rendit le bébé à sa vraie mère, celle qui était capable de se sacrifier pour lui.

Le commentaire disait que le véritable parent est celui qui est capable de s'effacer au profit de l'enfant.

D'autres jugeaient assez sévèrement l'attitude extrémiste d'un homme qui non seulement avait privé ses fils de la relation maternelle mais en plus « s'était servi d'eux comme béquilles, ensuite comme monnaie d'échange puis enfin comme bouclier au procès »...

Le comble de la lâcheté, en effet, déguisée sous des revendications de droit à la différence culturelle ainsi qu'au choix d'éducation. Que personne ne s'y trompe, ce n'est pas le problème. Nous vivons heureusement dans un pays libre, où chacun peut choisir son style de vie et la façon d'élever ses enfants. Mais séparer définitivement un enfant de l'un de ses parents est criminel parce que cela revient à priver l'enfant d'une partie de lui-même dans sa construction psychologique.

J'ai reçu encore quelques flèches empoisonnées à travers les médias, le journal de TF1 et un reportage sur Direct 8, mais je ne regardais déjà plus la télévision. J'essayais de communiquer avec mes fils mais ils ne répondaient pas à mes messages. En août, j'ai souhaité un joyeux anniversaire à Shahi'yena mais il est resté distant. Il a bien reçu ma carte mais n'a pas trouvé l'envie d'y donner suite.

Nicolas, qui avait de leurs nouvelles, m'affirmait que pour eux tout allait bien – et aussi que, par son intermédiaire, ils s'enqueraient de moi.

Au milieu de l'automne, je leur ai envoyé un message qui cette fois fut bien accueilli. Quelque temps plus tard, Shahi'yena a manifesté le désir de me voir, mais il voulait que je les rejoigne dans les Cévennes ; cela m'était impossible.

Quand je le lui ai dit, il m'a répondu d'une voix apaisée et sans reproche. Cela m'a vraiment fait plaisir. J'ai aussi exprimé le vœu de nous voir réunis plus tard…

Puis, Noël est arrivé avec tous ses anges. J'ai fêté la naissance du Christ, le Verbe incarné, au milieu des miens mais sans mes deux plus jeunes fils. À table, dans la maison de ma mère, Nicolas insistait :

« Alors, maman, tu es heureuse ? C'est tout de même le premier Noël où tu ne cherches plus tes enfants !

– Oui, bien entendu, mais tu comprends bien qu'entre les avoir retrouvés physiquement et avoir retrouvé leur amour, il y a cette distance qui fait qu'ils ne sont pas là, avec nous aujourd'hui…

– Mais cela viendra en son temps, laisse faire !

– Oui, je suis sereine. J'espère que mon livre leur servira de passerelle pour combler le vide de notre relation interrompue et qu'ainsi, ils pourront commencer à poser les premières pierres de leur propre pont. »

J'ai vécu un Noël radieux. Pour la première fois depuis onze ans, j'étais détendue et j'ai ri aux éclats avec tous les autres d'un même rire sincère. J'étais tout entière à la fête, intégralement présente et disponible, sans plus aucune culpabilité.

Comme pour marquer symboliquement ce passage de ma vie, j'ai eu envie de m'offrir un cadeau précieux. Je me suis arrêtée dans une bijouterie et j'ai remarqué une très jolie bague en or avec un cœur en brillants et un petit diamant au centre. Elle était fine et délicate, discrète et originale, elle était pour moi. Je l'ai essayée, je l'ai achetée. Une bague cœur de diamant, en guise de récompense et de reconnaissance que je m'accordais à moi-même comme pour solder la fin du calvaire, la victoire sur l'ennemi intérieur et la paix de l'âme reconquise.

C'est à ce moment-là que je me suis souvenue de mes quatre compagnes rencontrées à la réunion de l'APEV. J'ai décidé de les inviter pour le Nouvel An...

C'est Mamadou qui ouvre le bal de notre petite réunion :

« Oh ! Ton affaire a été très médiatisée, mais vois-tu, pour moi aussi la situation s'est améliorée, j'ai réussi à parler avec ma fille en Côte d'Ivoire, je suis vraiment ravie, nous allons nous revoir...

– C'est formidable, enchaîne alors la brune aux yeux verts, moi aussi j'ai repris contact avec mon ex-mari au Liban et nous nous sommes mis d'accord pour les enfants !

– C'est fabuleux ! l'interrompt alors la blonde toujours aussi échevelée. Pour moi, la pression politique a fait avancer l'enquête et nous les avons localisés, maintenant on est en train de trouver un terrain d'entente, cela va sûrement aboutir bientôt !

– Bravo, j'ai aussi une bonne nouvelle à vous annoncer, coupe l'intellectuelle derrière ses lunettes. J'ai reçu une lettre. Mon fils m'a écrit une magnifique déclaration et il veut venir me voir ! »

Toutes les cinq réunies autour d'une somptueuse table décorée de perles et de guirlandes rouge et or, nous avons dîné au champagne en fêtant les bonnes nouvelles de chacune et levé nos verres à l'amitié. À la lumière des chandeliers, je leur ai alors demandé ce qu'elles avaient appris à travers leurs expériences.

« Moi j'ai compris que l'agressivité et la colère n'étaient que des expressions d'amour mal formulées, mal dites parce que non acceptées ou non conscientes, chez moi comme chez les autres. En fait tout dilemme vient d'un manque d'amour.

– Je crois pour ma part, que souvent tout vient de notre perception du monde et des événements. En effet, la même réalité peut être vécue très différemment selon le point de vue de l'observateur, n'est-ce pas ? C'est pourquoi je pense que notre perception de ce que nous appelons la réalité est plus ou moins entravée ou faussée par les désirs ou les aspirations cachés de notre ego.

– Peut-être bien, car l'ego cherche souvent le conflit pour s'affirmer et exister, même au détriment de notre paix intérieure. Voilà pourquoi moi, j'ai découvert que la qualité la plus précieuse, c'était l'enthousiasme, c'est grâce à mon amour de la vie que je me suis débarrassée de mes chaînes de servitude.

– Ah oui ! Les chaînes de l'illusion surtout, les schémas mentaux avec lesquels on fonctionne en croyant se protéger mais qui en définitive nous cloisonnent dans un carcan, comme celui de la religion ou de la drogue, jusqu'à ce qu'on se rende compte que la dépendance est un substitut ou un subterfuge, que cela nous limite et nous empêche de vivre pleinement notre relation intime avec le divin ou le spirituel. Mais on a tellement besoin de sécurité...

– Très juste, moi ce que j'ai découvert rejoint un peu ton analyse. Tout d'abord j'ai réalisé que j'existe seulement à travers ce que je donne de moi, ou ce que je transmets. Cela m'est venu en relisant un vieil adage manouche : « Ce qui n'est pas donné est perdu. » En vérité nos seules richesses, nos seules possessions résident dans ce que nous avons donné car le reste, nous pouvons toujours le perdre... Alors j'ai compris à quel point nous sommes tous reliés les uns aux autres car je suis persuadée que nous ne sommes pas limités à nos corps physiques, nos pensées aussi sont vivantes et agissantes.

– Comment peux-tu dire que nous sommes tous liés ? Moi, je ne me sens pas du tout liée avec les terroristes ou les tyrans !

– Cela ne signifie pas que tu les aimes ou que tu adhères à leur comportement, ce n'est pas un lien affectif, c'est un lien dans un autre niveau de conscience. Je disais cela pour expliquer autre chose : ce que tu fais ou dis à n'importe quelle autre personne, en réalité, c'est aussi à toi que tu le fais, tu comprends, donner c'est recevoir, nous sommes tous liés à travers nos échanges, ainsi quand on fait du mal, on en reçoit aussi et on récolte toujours ce qu'on sème, c'est une loi d'attraction naturelle. Plus tu distribueras de joie et d'amour autour de toi, plus tu en recueilleras, et si tu observes la phrase « aime ton prochain comme toi-même », elle prend tout son sens !

– Oh lala ! Que de philosophie ce soir, il est minuit moins dix, nous devrions sortir voir le feu d'artifice... Mais l'injustice alors, ça existe pourtant ?

– Hélas, certains humains immatures choisissent le mal pour exercer le pouvoir de leur ego mais, de même que ce que nous faisons aux autres nous le subissons aussi, ce que nous nous infligeons à nous-mêmes a aussi des conséquences sur les autres puisque cela influence nos relations avec l'extérieur. En réalité, ce que tu disais sur le problème de perception va très loin, moi je crois que nous nous percevons comme séparés à cause de nos corps qui nous caractérisent et nous identifient mais en réalité nous sommes tous liés dans l'invisible.

– D'accord, alors tu ne crois plus en Dieu ?

– Dieu n'est pas séparé de nous. Nous ne sommes pas séparés de Dieu. Il est en nous, nous sommes son œuvre en tant qu'il est notre essence vitale mais nous sommes aussi des dieux en tant qu'êtres rendus totalement humbles et désintéressés ; nous devenons les créateurs de notre propre poème de vie, celui de notre conscience d'être un seul et même esprit. Mais cela ne s'accomplit qu'en se libérant des illusions de l'ego, lorsque l'être profond se révèle à la réalité, il se fond dans le bain d'amour pur et fusionne avec la lumière, alors il goûte à l'unité originelle.

– Et que se passe-t-il concrètement ? Comment cela se manifeste-t-il selon toi ?

– Je ne sais pas, peut-être que l'on devient alors transparent comme les grands initiés, translucides au point de laisser passer la lumière à travers soi ?

– Ah ! ? Juste un outil de transmission, comme un canal de réception ?

– Oui, c'est cela, dégagé de toute ambition propre, juste un être dévoué au service de l'amour qui nous nourrit tous. Ne sommes-nous pas tous miroirs les uns des autres ?

– Là, je suis bien d'accord car moi ce qui m'a libérée, c'est le fait de pardonner… »

Nous enfilons nos manteaux, le fond de l'air est glacé et le champagne fait pétiller nos yeux. Sur la place, la foule attend le décompte avant minuit. Attention, quatre, trois, deux, un, BONNE ANNÉE 2010 ! Le ciel s'éclaire de fusées rouges et bleues, les tourbillons dorés se succèdent et s'enchaînent entrecoupés d'immenses parapluies d'étoiles multicolores. Nous sommes émerveillées, des cris de joie et de surprise envahissent les lieux. Spontanément nous nous donnons la main pour ne pas nous perdre dans la foule compacte. Les visages dressés vers le firmament, nous formons un cercle, unies par la force de nos bras tendus, nous nous immergeons dans le spectacle des lumières qui remplissent nos yeux. Notre amitié nous tient chaud, nous clamons notre joie. Et moi, derrière les feux artificiels, je regarde la lune ronde me sourire paisiblement. Me voici devant toi et pour la première fois, la louve ne hurle pas à la mort, non, la louve n'est plus miséreuse, elle chante ton allégresse.

La dernière gerbe enflammée explose en mille poussières d'étoiles argentées. Subjuguées par la beauté, nous nous regardons alors en souriant et comme une évidence, levant nos mains unies vers le ciel, nous lançons un cri de victoire commun :

« Yah hou ! Alléluia ! »

Nous sommes unies comme les cinq doigts de la main. La main de la transmission.

Une dernière chose, avant se quitter. Il faut que je vous raconte encore comment Okwari, mon plus jeune fils, a soigneusement refait les lits et tout rangé avant de partir de chez moi. Quand je suis retournée dans la chambre, après leur départ, j'ai trouvé tout en ordre et leurs deux peluches trônaient au milieu du lit, délicatement entourées de tous les coussins. Oh, cela m'a beaucoup touchée, c'était le plus joli cadeau que j'ai reçu ! L'aîné, Shahi'yena, m'a rapporté une fleur des champs, et me l'a offerte d'un cœur si sincère ! C'était très émouvant. Il m'a donné là tous les plus beaux bouquets de fêtes des mères que nous avons manquées ! Comme son geste était gracieux…

Je vous remercie mes petits loups, pour ces moments précieux que nous avons partagés, il ne tient qu'à nous qu'il y en ait d'autres demain. Demain ou dans dix ans.

À demain !

Dédicace

Je dédie ce livre, en devoir de mémoire pour la paix des cœurs,
À mes trois fils.
À Nicolas pour sa noblesse d'âme,
À Shahi'yena et à Okwari pour qu'ils reconnaissent ma voix,
À ma tendre mère pour l'amour qu'elle a su me donner contre vents et marées,
À mon père chéri pour son infaillible regard sur l'avenir,
À Yves, mon parrain pour sa totale fidélité,
À toute ma famille et à mes amis qui ont toujours été plus que présents.
Je dédie ce livre à tous ceux qui, de près ou de loin, ont accordé à mes fils du temps et de l'attention pendant mon absence, je les en remercie.
Je dédie également ce livre, en message d'espérance, à tous ceux qui cherchent encore leurs enfants aujourd'hui.
J'ai une pensée particulière pour tous ceux qui, ayant souffert dans leur chair, ont voué leur vie à la cause des autres.
À tous, merci d'être tels que vous êtes, vous êtes la lumière du monde.

Va, le temps n'existe pas, c'est un leurre,
Va, sois confiant, l'Amour est vainqueur.

Photocomposition
Nord Compo

Impression réalisée par

BRODARD & TAUPIN

La Flèche

pour le compte des Éditions Calmann-Lévy
31, rue de Fleurus 75006 Paris
en février 2010

N° d'éditeur : 14860/01
N° d'imprimeur : 56651
Dépôt légal : mars 2010
Imprimé en France